himmelblau

Die Geschichte
einer Begegnung auf der Straße

Eine Erzählung
von
Edwin Prochaska

Verlag Mairitsch / Prochaska
edition text + bild

Impressum:

Printed in Austria
ISBN 3-9501568-0-1
2. verbesserte Auflage 2003

www.textundbild.at

Umschlaggestaltung: Artcore Grafikdesign, A-2325 Himberg
Illustrationen: Eugen Kment
Produktion: @gentur friedl, A-2380 Perchtoldsdorf
Druck: Druckerei Theiss GmbH, A-9431 St. Stefan

Ein Buch über die himmelblaue Wahrnehmung einer Begegnung und dem männlichen Zugang zum Motorrad zu schreiben, hat viele Väter. Und – ein wenig versteckter – auch viele Mütter. Von Euch allen steckt ein wenig Geist in diesem Buch.

Danke an:

Martin Lammerhuber
(für den Impuls „ein Buch zu schreiben")

Rudi Frömmel
(für das Motorradvirus)

Karin und Harry
(einfach für alles!)

Eva, „Scheitel", Hans-Peter, Alexander Bisenz, dem „schnellsten Dorfgendarm Österreichs" Edi, Birgit, Sabine, Andy und Sand
(auch für alles)

Sabine und Birgit
(für viele Stunden Hintergrundarbeiten)

Karl Weinkum von Verlagsauslieferungen prachner & godai

den „Reitwagen" – für scharfe Bilder und schnelle Erfahrungen

... sowie all meinen „Vorlagen" für himmelblaues Denken, meinen Manuskript-Kritikern und meiner flotten Motorradpartie.

Inhalt

Von Helden, schwarzen Rittern und Prinzessinnen (Vorwort)

Es geht zwar nicht darum – aber so wirklich stören würde es uns auch nicht, wenn wir die Mädels mit der Rasse und Power beeindrucken könnten, die wir da mit höchst komplizierter Technik auf zwei Rädern zur Schau stellen..

Blöderweise aber sind die Mädels von heute nicht mehr so leicht zu beeindrucken und wenn, dann fahren sie gleich selber! Noch dazu habe ich mir in dieser Hinsicht die vermutlich falscheste aller Motorrad-Fakultäten ausgesucht.

Warum wohl waren Chopper und Cruiser in den letzten Jahren immer an der Spitze der Charts? Wohl wegen der Fehleinschätzung durch Neulinge, dass der Chopper „so gemütlich" sei und man ja schließlich auch gemütlich fahren wolle. Dass dem nicht wirklich so ist, weiß man erst, wenn man das Teil erstmals die Bergstraßen abwärts durch die Serpentinen wuchtet und nach zwei Stunden schon einmal das Kreuz spürt, weil die Sitzposition mit den vorverlegten Fußrasten und dem tollen Easy-Rider-Lenker doch nicht wirklich ergonomisch ausgereift ist.

Aber die Mädels, die von einem Motorrad noch zu beeindrukken sind, reflektieren eben in Richtung Chopper. Je dicker und brummiger, desto besser! Spielt der stolze Besitzer auch noch eine gewisse Rolle in Sachen Attraktivität und Anziehungskraft, dann kann man auch noch mit einem „Classic"- oder „Naked"-Bike einigermaßen reüssieren. Schließlich funktioniert´s da auch noch einigermaßen klaglos, die Interessierte einmal zu einer Fahrt ins Grüne einzuladen.

Nur wir von der Supersport-Fakultät sind da die Loser!

Wen, außer der Neoflamme, die in ihrer ersten Verliebtheit alles mitmachen würde, wen sonst wollen wir dazu bringen, auf dem „Sitzbrötchen" namens „Sozius" Platz zu nehmen, sich zusammenzulegen wie eine Europakarte im Maßstab 1: 200.000 und obendrein somit noch auszuschauen wie der berühmte „Aff' am Schleifstein"??!! Abgesehen davon, dass dabei meist das ansonsten renntaugliche Hyperfahrwerk plötzlich Fahreigenschaften aufweist wie einst die legendäre Stanglpuch.

Noch dazu, wo wir in unseren Lederkombis mit den allerneuersten Protektoren Ähnlichkeit mit Mr. Spock aufweisen, und sich die holde Weiblichkeit kaum beeindruckt zeigt, wenn unser Helm das neueste Design von Foggy ziert (weil wenn sie jemand kennen, dann den Rossi, und mit dessen Jungbubencharme können wir sowieso nicht mithalten). Das alles macht die Sportbikertruppe wiederum zu einem reinen Männer-beeindrucken-Männer-Zirkel! Traurig aber wahr, dass, wenn ich versehentlich mit einer serienmäßigen „Shadow" zum Eissalon komme, doch manchmal noch die Äußerung fällt: „Is de scheeen!!", der waffenscheinpflichtige R1-Umbau aber höchstens ein „Wos – mit so wos kaun ma foan??" erntet.

Die Zeiten sind vorbei, wo der „Wüde auf seiner Maschin'" - und die damit verbundene Männlichkeitsdemonstration - noch hoch erhobenen Hauptes und im vollen Bewusstsein seiner Einmaligkeit durch das Spalier von beeindruckter Fraulichkeit stolzierte, die dem schwarzen Reiter, dem Abenteurer, dem James Dean-Bruder, dem Märchenprinzen, der den Schimmel nur gegen eine schwarze Triumph getauscht hat, mit sehnsüchtigem Blick hinterher starrten, und die vom Helden Auserwählte der Star im Jungmädchenkreis war.

Motorradfahren war einmal männlich. Crosser waren wilde Hunde, Chopperisten die harten Jungs und die Knieschleifer sportlich-coole Dorfheroes wie der bewunderte Mittelstürmer des lokalen Schutzgruppen-Kickervereines!

Nichts ist übriggeblieben davon. Es lacht die Sonntagssonne und das Abenteuer ruft, das Visier ist frisch geputzt und mental befindet man sich längst im Kurvengeschlängel des Waldviertels. Und plötzlich registriert man wie aus einer anderen Welt die Worte: „Hast eh' nicht vergessen, dass ma heute Nachmittag bei meiner Schwester eingeladen sind..."

Das ist die traurige Wahrheit des erträumten Heldentums. Und als wär's noch nicht genug damit, dass uns die Realität in Sachen Heldentum und Damenbeeindrucken längst eines Besseren belehrt hat – sie hat uns überholt!

Ich diskutiere mit der Damenwelt nur noch über Esoterik (sehr hype!) und das ewige Dauerthema „Beziehungsprobleme“ und horch zuerst einmal hinein, ob sich die Beste nicht gerade von einem Typen getrennt hat, weil der am Sonntag den Besuch bei der Oma immer verschwitzt hat und er mit seinen Freunden eine Ausfahrt ausgemacht hat, ehe ich dann doch die eine oder andere Heldensaga auspacke.

Weil bei den „nicht am Motorrad interessierten“ Damen ein wenig Heroe neben dem Verständnis von Nähe und Distanz, einer Diskussion um zeitgemäße Beziehungsformen und der Wichtigkeit des Aszendenten dann doch nicht schadet. Weil der Prinz auf dem weißen Pferd, der edle Beschützer, der siegreiche Kämpfer, der kommt, um SIE auf sein Schloss zu holen, irgendwo tief drinnen und zugedeckt vom emanzipierten neuen fraulichen Selbstbewusstsein ja immer noch existiert.

Und da ich kein Pferd besitze und auch noch keinen Drachen getötet habe, müssen eben die Motorradgeschichten herhalten.

Mann ist Mann. Und der erste Overall war nicht aus Leder, sondern vermutlich von Oma gestrickt und mit ziemlicher Sicherheit himmelblau. Und so wie viele Geschichten von anderen Motorradfahrern Ähnlichkeiten mit unseren eigenen Erlebnissen haben, so gleichen sich auch oft die Geschichten der Männer über die Frauen.

Aber wenigstens gibt's das „Typisch Biker!“ nicht. Oder doch? „Typisch Biker“ heißt: viele Geschichten am Wirtshaustisch. Motorradgeschichten, die sich im Laufe der Jahre verändert haben, und Diskussionen über Frauen.

„Himmelblau“ erzählt ein paar solcher Motorraderlebnisse, Männergeschichten von Freuden und Leiden, Interpretationen und Philosophien.

Und selten ist das Wort „er-fahren“ so zutreffend...

Eine schöne Saison mit vielen Geschichten wünsch' ich – und „let the good times roll...!“

***

Ich nenne ihn Herwig.

Gut, er könnte genauso gut Karl, Robert, Markus oder Philipp heißen. Oder so, wie derjenige wirklich heißt, der mir für Herwig als Vorlage diente. Oder diejenigen.

Herwig ist Motorradfahrer. Man könnte sagen: aus Leidenschaft. Aber Leidenschaft ist es nicht. Nicht mehr. Es ist in knapp drei Jahrzehnten einfach ein Bestandteil seines Lebens geworden. Es ist auch nicht der Mittelpunkt oder womöglich das Wichtigste in seinem Leben. Gott bewahre! – Aber es ist eben ein Teil.

Herwig steht mitten im Leben. Ein paar harte Lebenskrisen hat er hinter sich, und immer wieder war er aufgestanden und hatte seinen Weg wieder in die Hand genommen. Als Mittvierziger blickt er heute auf eine bewegte Vergangenheit zurück. Einige Jahre fuhr er Motorradrennen, nicht gerade mit allergrößtem Erfolg, misst man eine Karriere an Podestplätzen. Die Erfolge fanden sich woanders. In grundsätzlichen Erkenntnissen und einer großen Erfahrung und Routine am Bike. Heute geht er das Leben schon etwas ruhiger an. Seine Marketing- und Event-Agentur läuft gut. Die Scheidung vor zwei Jahren hat ihm zwar zugesetzt, relativierte aber auch viele Dinge, und heute sieht Herwig alles deutlich gelassener. Aber Job und Geld sind nicht alles. Herwig schaut auf sich, auf Zeit für sich und die Dinge, die er tun möchte.

Als Motorradfahrer gehört Herwig zur Kategorie der Sportfahrer. Supersport, genauer gesagt. In seiner Region, ein bekanntes El Dorado für Biker, das logischerweise ein dementsprechendes Motorradaufkommen verzeichnet, hat Herwig einen hohen Bekanntheitsgrad als alter Streetfighter und er weiß um sein Ansehen als Routinier. „Von dem Herwig hab ich da herinnen schon gehört..."

Besser eine kleine Legende als gar keine.

Früher – so in den späten 70ern – da fuhr man noch echte Streetfights. Mann gegen Mann oder Männer gegen Männer. Kompromisslos, beinhart. Da wollte man(n) noch „harter Hund" sein und der Beste sowieso. Der Zweite ist der erste Verlierer!

Heute lächelt er über diese Zeit, weiß aber wohl, dass es auch Glück war, diese Phase ohne nennenswerte Folgen überstanden zu haben. Zahlreiche Narben erinnern an so manche schwerere Verletzung. Ausritte, Abflüge oder Ausrutscher in allen Variationen stehen im Geschichtsbuch von Herwigs Karriere. Und selbst den gefürchteten Crash mit einem PKW hat er nicht ausgelassen. Irgendwie schien das früher alles weit nicht so gefährlich...

Aber das ist Schnee von gestern. Heute ist Herwig ein routinierter Sportfahrer, der zwar hin und wieder einmal „abdrücken" muss wenn es sich gerade ergibt, der sich aber nur noch selten in den Bereich des Wahnsinns begibt. Und lediglich am Bikerstammtisch zitiert er hin und wieder seinen abgelegten Wahlspruch „Es gibt viele Vernunftgründe – ich hab' sie nur alle vergessen!" - ein gelungenes Zitat aus der Harley-Werbung, wie Herwig meint.

Nur mit den Frauen hatte er bisher wenig Glück. „Nein, stimmt nicht!" sagt er sich aber selbst immer wieder, wenn ihn wieder einmal dieser Gedanke überfällt. Herwig hatte viele Frauen und mit den besten verbrachte er auch manch längeren Lebensabschnitt. Aber immer wieder ist er gescheitert an der Zweisamkeit, und somit wurde dieser Teil seines Lebens mehr und mehr zum Mittelpunkt seines Denkens. Fragen über Fragen taten sich auf zum Thema „Miteinander" und Herwig spürt, dass er viel von seinen bisherigen Ansichten verändern wird müssen. Man(n) wird ja auch nicht jünger und langsam sieht man das auch.

Und so hat Herwig nach der Scheidung eine Zeit des Nachdenkens hinter sich gebracht.

Hinter sich?

Dachte er. Bis zu dem Zeitpunkt, als ihn überraschend eine Duke überholte und er der Schmach des „Rosaroten" (so nannte man damals die Verlierer von Streetfights in Anlehnung an die „Klein-Mädchen"-Farbe) zu entgehen versuchte...

1 Auf der Jagd

Es war einer dieser Tage, an denen auch gesetztere Streetfight-Veteranen auf Jagd gehen. Herwig kribbelte es schon beim Frühstück. Er sagt nicht: „Morgen ist Sonntag, die Wetterprognose ist gut – ich mach eine Motorradtour." Er fährt dann, wenn er Lust hat.

Es war so ein Tag. Strahlender Sonnenschein im Spätherbst. Noch kein nasses Laub auf den Straßen und die Gendarmen nicht mehr mit der Übermotivation des Saisonbeginns überall auf der Lauer.

Auch ein alter Hund vergisst das Jagdfieber nicht, sagt man. Klar sind die Zeiten echter und wirklicher Streetfights über längere Distanzen schon lange vorbei. Das Alter schwächt die Kampfeshärte, die aussterbende Rasse echter Straßenkämpfer ist längst zum allgemein geächteten Raser abgestempelt. Und bei der Verkehrssituation heute wäre das tatsächlich auch glatter Selbstmord. Nur noch in den Stammtischerzählungen leben sie noch, die Selbstverständlichkeiten früherer Tage, als beispielsweise der „Herr Karl" am Fuße des Großglockners die Truppe zum Halten zwang, absprang und mit einem Stück Kreide einen Strich quer zur Fahrtrichtung zog. Was bedeutete, dass derjenige, der als letzter oben war, der „Rosarote des Tages" war, die Wienerschnitzel für alle bezahlen musste und als Zeichen seiner Schande ein Großglockner-Pickerl auf den Helm verpasst bekam. Die „gute alte Zeit" – verklärt, verherrlicht und sandgestrahlt von allem, was vielleicht doch nicht so toll war.

Heute würden diese Irrsinnsaktionen vermutlich Führerscheinentzug auf Lebenszeit – so diese noch relevant wäre – bedeuten.

Das Alter lehrt auch: In der Ruhe liegt die Kraft!

Aber in der heimatlichen Bergwelt muss einfach hin und wieder das eigene Revier markiert werden, und auf der Hausstrecke hat Klarheit zu herrschen. Schließlich kennt man hier jeden Bremspunkt auf den Zentimeter genau. Und wozu weiß man, wo man gefahrlos den Heroe spielen und ein wenig was fürs verstaubte Kämpfer-Ego tun kann. Kurz gesagt: Herwig hatte Lust darauf, ein paar motivierte Möchtegern-Racer zur Strecke zu bringen. Sprich: Herbrennen! Ein paar Kilometer lange Kampfzonen gibt's schon noch. Und erfahrene Jäger wissen auch genau, wo das Wild kommt.

Herwig konnte sich dem Reiz nicht entziehen.

Man braucht sich zwar nichts mehr zu beweisen, aber einmal schauen, was da alles so herumfährt, könnte man ja ....

Herwig war selbstsicher. Er wusste, die Form stimmt. Hundert Runden am Pannoniaring am letzten Wochenende waren 1.800 Kurven in allerfeinster Sportmanier. Aber auch auf der Rennstrecke geht's längst nicht mehr um Rundenzeiten, sondern nur noch um kultiviertes Sportfahren und um schöne Zeichnungen auf den Kniebacken. Als Routinier wußte er: Ein Wochenende am Ring ist die beste Saisonvorbereitung!

Die Feinabstimmung war also getan, mental war er auch gut drauf - nur die Scheidungsgeschichte machte noch hin und wieder nachdenklich und somit langsam. Also raus aus dem Kopf damit...

Entspannt rollte er in Richtung Bergstraßen. Seine Welt, sein Reich. Jede Bodenwelle kannte er hier. Die langweiligen ersten dreißig Kilometer durch aneinandergereihte Industrieorte lagen hinter ihm, jetzt begann der kurvenreiche offene Teil. Danach folgten zwei herrliche Bergwertungen. Wie geschaffen für Bergspezialisten wie Herwig. Die Sprintabschnitte im zweiten und dritten Gang sind seine letzte große Domäne. Da geht's um Kurven, Bremspunkte und Schräglagen. Um Loslassen, Laufen lassen, den Rhythmus finden – um Feinheiten und nicht um knallharten Topspeed, Adrenalin und Erregung.

Hey - da vorne! Da verschwand gerade ein Heck ums Eck! Herwig wurde ein wenig schneller. Ein paar kleine Gelenkigkeitsübungen noch während der vorsichtigen Annäherungen, ein wenig herumrutschen auf dem Sitz, ein paar leichte Körperdrehungen.

Die Konzentration stieg mit dem Jagdfieber.

Die nächsten Kurven zog Herwig nun schon deutlich zügiger durch, und die Heckleuchten der noch ahnungslosen Opfer wurden zusehends größer. Er war ein wenig enttäuscht. Es waren nur zwei, und die nicht sehr schnell, eher touristisch flott. Werden sich vermutlich nicht wehren und sind eigentlich keine Gegner.

Noch hatte Herwig diesen Gedanken nicht zu Ende gedacht, als es völlig überraschend neben ihm dampfhammerte!

Ärgerlich stellte er fest, dass die Instinkte zum Thema „Was ist hinter mir?“ noch nicht wach waren. Er musste die „Duke“ passieren lassen. Er hatte sie nicht gesehen und auch nicht geahnt! Und das war ein Gegner! Soviel war klar.

Herwig war jetzt hellwach! Und er wusste auch sofort, dass die jetzt vor ihnen liegende Bergwertung noch nicht gewonnen war. Einen Gang runter, Gas auf. Der Supersportler begann seinem Namen gerecht zu werden. Er war jetzt wieder dran an der Duke. Die beiden Tourer waren längst vergessen und deutlich zurückgeblieben. Aber Herwig wusste wohl, dass er gegen eine harte Enduro mit Straßenbereifung auf diesem Berg nur beschränkte Chancen hätte, und dass der da vor ihm offensichtlich auch wusste, wie man mit diesem Teil umgeht.

DER da?

Was ihn zusehends beunruhigte, war das aufkommende Gefühl, das da vor ihm könnte möglicherweise weiblich sein! „Das da vorne hat ja gerade 50 Kilo! Mist. Was jetzt?? Ich kann doch kein Mädchen herbrennen! Aber ich kann anderseits noch weniger einfach abdrehen!“

Herwig zögerte kurz, dann griff er doch an.

Nein, so geht's nicht. Mit Ausbeschleunigen ist nichts zu machen gegen die Duke. Abschminken. Die Geraden sind zu kurz, um den besseren Speed der 1000er-Vierzylinder auszuspielen. Aber auf dem Berg gegen ein Mädchen auf der Bremse attackieren??!!

Nein. Zu gefährlich.

Fünfte Kurve und immer noch hinten! Viele Chancen gab's nicht mehr. Eine kurze Gerade noch, und wenn da jetzt so eine Karre entgegenkommt, ist es vorbei... Da! Sie hatte sich ein klein wenig verbremst und musste kurz aufmachen! Herwig schob sich links innen vorbei und ging sofort auf Kampflinie, um einem eventuellen Konter in der gleich anschließenden Rechten zuvorzukommen, aber er musste doch hart von außen nach innen, und kurz schien das Vorderrad schon leicht unschlüssig zu werden, ob es nach außen abschieben oder doch noch abbiegen sollte.

Es bog noch ab.

Sie auch.

Mist! Er hätte sie gerne gesehen. Nun war sie weg. Abgebogen in ein anderes Tal. Ein wenig enttäuscht und nachdenklich blieb er stehen, setzte sich auf einen Stein und fummelte gedankenverloren nach einer Marlboro. Schade. So eine Begegnung mit einer offensichtlich frechen flotten Bikerin an diesem Sonnensonntag hätte schon was gehabt. Aber davon träumt man immer.

****

Er erkannte sie sofort. Als er auf dem Parkplatz beim Wirten die Duke stehen sah, schlug sein Herz ein wenig höher. DAS musste sie sein! Da war sie wieder!

Die Augen geschlossen, hielt sie das Gesicht in die warme Herbstsonne. Ein paar Minuten nur noch, dann würde die Sonne hinter der Bergspitze verschwinden, es würde schattig werden im Gastgarten und nur noch die Bikes am Parkplatz würden in den letzten Strahlen glänzen.

Herwig verliebte sich schlagartig.

Sie saß da, als würde sie eine Sonntagswanderung machen mit ihrer rot/blauen Endurojacke, den Jeans und den Bergschuhen, auf dem Rücken ein kleines rotes Rucksäckchen, und ihre dunkelblonden schulterlangen Haare leuchteten in der Sonne. Herwig gab sich einen Ruck, und mit leicht weichen Knien steuerte er sie an: „Sorry – war ein etwas hartes Manöver vorhin am Berg. Ich hoffe, ich hab' dich nicht erschreckt“.

Sie drehte provokant langsam den Kopf, hob die Lider und sah Herwig abschätzend in die Augen. Eine kleine Ewigkeit, wie es Herwig schien. Sie wirkte kühl, selbstsicher, ein wenig belustigt und ließ ihn spüren, dass sie sich gestört fühlte.

Plötzlich blitzte es in ihren Augen und sie begann amüsiert zu lächeln: „Kein Problem. Du hast nur so zappelig hinter mir gewirkt, darum habe ich dich vorbeigelassen".

Rumms! Das saß! Zum zweiten Mal falsch abgebogen heute.

Da kam die Wirtin, die nach Herwigs Wünschen fragte, gerade recht, um die Fassung wieder zu erlangen. Langsam entwickelte sich ein lockerer Smalltalk in der üblichen Bikersprache und Herwig schwamm auf Wolke Rosarot. Der Kaffee kam. Und just in dem Moment, als er sich auf einen Kaffeeplausch einstellte und so dahinüberlegte, wie er ein wenig mehr über sie erfahren könnte, sagte sie:

„O.K. – tschüß, ich fahr jetzt weiter."

Das darf doch nicht wahr sein!

Schon zum dritten Mal fiel Herwig heute aus seinen Träumen. Und er hörte noch den satten Ton des Einzylinders, registrierte erstaunt, wie sie mit dem Gerät umging, obwohl die Beine kaum den Boden berührten, und wieder war sie weg! Nachfahren? Keine Chance. Da stand der siedendheiße Kaffee, noch nicht bezahlt und außerdem – was soll Nachfahren bringen??

„Du bist ein Volltrottel" schimpfte sich Herwig innerlich.

„Zu blöd, einfach zu blöd!"

Langsam rollte er wieder in Richtung Heimat. Ein ereignisreicher Tag und einiges zum Nachdenken. Die freche Kleine da hatte es ihm angetan. Obwohl – es hätte ihm zu denken geben müssen, dass sie ihm innerhalb eines Tages gleich dreimal entglitten war. Aber daran dachte er keineswegs. Das Spiel hatte ihm gefallen.

Es war doch ein netter Tag geworden.

2 „Mist!"

Es war einer dieser Momente, in denen einem erst einmal nur noch dieses Wort durch den Kopf schießt. Überdimensional wie eine riesige Leuchtschrift!

Ein herrlicher Frühsommer-Sonntag-Morgen, kaum Verkehr, eine traumhafte Straße und unter ihm eine „Fazer" – brandneu, eben erst auf den Markt gekommen. Herwig war begeistert.

Zu begeistert.

Er hatte die 90-Grad-Linkskurve einfach übersehen.

Jetzt hieß es wieder einmal alles auspacken, was an Erfahrung und Routine ins Hirn gebrannt ist. Unglaublich, welche Fülle an Gedanken in Bruchteilen von Sekunden möglich ist!

Der Blitzcheck der Lage gab Hoffnung. Wenig, aber doch... Kein festes Hindernis, allerdings eine gut 30 Meter tiefe Böschung, die einen weiten Flug im Goldberger-Stil garantierte! Es mag ja sein, dass der Flug ein eindrucksvolles emotionales Erlebnis ist, aber mit einem Straßenmotorrad unterm Allerwertesten ohne Stuntausbildung – na ja...

Und Herwig's Off-Road-Erfahrungen halten sich auch in eher bescheidenem Rahmen.

Da die Linke nicht einsichtig war und ein Knaller in eine der Blechkarossen, die da doch hin und wieder Richtung eines der beliebten Jauerling-Wirtshäuser bewegt wurden, die garantiert schlechteste Version gewesen wäre, blieb nur eines: Es MUSSTE sich ausgehen! Und wenn es sich nicht ausgeht, wäre immer noch rutschend die Absprungkante zu erwischen die zweitbeste Lösung.

Herwigs Freund Christian, der Yamaha-Dealer, hatte doch was gefaselt von „toller Bremserei" und „hervorragendem Fahrwerk" – trotz Rohrrahmen, der im Gegensatz zu den heutigen Alu-Konstruktionen doch deutlicher zum Verwinden neigt. Also rein in die Zangen, dass der Bridgestone vorne einmal ein kräftiges Rauchzeichen von sich gab. In klassischer Race-Manier stand Herwig längst mit den Fußspitzen auf den Rasten. Nur nicht die Nerven schmeißen! Das Hinterrad hob sich bedrohlich in die Höhe und die nächsten Meter waren eine einzige Slide-Partie, bei der selbst Garry McCoy noch bleich geworden wäre! Der perfekte Eiertanz! Vorne die Blockade vermeiden und hinten das Ausbrechen kontrollieren! Jetzt ging's darum, die völlig aus den Fugen geratene „Fazer" genau an dem Punkt zu erwischen, an dem das Heck nach rechts schlingert, das Vorderrad kerzengerade über die Böschungskante schaut und dann einen Hang Off der übernatürlichen Art...

Jetzt!!

Aus der fast stehenden Bremsposition ließ er sich neben das Motorrad fallen wie früher die Donkosaken, die ihr Pferd seitlich an ihm hängend als Deckung benutzten, und riss den Gasgriff volle Pulle auf! Meister Kamper, der legendäre Speedwayfahrer der 50er und 60er Jahre, hätte vermutlich seine Freude daran gehabt, wie er da ums Eck geschossen kam, jeden Augenblick damit rechnend, dass die Fuhre die Bodenhaftung endgültig aufgibt und doch Notlösung 2 – also das berühmte „Wegrutschen" über beide Räder mit anschließend eingesprungenem Doppelaxel und einer kurzen Rutschpartie auf dem Allerwertesten bis zur Abflugkante und der darauffolgenden Wutzelpartie - angesagt wäre.

Er hörte gleichzeitig das Aufheulen der knapp 100 Pferde des 600er Triebwerkes, das typische Scharren der Kniebacken auf dem Asphalt und das unangenehme Quietschen der Gummis, die immer noch unentschlossen waren, ob sie diesen Gewaltakt mitspielen oder doch besser w.o. geben sollten!

Zu seiner eigenen Überraschung war er doch immer noch auf der Straße! Die Linksurve war erst einmal gemeistert.

Jetzt stand Problem Teil zwei auf dem Programm. Denn: Das Vorderrad hatte zwar wieder einigermaßen die Richtung des Straßenverlaufes, nur das Hinterrad befand sich jetzt irgendwo rechts neben ihm und durch das alles andere als dosierte Aufreißen des Gasgriffs verlief das Ganze logischerweise nicht gerade im Zeitlupenstil. Und um dem Ganzen noch ein wenig adrenalinmäßige Würze zu verleihen, war die erhoffte anschließende Gerade keine, sondern das Ganze ging relativ nahtlos in eine weitgezogene Rechtskurve über, in der sich gerade schemenhaft ein silberner Benz den Berg hochwälzte. Die ganze Nummer also...

Und da war sie auch schon - die Dynamik zum gefürchteten High-Sider! Die Fuhre bekam hinten wieder Grip, fing sich - die meisten Sportfahrer kennen die Situation! Da gibt es nicht viel dagegen - nur mehr Glück. Herwig spürte, wie die Schraubenzieherdynamik seinen Körper erfasste, wie es ihm die Füße von den Rasten riss und der Hintern langsam Kopfhöhe erreichte. Nochmals ein instinktives, verzweifeltes Anreißen am Gas, das die Fazer nochmals nach vorne katapultierte, seinen Arsch wieder vom Himmel holte und ihn mit einem lauten Krachen in den Sitz knallte, um ihn sofort wieder aufzusteigen zu lassen - diesmal in die andere Richtung. Jetzt war das Hinterrad links neben ihm. Was aber durchaus positiv war, weil er sich inzwischen eingangs der langen Rechten befand und ihn die schrägen Augen der entgegenkommenden Luxuskarosse längst bedrohlich groß anstarrten. Er registrierte sogar die zu Masken erstarrten Gesichtszüge der Insassen des Mercedes, die mit solch einem Stunt kurz vor dem Sonntagsschnitzel wohl nicht gerechnet hatten, und denen Herwig offensichtlich gerade alle Vorurteile über die „Wahnsinnigen" bestätigte. Irgendwie schoss er an dem Blechhaufen vorbei, slidete, driftete und versuchte alles, was er je irgendwo irgendwie gelernt hatte, um die Fazer wieder einzufangen - jetzt rechts neben dem Motorrad hängend...

Vorsichtig machte er das Gas zu, ließ sie langsam ausrollen, brachte sie zum Stillstand.

Herwig war erst einmal unfähig abzusteigen.

Immer noch auf dem Motorrad sitzend öffnete er das Visier, japste nach Luft. Zitternd fingert er am Helmverschluss herum, ehe er endlich den Helm vom Kopf brachte, in dem es seinerseits pochte und hämmerte wie in einem Stahlwerk.

Die Sonnenbrille fiel zu Boden, und die Suche nach dem Seitenständer gestaltete sich so, als ob er zum ersten Mal auf einem Motorrad sitzen würde. Jetzt purzelte auch noch der Helm vom Rückspiegel und kollerte die Böschung hinab, der er gerade entgangen war. Erst nach der dritten Diät-Marlboro war er in der Lage, sich langsam auf den Weg zu seinem Helm zu machen, und erst jetzt merkte er auch, dass er unter dem Leder klitschnass war, der linke Kniebacken irgendwo da oben auf der Straße liegen musste und sein Kreislauf dieser Bezeichnung keinesfalls gerecht wurde.

Es dauerte eine gute Viertelstunde, bis der Adrenalinspiegel wieder aus dem roten Bereich war und auch der Herzinfarkt blieb überraschenderweise aus.

Von den verbliebenen vierzig Kilometern Heimfahrt weiß Herwig nichts mehr. Außer von der Predigt seines Schutzengels, den er plötzlich auf seiner Schulter sitzen sah.

3 Des Bikers Traum

„Das darf doch alles nicht wahr sein!" dachte Herwig, als er mit klammen Fingern eine Marlboro aus der zerknitterten Packung fingerte. Das hatte ihm gerade noch gefehlt. Es schüttete! „Warum sitze ich nicht im warmen Wohnzimmer und schau mir den Superbike-WM-Lauf an?? Aber nein - ich Idiot muss ja noch einmal eine Runde ansagen!"

Dabei hatte der Tag verlockend begonnen, und die noch fast sommerliche Sonne trieb das Quecksilber auf 15 Grad.

Da muss man doch hinaus!

Dennoch war Herwig bereits leicht säuerlich aufgestiegen. Roswitha, sein „unverbindliches Verhältnis" hatte sich seit einigen Tagen schon nicht mehr gemeldet und er hatte (deswegen?) ein undefinierbar flaues Gefühl im Magen. In der Agentur gab es in dieser Woche auch nur Ärger mit lauter Kleinmist und der bevorstehende Winter drückte auch schon ein wenig aufs Gemüt.

Aber all diese grundsatzphilosophischen Gedanken, die Herwig so beim Dahinrollen in Richtung heimatliche Bergwelt bewegten, waren urplötzlich wie weggeblasen. Weil der Ordnungshüter in grau, der eben auf der Straße stand und die bekannten und unmissverständlichen Handzeichen gab, vermutlich über was ganz anderes philosophieren wollte. Über zu geringen Abstand zum Vordermann beispielsweise und dann noch über das Nichtmitführen des Verbandspäckchens, das Herwig nie mitführte, weil es ihm einfach sinnlos erschien. Was will man schon mit diesem Päckchen!!?? Drei Hansaplast-Strips, ein Fingerverband und eine Mullbinde. Reicht gerade, wenn sich der Kollege beim Pinkeln im Gebüsch am Rosenstrauch einen Dorn in den Finger getrieben hat! Und das mit dem Abstand ist auch so ein Gummiparagraph, der immer geht, wenn sonst nichts geht. Herwigs Lieblingsthemen also, und dank seiner ohnehin nicht gerade rosigen Laune war er auch entsprechend ruppig während der „Amtshandlung". Die dreißig Euro wurmten ihn mächtig.

Er schnippte verdrossen mit dem Zeigefinger seine Marlboro in die Pfütze, die sich inzwischen rund um ihn gebildet hatte, was einerseits bedeutete, dass er mitten drinnen stand, und andererseits, dass der Regen immer stärker geworden war und wohl weiter anhalten würde. Rund 200 Kilometer noch, drei Bergwertungen dazwischen - also nix mit locker dahinfahren. An sich war Herwig ja ein sehr guter Regenfahrer, und er kann es ganz schön laufen lassen im Nassen. Eine Spezialität von ihm. Nur: Spaß machte es trotzdem keinen. Schon gar nicht wenn es noch weit, die Dunkelheit mit großer Wahrscheinlichkeit schneller und man mit einem gerade noch fahrenden Schrotthaufen unterwegs war!

Denn vor zwei Stunden hatte Herwig sich ausgebreitet. Klassisch. Der Herr Routinier, der trotz mancher Fights nie liegt, hatte abgelegt! Wie ein Anfänger. Noch letztes Wochenende war er mit einer nicht so erfahrenen Truppe unterwegs gewesen und hatte gesagt: „Passt´s jetzt auf die Mostbirnen auf! Schwarze Flecken unter den Bäumen rutschen wie Schmierseife!" Stimmt. Sie waren wie Schmierseife...

Er war in die eigentlich unbedeutende Linkskurve locker hineingefahren und deutlich weniger locker herausgerutscht. Blitzartig war das Vorderrad einfach weg! Und während Herwig noch verdutzt der in Richtung Wiese schlitternden Maschine nachsah und betete, dass sie sich nicht überschlagen würde und gleichzeitig daran dachte, dass er -Gottseidank- die Kaskoversicherung nicht wie beabsichtigt schon gekündigt hatte, wurde es warm am Hosenboden. Herwig konzentrierte sich auf seine eigene Rutschphase, da es inzwischen immer ungemütlicher wurde. Denn selbst gutes Leder ist trotzdem nur Leder und somit auch irgendwann am Ende der Leistungsfähigkeit. Er streckte die Hände weg vom Körper, um das Überschlagen solange wie möglich hinauszuzögern und bis dahin möglichst viel Tempo abzubauen. Denn der Straßengraben, den seine Maschine soeben mit einer herrlichen Pirouette mit mindestens zwei Schrauben überflogen hatte (Herwig dachte sarkastisch: „Haltungsnote 10!") und die sich nun am Gegenhang spektakulär ins Erdreich bohrte - dieser Graben würde auch ihn gleich schlucken. Soviel war klar.

Und schon steckte es ihn hinein ins Rinnsal, Kopf und Schultern voran, die Beine strebten dynamisch in Richtung Himmel - Herwig absolvierte einen Salto rückwärts/gestreckt mit anschließender Bauchlandung in exzellenter Haltung.

Jeder, der irgendwann unfreiwillig abgesessen hat, kennt diesen Moment, in dem alles aufhört und es plötzlich ganz still und ruhig wird. Dann der Check: Wo beginnt es zu schmerzen? Er erinnerte sich daran, dass er beim Einschlagen in den Graben das linke Bein ziemlich verdreht gehabt hatte. Vorsichtiger Test. Ja, es schmerzte, aber es dürfte nicht schwerer verletzt sein.

Langsam versuchte er sich aufzurichten, immer damit rechnend, dass irgendwo der bekannte Stich durch den Körper fährt, der auf Schlimmeres hinweist. Aber er war soweit O.K. Vermutlich steckte der Dreck wieder überall. Immer wieder das selbe Rätsel: Wie kommt die Erde trotz Lederkombi und sonstiger Vollausstattung bis in die Unterhose??

Herwig machte sich auf den Weg zu seinem Motorrad. An die Schürf-Brandstellen am Allerwertesten, an den Unterarmen und den äußeren Oberschenkeln wollte er gar nicht denken, auch wenn diese sich langsam aber spürbar bemerkbar machten. Das linke Knie dürfte doch was abbekommen haben. Die Teflarbestückten Handschuhe hatten sich aber bezahlt gemacht. Wenigstens etwas.

Zuerst sah Herwig die traurig herunterhängenden Armaturen. Super. Das kostet gleich einmal. Armaturen gehören zu den kostspieligsten Dinger an einem Bike. Aber ansonsten sah es nicht ganz so schlimm aus.....

Nach mehreren vergeblichen Versuchen und dem aufkeimenden Gedanken „Was mach' ich jetzt?" reagierte die Lädierte plötzlich mit ein paar Hustern und sprang tatsächlich an!

Glück im Unglück. Zwar hingen der linke Spiegel, beide Blinker und diverse Verkleidungsteile ziemlich traurig herunter, das Heck hatte auch seine Mitte verlassen, und die ganze Fuhre hatte dank voralpischer Heimaterde glatt 15 Kilo mehr – aber sie war fahrfähig. Weder war der Lenker verbogen, noch der Schalthebel gebrochen! Die linke Fußraste war ein wenig höher als sonst, der Kupplungshebel zeigte eine Außenbiegung wie ein Feuerhaken, und den Tank zierte eine nette Delle – alles Schäden, die den Aufwand einer Abholung mit dem Transporter nicht rechtfertigten. Er zupfte noch die Reste der Plexiglasscheibe aus der Halterung und versuchte dann den Off-Road-Ritt in Richtung Asphalt.

Und jetzt noch der Regen. Missmutig kämpfte sich Herwig ins Regenplastik. Wenn diesbezüglich einmal jemand eine echt gute Idee hat, kann er reich werden damit! Das Regenzeugs anzuziehen ist immer wieder eine akrobatische Übung und das war genau das, was Herwig jetzt angesichts seines lädierten Luxuskörpers brauchte. Und dann diese Stiefelgummi oder Gummistiefel, mit denen man überhaupt kein Gefühl im Fuß mehr hat! Herwig verzichtete. Denn ob daheim nun auch noch aus den Stiefeln das Wasser rinnt, war auch schon egal.

Zweieinhalb bis drei Stunden schätzte er und versuchte sich mental auf diesen Trip einzustellen. „Wenn Dir das alles jemand anschaffen würde, du würdest ihm den Vogel zeigen! Und wir machen das freiwillig" ging es ihm durch den Kopf. Na ja – eher drei Stunden. Über die Berge mit einem schwer verbogenen Teil, dem die Fetzen hinunterhängen, im strömenden Regen, mit schmerzendem Körper und im Saunaanzug namens Regenkombi.

Des Bikers Traum!

Als Herwig endlich daheim ankam, die Reste seines Gefährtes vor der Garage abstellte und das Garagentor öffnete, war er nicht einmal mehr ärgerlich. Nur noch müde. Er schob die Deformierte in die Garage, schälte sich aus der Regenkombi und aus dem dennoch nassen Leder, ließ alles fallen und liegen und trottete missmutig ins Haus.

Er schaltete den PC ein und fand kein Mail von Roswitha vor. „War wohl nicht ganz mein Tag..." sinnierte er selbstironisch und begann Badewasser einzulassen...

4 Heute schon blamiert?

Die Höchststrafe für jeden Biker ist die Blamage. Schließlich sind wir ja alte Biker, souverän und unsterblich in unseren Geschichten. Blamagen haben da keinen Platz.

Man stelle sich ein kleines Dorf im Waldviertel vor. Die Bikerpartie war beim Dorfwirten Mittagessen und wollte nun weiter. Draußen eine sich vor der Kirche sammelnde Hochzeits gesellschaft. Und der Übermut. Die beiden herübergrinsenden Mädels ganz in Weiß, deren Anblick die Geschichte von Tom Petty's Kultsong „Free Fallin'" wie ein Film im Hirn ablaufen ließ: „She's a good girl... I'm a bad boy..." und so weiter. Da musste das Vorderrad einfach einen Luftsprung machen und die gesamte männliche Kraft mit den zur Verfügung stehenden PS bewiesen werden! Ein Traum-Wheelie! Es war schlichtweg ein Traum! Ein Kunstwerk! Sie schoss nach vorn die Yamse, der Reiter in der Pose großer Feldherren am Ross, wie sie in 200 Wiener Parks als Statuen zu sehen sind! Nicht einmal das Schwert fehlte.

Die Siegerpose verwandelte sich blitzartig in reine Panik, als der Lattenzaun des gegenüberliegenden Einfamilienhaus-Vorgartens genauso schnell entgegenkam, wie die Yamse nach vorne schoss!

Es war einer dieser Momente, in dem man genau weiß was jetzt kommt und dass daran nichts mehr zu ändern ist. Man weiß, jetzt ist die Kung-Fu-Nummer dran...

Wie Karate in seiner härtesten Form ist es, wenn erst das Vorderrad die obere Querlatte durchschlägt, dann Lenker und Motor die senkrechten Latten zu ofengerechten 30-Zentimeter-Stücken verarbeiten, danach das Hinterrad der unteren Querverstrebung den Rest gibt und man nach dem berühmten Moment der Stille langsam merkt, dass es nicht Blut, sondern zerquetschte Tomaten sind, die übers Visier rinnen, das wiederum nicht aufgeht, weil sich die unreife Zucchini im Spalt zwischen Helm und Visier verzwickt hat, man im Salatbeet hockt wie der größte Trottel und auf der gegenüberliegenden Straßenseite applaudieren sie, als hättest man eine beeindruckende Zirkusnummer abgegeben, und liegen flach.

Das ist Blamage.

Nie wird es zu Ende sein, das ewige Aufwärmen dieser Geschichten durch die anderen bei tausend Wirtshausgesprächen, und dazuerfunden und geschönt wird auch noch, dass selbst Fischer erblassen. Da könntest du Weltmeister werden, würden sie diese Geschichten noch erzählen!

Aber irgendwann in einer längeren Bikerkarriere kommt dann doch der Zeitpunkt, dass man solche Geschichten selbst erzählen kann. Erzählungen davon, wie man sich im Zeitlupentempo vor der in den ersten Frühlingstagen prall mit Gästen besetzten „Donauterrasse" ausgebreitet hat, auf dass so mancher fast an der Kirschtorte erstickt wäre vor Lachen. Oder womöglich gar, wenn die Fuhre umfällt an der Kreuzung, weil man die Desert-Boots noch nicht aufgedoppelt hat und die Ledersohle den Halt verliert und man vor Peinlichkeit im Boden versinken möchte – dann sind es irgendwann auch keine „Blamagen" mehr, sondern einfach (– heute amüsante –) Geschichten aus einem langen Bikerdasein.

5 Geisteskrankheit?

Manchmal in Zeiten aufkeimender Anfälle von Selbsterkenntnis stellt sich nach drei Jahrzehnten Motorböcke reiten die Gretchenfrage: Was tu ich da?

Ich meine, warum setzt man sich auf einen zusammengeschweißten Metallhaufen, der ja letztendlich ganz schön am Säckel liegt? Und dann die Peripherie, die ewige Umbauerei, Tunerei und ähnlich sinnvolle Maßnahmen – schließlich brauchen 128 PS ja noch unbedingt einen Vergaser-Kit und ein Ofenrohr mit konischen Krümmern um 1000 Euro, bis hin zu Leder, Hohlraumschutz, Stiefel, Handschuhe, Regenzeugs, Protektoren, Tankrucksack – um nur die Mindestanforderungen aufzulisten – was es alles ja auch nicht gerade geschenkt gibt. Und von Benzin- und Versicherungspreisen, Strafmandaten und sonstigen Diebstählen gar nicht zu reden.

Letztendlich bleibt aber noch eines: Es ist ja auch nicht ganz ungefährlich! In den Glanzzeiten hab ich auf Wundmaterial, Nähzeugs und Gips 20% Mengenrabatt bekommen.

Wieso tut man das? Weil man weich ist in der Birne? Komplex? Welcher? Die große Freiheit? Von der reden nur die Nichtfahrer, die kann man in Kalifornien auf 600-Kilometer-Geraden erleben, aber sicher nicht mit einer E-Glide übern Wastl am Wald! Da wird die Harley zum Fitnessstudio und die Bezeichnung „Cruiser" kriegt was Zynisches. Wo ist die große Freiheit, wenn ich auf dem Supersportler alle dreißig Kilometer am Führerscheinentzug vorbeischramme (bis jetzt zumindest!)? Ist es doch die Kraft der Maschine, die es zu beherrschen gilt? Der legendäre Kampf mit - oder meinetwegen: gegen die Technik? Der spielt sich im Laufe der Jahre meist auch nur dann ab, wenn die Karre streikt.

Ich tendiere am ehesten doch zur Theorie der Geisteskrankheit. Ja. Warum nicht eingestehen? Ein Beispiel: Jeder von uns kennt doch den spannenden Moment am Anfang des Jahres, wenn die ersten Sonnenstrahlen daran erinnern, dass ja der Helden Zeit wieder im Kommen ist und sicherheitshalber kontrolliert man einmal verstohlen, ob das Kampfgewand wieder diesen lästigen ledertypischen Schrumpfprozess mitgemacht hat. Alle Jahre das selbe Spiel: Kaum hängt man das Lederzeugs ein paar Monate in den Kasten, läuft das Ding ein und schon beim ersten Test geht der Zippverschluss flöten...

Niemand würde mich normalerweise dazu überreden können, im März auf Diät zu gehen. Aber bei den Varianten, entweder vier Kilo abnehmen oder einen Tausender für eine neue Kombi, in der man noch dazu ausschaut als hätte es das Christkind gebracht, zeigt sich angesichts des Gesamtjahresbudgets eine klare Tendenz. Keine Mücken, keinen Kratzer am Leder und das im klassischen Blunzenlook? So kann man doch nicht aufkreuzen! Also doch abnehmen.

Wir lassen uns im Herbst bei der regionalen Zweiradmesse inspirieren, um uns dann im Winter die gleichen Dinge bei der regionalen Zweiradmesse nochmal anzuschauen, damit wir den Verkäufer die nächsten drei Monate fertig machen können mit unseren qualifizierten Fachfragen über den komplizierten Hebelweg der neukonstruierten Bremszangen. Wir diskutieren am Stammtisch die Ergebnisse, die Weicheier von Pressefritzen (und -fritzinnen!) so von sich geben, dabei können die wahrscheinlich nicht einmal den neuesten Rasenmäher von Honda ausfahren!

Die große Freiheit oder die Faszination der Technik? Was denn? Hat wer von Euch eine schlüssigere Begründung als „Geisteskrankheit"?

Also wenn es noch eines weiteren Beweises bedarf, dann erzähl ich auch, dass ich mit den Motorrädern rede. Ja, ich weiß... Aber es ist halt eines der unzähligen Rituale, bevor ich aufsteige, meinem Baby (dem Bike!) auf den Hintern zu klopfen und ihr machomäßig zu erklären: „Baby – ich fahr mit dir – nicht du mit mir! Alles klar?!" Manche Dinge muss man einfach von vornherein klarstellen. Ich lob' sie aber auch, wenn sie mich wieder heil heimgebracht hat. Das mach' ich schon. Dafür kann sie sich was anhören, wenn sie bei einem härteren Anbremsmanöver wieder einmal zickig wird und das Hinterrad daher tanzt wie Bob Curtis in seinen Glanzzeiten!

Es dürfte ja schon irgendwie klar geworden sein, dass ich ein wenig tendenziös bin, und dass einige Dinge zum Thema „Bike" etwas weiter weg sind von mir. Klartext: Ich gehöre zur Fraktion der Knieschleifer. Also zu denen, die am meisten zum untadeligen Image der Motorradfahrer beitragen, der nie in Ortschaften über 60 fährt, bei 70er-Beschränkungen sind es dank perfekt ausgebildeter Selbstkontrolle maximal 90 und erst auf der Landstraße wird angegriffen. Da lass ich mir nichts nachsagen, weil „Raser" bin ich keiner!

Mit den Chopperln und den Cruisern hab ich's nicht so. Die Sitz- und Lenkerposition erinnert mich zu sehr an den Gymnasial-Turnunterricht. Da bin ich auch verzweifelt an der Reckstange gebaumelt.

Und es gibt angeblich Leute, die kaufen Motorräder nach „Vernunftkriterien". Echt! Gibt's! Die fragen nach Verbrauch und solchen Sachen! Hab ich gehört. Kann mir bitte jemand den „Vernunft"-Unterschied zwischen einer Virago und einer Shadow erklären? Oder einer R6 und einer CBR oder GSXR?

Vernunft, wo bist Du??

Motorräder wie Bergepanzer mit Stereoanlage und Koffern, gegen die jeder Kleintransporter in Sachen Ladevolumen alt ausschaut, um 30 Tausender, Musclebikes mit 200 PS, damit die Gummis auf ihre minimale Lebensdauer geprüft werden können, und Supersport-Edelitaliener, wo jedes Gummiringerl handgeblasen ist - wir kaufen's...

Eigentlich müsste in einer normalen Gesellschaft all das längst ausreichen, dass man uns allen einen Sachwalter gerichtlich verordnet. Ist es doch ein Virus? Oder werd' ich womöglich alt, dass solche Gedanken kommen???!!!

Wie auch immer - ich muss jetzt meine neue, maßgeschneiderte Echt-Leder-Sport-Bank mit den gestickten Initialen montieren!

6 My Generation

„People try to put us down!! – talking 'bout my generation..." Mit an Verbissenheit grenzendem Ehrgeiz versuchte Herwig, das windmühlenartige Armkreisen des legendären „Who"-Gitarristen Pete Townshead zu kopieren und dabei noch die richtigen Akkorde zu treffen! Mit einer Mordswut im Bauch, was dem Hardrock ja bekanntlich auch die letzte Würze verleiht.

Man folgte als Spätpubertierender gerade dem Geist des Jahres 1968 und man hatte sich der Revolution verschrieben, die genau genommen allerdings überall anders stattfand, nur nicht hier im Kleinstädtchen. Die Ursache von Herwigs Zorn: „Mit der Haarlänge brauchst gar nicht zur Prüfung antreten!" hatte ihm vor einer Stunde sein Fahrschullehrer offenbart. Dabei war der Haarschnitt gerade so, dass man heute als „Mamas Liebling" problemlos durchgehen würde. Ein paar Zentimeter hingen sie halt über die Ohren. Also so Beatles-in-den-Anfangszeiten-mäßig. Was schlimm genug war, sah sich Herwig doch eher bei der harten Fraktion und die Beatles waren für ihn eher Weicheier, auch wenn dieser Ausdruck erst viel später geboren wurde. Stones, Who, Doors und Hendrix waren angesagt.

Erst letzte Woche hatte er bei der Halbkommerzband gekündigt, bei der sein Schulkollege Manfred trommelte. Jener Manfred, der gerade seine ersten Erfolge auf dem Weg zum heute bedeutendsten Geschlechtsteilkarikaturisten feierte, indem er seine Studien und Skizzen in Religions- und Deutschbüchenr verewigte und damit seinen Gymnasialabgang drastisch beschleunigte. Dieser Manfred ist ja bis heute auch einer der bekanntesten Beach-Boys-Fans, aber siebzehn Beach-Boys-Happy-Songs in einer Nacht waren einfach zu viel! So oft konnte Herwig gar nicht „Good Vibrations" absingen, damit sich die auch einstellten. Da scheiterte sogar die Autosuggestion! Nein – Jimy's „Stone Free" und Eric Burdon's "Sky Pilot" wollte Herwig spielen und "Wind Cries Mary", weil sein aktueller Schwarm gerade Maria hieß, und man sang immer einen Song für den aktuellen Schwarm! Und ohne der Hymne „My Generation“ brauchte man im Beat Club gar nicht antreten!

Auch seine bis dahin erfolgsversprechende Karriere als Jugend-Tormann beim städtischen Traditionsklub erfuhr dank der neuartigen Rauchstoffe einen für die Trainer völlig unerklärlichen Knick, und statt den elternseits angepeilten standesgemäßen „Good Girls“ vom Maturaball machte er deutlich konkretere Erfahrungen mit den zu „In-A-Gadda-Da-Vida“ dahinschwebenden Hippiegirls. München, Amsterdam und London wurden in den kommenden Jahren zur zweiten Heimat. Und er erlebte drastisch, was es heißt, „ausgegrenzt“ zu werden. Plötzlich waren er und seine Gesinnungsgenossen „Gesindel, das in ein Arbeitslager gesteckt gehört“, in den meisten Lokalen waren sie „unerwünscht“ und die exekutierende Obrigkeit hatte sie konstant unter Beobachtung - „Big Brother“ war ein billiger Abklatsch dagegen. „People try to put us down!“ Roger Daltrey wusste anscheinend, wie es ihnen erging.

Im elterlichen Keller werkte Herwig seit Monaten an einem bis zur Unkenntlichkeit zerknüllten 3-Gang-Renault herum, um diesen bis zum Führerschein nicht nur wieder fahrtüchtig, sondern auch zu einem unvergleichlichen Kult-Prunkstück zu machen! Ein eigenes Auto mit achtzehn war keine Selbstverständlichkeit in dieser Zeit. Was aber langsam voran ging, denn einen Teil der neben Proben und Hippiegirls verbleibenden Freizeit musste er zwangsweise auch in seine Puch-Mopetten investieren, da sich diese den andauernden Tunings immer öfter nicht mehr gewachsen sah und mehr und mehr Pflegezeit verschlang. Sport-Vergaser und aufgebohrte Zylinder machten zwar schnell, aber nicht standfest. Man sollte die „Roaring Sixties“ schließlich auch via Auspuff hören können.

Just zu diesem Zeitpunkt erlebte auch die lokale Moto-Cross-Szene einen Höhenflug. Die Truppe rund um Altmeister Rudi, der es mit seiner 650er ESO sogar zu nationalen Meisterehren brachte, entdeckte die Vorzüge neuartiger Metisse-Rahmen, in die man die bewährten Triumph-Motoren steckte, wodurch man gegenüber der Konkurrenz einfach besser bewaffnet war.

Und so hing Herwig auch hin und wieder, wenn gerade kein Hippiegirl bei der Hand und keine Probe angesagt war, in Rudis Werkstätte herum, weil da neben ein paar echt brauchbaren Tuning-Tipps für die Puch und billigen Marlboros von den Ostblockrennen auch hin und wieder ein Helferlein-Job auf der lokalen Cross-Bahn drinnen war (die sinnigerweise auf dem Truppenübungsplatz angesiedelt war, wogegen er aber dem Bundesheer mittels ausgeklügelter Taktik gerade ausgekommen war!). Und diese Helferlein-Jobs hatten den Sinn, dass er hin und wieder aufsteigen durfte auf so ein Triumph-Metisse-Heiligtum.

Tja, und irgendwann fiel ihm eines der nutzlos gewordenen Triumph-Gestelle in die Hand und ein wenig später erbte er noch einen ausgebrannten Motor dazu und nach Monaten der Verzweiflung und etlichen unchristlichen Flüchen lief das Ding dann tatsächlich. Zwar waren so Nebensächlichkeiten wie Bremsen et cetera noch weit weg von echter Funktionalität (was ihm auch gleich seinen ersten spektakulären Einschlag in Nachbars Gartentor bescherte!) – aber das Ding lief!

Etwa in dieser Zeit muss er sich dieses Virus eingefangen haben, das ihm bis heute zahlreiche Arztbesuche und einige Krankenhausaufenthalte bescherte und für das es immer noch kein wirksames Gegenmittel gibt. Chronische Versteifung und gestörte Motorik im rechten Handgelenk als Folgeerscheinung inklusive.

Die Verursacher-Triumph hauchte bald darauf in einem bösartig platzierten Schützengraben auf der Crosstrecke am Truppenübungsplatz endgültig ihr Leben aus – ein Schlüsselerlebnis, das ihn endgültig zum Pazifisten werden ließ. Gekämpft wurde fortan nur noch auf den Straßen des Voralpengebietes - und zwar um Bremspunkte und Schräglagen. Die Führerscheinprüfung wurde wie vorhergesagt tatsächlich zur Folter und hatte mit der StVO nur wenig zu tun. Deshalb holte er seinen Motorradführerschein erst zehn Jahre später nach, nachdem die inoffiziellen Rennen gegen die 360er Hondas der „weißen Mäuse“ immer härter wurden, weil die Herren von der Exekutive auch schön langsam fahren lernten.

Vieles hat sich geändert seither. Die Medizin sucht noch immer nach dem Virus, das sich seit damals stetig verbreitet, die Bullenreiter haben fahr - und motorradtechnisch gleichgezogen und lange Haare sind heute auch keine Aufreger mehr.

Und selbst die „Beach Boys" haben im Laufe der Jahre ihren Schrecken verloren...

7 Da ist sie!

Ist sie es wirklich??!!

Herwigs Puls beschleunigte parallel zur Drehzahl. Sie ist es!! Wie sie die Duke um die Kurve drückt – das ist sie! Nicht so wie Straßenfahrer, im Offroadstil eher. Das Motorrad in die Kurve drücken, Oberkörper und Kopf bleiben fast senkrecht. Sie ist es!

Immer wieder in den Monaten seit dieser seltsamen Begegnung im Herbst des Vorjahres hatte Herwig seine Revierkontrollen im Voralpengebiet in etwa um die selbe Zeit gestartet wie damals. In der Hoffnung, sie hätte auch Gewohnheiten und führe zur selben Zeit die selbe Strecke wieder einmal. Im Laufe der Wochen und mehrerer vergeblicher Versuche sie irgendwo aufzustöbern, hatte er eigentlich nicht mehr daran geglaubt. *Was mach ich jetzt??* Auf gleiche Höhe schieben und das klassische „ Biegen wir irgendwo auf einen Kaffee ab"?? – Handzeichen geben? Zu viel Risiko eine Abfuhr zu erhalten! Herwig war gewarnt vom ersten Auftritt.

Er wusste, die Chance auf ein „Nein" war groß und das wollte er nicht riskieren. Also einmal dranhängen. Vielleicht steuerte sie ohnehin eines der klassischen Bikergasthäuser an, die es ja reichlich gibt auf dieser Strecke. Aber was, wenn sie weiterfährt?? Hundert Kilometer nur hinten nachfahren macht auch einen seltsamen Eindruck. Nur nicht nervös werden! Herwig entschied sich für die unauffällige Verfolgung mit Distanz. Was aber auch nicht ungefährlich war, weil dafür doch zwei bis drei Kurven Abstand notwendig sind - und plötzlich verschwunden war sie ja schon einmal.

So richtig konnte sich Herwig gar nicht mehr erinnern an sie. Ihr Gesicht war verschwunden, weg aus seiner Erinnerung. Die dunkelblonden Haare und die blitzenden Augen, das leicht ironische Lächeln. Das hatte er gespeichert. Und Ihre Ausstrahlung!

Sie bog wieder ab! Herwig jubelte innerlich. Er wusste jetzt, sie steuert wieder die KK-Wirtin an, den zentralen Bikertreff der Region, wo an so einem Sonntag hunderte Motorräder auf dem Parkplatz herumstehen. Doch heute war Donnerstag und als sie von der Duke stieg, brachte Herwig seine Ducati neben ihr zu stehen, und fast gleichzeitig nahmen sie den Helm ab. Ihre Haare trug sie anders, das schulterlange Dunkelblond war einem rotblonden Haarschopf gewichen.

Es war vermutlich das blödeste Grinsen seines Lebens mit dem er „Hallo!“ sagte. Ein wenig fragend, den Kopf leicht geneigt, erwiderte sie das „Hallo“ – so als wüsste sie nicht recht... „Diesmal war ich geduldiger!“ setzte Herwig sofort nach, um den Faden ja nicht abreißen zu lassen und sein Grinsen erinnerte immer deutlicher an einen australischen Breitmaulfrosch. Einen Moment lang wusste er selbst nicht, ob er mit dieser Ansage auf ihr damaliges „Du hast so zappelig gewirkt, also hab ich dich vorbeigelassen“ anspielte, oder ob er das Warten auf ihr Wiedererscheinen meinte.

Nebeneinander gingen sie Richtung Tische und Herwig visierte gerade ein hübsches Plätzchen am Rande des Gastgartens an, wo die Wahrscheinlichkeit gering schien, dass sich noch jemand dazusetzen würde. Er legte Helm und Tankrucksack auf einen Sessel, als er merkte, dass sie einfach schnurstracks geradeaus weiter ins Lokal ging. Abgeblitzt! Der Schreck fuhr ihm in die Glieder, als hätte er sich gerade mörderisch verbremst. „Guter Vergleich“ dachte er in einem Anfall von Selbstironie.

Dass sie sich jetzt nicht zu ihm an den Tisch gesetzt hatte, war einfach zu deutlich. Fast eine Ohrfeige! Und um diese Ohrfeige hatte er jetzt monatelang gebettelt? Eingefahren. Niederlage! Mist.

Die wäre echt interessant gewesen. Herwig begann zusammenzupacken. Er musste jetzt am Josefsberg ein paar Rosarote herbrennen, sonst drohte ein Egoschaden! Mit einer Niederlage kann man nicht heimfahren! Und hoffentlich hocken dann keine Weiber am Bock und auch keine Weicheier und Dünnbrettbohrer, sondern ein paar ordentliche Männer die was können, die sich wehren. Würdige. Himmelblaue eben!

Just als Herwig wieder aufbrechen wollte, sah er sie plötzlich an der Eingangstüre stehen. Suchend blickte sie über die versammelten Bikermassen. Suchte sie IHN oder doch nur ein freies Plätzchen?? Rasch setzte sich Herwig wieder und tat, als warte er gelangweilt auf die Bedienung.

„Darf ich?"

Herwig versuchte cool zu bleiben. „Klar!"

Sie kamen ins Plaudern. Sie erzählte, dass dies hier unter der alten Linde ihr Lieblingsplätzchen sei, und Herwig versuchte sie an die Begegnung vom Vorjahr zu erinnern (sie erinnerte sich NICHT!) und man quatschte ein wenig über Bikes – was sonst? Herwig erfuhr, dass sie eigentlich eher Off Road daheim ist und sogar schon in der Wüste herumgekurvt war. Langsam bekam er ein erstes Bild von ihr. Na ja, sehr stabil dürfte sie nicht sein und viel unterwegs. Er hörte Sätze von „nach Australien gehen" und was von Studium das derzeit eher ruht und allgemeine Sätze über Männer, die nicht gerade auf mangelndes Selbstbewusstsein schließen ließen. Aber sie war süß und Herwig war schlichtweg begeistert.

Als sie wieder aufbrechen wollte, schaffte er es gerade noch geistesgegenwärtig, eine zerknüllte Visitenkarte aus der Tasche zu fummeln und sie ihr in die Hand zu drücken. „Wenn Du Lust hast, meld Dich einmal! Wir könnten ja einmal gemeinsam eine Tour machen!"

Sie antwortete nicht mehr, steckte die Karte - achtlos wie es Herwig schien – in die Tasche und sagte nur noch: „O.K. – Tschüss dann!" Dennoch war sich Herwig sicher: Sie würde sich melden....

8 Über die Magie von Schweinsrippchen

Der legendäre „Österreichring“ in Zeltweg hatte eine ganz berühmte Kurve: Die „Boschkurve“. Und eine andere, um die sich kein Fernsehkommentator scherte: Die „Glatzkurve“. Heute heißt der „Österreichring“ ja längst „A1-Ring“ und liegt plötzlich in Spielberg, obwohl es immer noch dasselbe Areal ist, und der Bikergott strafe den Designer der neuen Strecke mit ewigem Motorradfahrverbot!

Sicher - die „Boschkurve“ war spektakulär. Man kam nach der langen „Schönberggeraden“ - die ihrerseits ja wieder keine echte Gerade war, sondern eine leichte Linkskrümmung und vor der „Bosch“ noch einmal einen Linksknick hatte, weswegen man die „Boschkurve“ nicht einsehen konnte - mit Höchstgeschwindigkeit zur „Bosch“, die sich dann ewig lang eindrehte und noch dazu leicht bergab führte. Details, die dem Zuschauer kaum sichtbar wurden. Ausgangs der Bosch musste man zusätzlich aufpassen, weil in der linken Fahrbahnhälfte jahrelang eine leichte Bodenwelle war, die einem die Einfahrt in die nach außen hängende „Texaco“ völlig versauen konnte.

Aber die „Glatz“ hatte keine Auffälligkeiten. Man kam von der Zwischengeraden nach der Schikane ziemlich schnell hin und musste sie absolut sauber und mit höchstmöglichem Tempo meistern, um den vollen Schwung auf die lange „Schönberggerade“ mitzunehmen. Ein Fehler in der „Glatz“ kostete Sekunden, die kaum mehr aufzuholen waren.

Es war Herwigs Premierenrennen in der Rennklasse „bis 350ccm“. Sein Werkzeug: Eine 350er Zwei-Zylinder-Zweitakt-TZ-Yamaha, günstig erworben von „Dr. med. Cheesy“ aus Salzburg, der damit sogar Bergmeister in der 500er-Klasse gewesen war. Jener „Cheesy“, der als Turnusarzt in Salzburg täglich Biker zusammenflickte, um diese am Wochenende wieder legendär herzubrennen.

Es war zwar nicht sein erster Ring-Auftritt, aber der „offizielle Teil“ wie Rennlizenz vorlegen, technische Abnahme und Startnummer ausfassen zerrte diesmal irgendwie an den Nerven.

Dass er mit seinem geliehenen Fiat-Bus just zwischen den Trucks und Bussen des Yamaha-Europe- und Honda-UK-Teams im Fahrerlager logierte und dort aussah wie eine Behinderung, tat ein übriges in Sachen Selbstbewusstsein. Er fühlte sich wie ein Armenhäusler, der versehentlich in die „Oscar"-Verleihungs-Gala geraten war...

Donnerstag. Freies Training. Keine Klassenunterteilung. Nur die Profiteams waren schon da. Und Herwig, der Neuling in einem internationalen Feld. Erstmals mit Slicks fahren zu können war ein Traum! Er war begeistert von seinen Schräglagen.

Herwigs Konzentration galt in dieser Trainingssession der „Glatzkurve". Diesmal versuchte er die Linie „von möglichst weit links außen den Scheitelpunkt möglichst innen erwischen und sich dann auf der Schönberg möglichst weit links hinaustragen lassen". Mit einem Wort: den Radius möglichst flach zu halten. Denn gerade mit den kleinen Zweitaktern musste man ja „rund" fahren, nie die Drehzahl verlieren. Sonst war man weg von der Schüssel.

Herwig hatte ihn nicht gesehen.

Gerade als er nach rechts umlegte und durchziehen wollte, schob sich ein blaues Irgendwas innen zwischen ihn und den rechten Fahrbahnrand. Jetzt war guter Rat teuer! Oder die Reparaturkosten. Er musste seine Schräglage beibehalten, sonst drohte der Weg in die Botanik. Also versuchte er es mit Härte. Rennfahren ist ja schließlich keine Kinderjause.

Sie legten synchron um. Rennballett in Reinkultur. Nun aber musste er sich drauflehnen auf die freche Nuss, die ihn da auf der Bremse in der „Glatz" ausradieren wollte. Von solchen Situationen hatte er bisher nur gehört. Jetzt war's also soweit! Und es funktionierte! Wie zusammengeklebt zirkelten sie ums Eck. Herwig war begeistert über sein würdiges Race-Verhalten und begann sich schon auf eine Windschattenschlacht auf der „Schönberg" einzustellen, als es plötzlich krachte.

Herwig hatte keine Chance. Die TZ richtete sich in voller Fahrt wie von Geisterhand geführt auf, kippte über den Schwerpunkt nach links ab, schoss kerzengerade auf die gegenüberliegende

Böschung zu und Sekunden später fand er sich in bestem steirischem Weidegebiet wieder.

Nach dem ersten Check stieg ihm die Wut hoch! Einerseits wegen der hinunterhängenden Polyesterfetzen, die einmal eine Verkleidung waren und sein Rennbudget, das diesen Namen sowieso nicht verdient hatte, schwerst belasten würde, und anderseits wegen der Erkenntnis, was soeben passiert war. Der Kerl hatte ihm einfach während der Balletteinlage mit dem linken Stiefel einen Tritt verpasst und sich so auf einfachste Art und Weise seiner entledigt!

Abends im Fahrerlager. Herwig hatte lange überlegt, ob er gleich heimfahren oder doch schauen sollte, ob er die TZ wieder flott kriegen könnte. Er vertagte die Entscheidung auf den nächsten Tag, in der Hoffnung, seine Kollegen würden vielleicht eine Ersatzverkleidung mitbringen, und heimfahren konnte er morgen auch noch. Zornig, deprimiert, mental schwer angeschlagen und mit dem Gefühl, von allen guten Geistern verlassen zu sein, packte Herwig seinen Griller aus und auch die Schweinsrippchen, die er vorsorglich von dem dafür berühmten Fleischer in Zeltweg mitgenommen hatte, was aber andererseits sein Renn-Budget gleich wieder um einen Liter Spezial-Zweitakt-Rennöl reduzierte.

Vom Geruch der Rippchen angelockt näherte sich ein Grüppchen Menschen, offenbar französisch sprechend, klopften Herwig amikal auf die Schulter, und ihre Gesten ließen keinen Zweifel daran, dass sie es auf seine Rippchen abgesehen hatten. Auch das noch. Da die Leute aber die bekannten blauen Jacken des französischen Yamaha-Teams trugen, wagte er keinen Einspruch, und als plötzlich ein emsiger Betrieb zwischen dem Luxusliner und seiner Fiat-Schüssel einsetzte, Sessel und Tische angeschleppt wurden und zudem einiges an anderen Köstlichkeiten, stieg seine Stimmung deutlich. Wenigstens ein amüsanter Abend könnte es werden.

Irgendwann bemerkte einer, der sich kurz davor mit „Christian" vorgestellt hatte, Herwigs ramponierte TZ. „What happens?" fragte er im typisch französischem Englisch, das ja meist wieder nur

Franzosen verstehen. Herwig versuchte, ihm sein Missgeschick mit Händen und Füßen zu vermitteln, als er lauthals zu lachen begann! „That's me!" meinte er und Herwig kapierte! ER war das also gewesen, der ihn da von der Piste getreten hatte, und Herwig wusste nicht, ob er jetzt professionell mitlachen, oder ihm die Rippchensaite um die Ohren hauen sollte. „That's Race" sagte er auch noch lapidar, worauf Herwig ihn am liebsten umgebracht hätte. Aber er versuchte cool zu bleiben und widmete sich wieder den Rippchen, die gerade zu verkohlen drohten, um wenigstens beim Grillen Meisterhaftigkeit zu beweisen.

Nachdem die Blaujacken in bester Obelix-Manier seine Rippchen in nur wenigen Minuten zu einem Haufen Knochen reduziert hatten, und er dafür höflich an einem Gummistangerl mit Wurstgeschmack aus dem Catering der Franzosen herumgekaut hatte, stand Christian plötzlich vor ihm. Mit einer Verkleidung in den Händen, die er ihm zum Geschenk machte. „I wish you a good Race" meinte er, als er Herwig das Polyesterteil in die Hand drückte.

Herwig war derart perplex, dass er erst am nächsten Morgen registrierte, dass er heute in den offiziellen Farben des französischen Yamaha-Teams hinausfahren würde. Und erst beim Anpassen der Verkleidung fiel ihm der zierliche Schriftzug an der Scheibe auf: „Christian Sarron" stand da in schwungvollen Zügen! Er hatte also einen weltmeisterlichen Tritt bekommen, und ein Tritt von einem Weltmeister ist ja dann doch wieder ganz was anderes als von einem Nobody, oder?

Als seine Freunde und Teamkollegen eintrafen, staunten sie nicht schlecht, als Herwigs TZ im pompösen Werkstättenzelt der Franzosen stand und zwei Profischrauber daran herumhantierten. Christian hatte Herwig quasi adoptiert und seine TZ bekam Spezial-Bremsklötze verpasst, neue nikasilbeschichtete Zylinderinnereien und eine Motorabstimmung vom Allerfeinsten! Erledigt war das Ganze innerhalb von einer Stunde. Herwig stand daneben wie das Kind vorm Weihnachtsbaum.

Mag sein, dass sich die Zuschauer an diesem Wochenende gewundert haben, wieso da einer in den offiziellen Yamaha-Farben im hinteren Drittel des Feldes herumkrebste. Herwig war's egal. Er fuhr nur noch für sich und gegen sich selbst. Sauber und ohne allzu viel Risiko. Schließlich wollte er sein neues Heiligtum nicht beschädigen. Erstmals hatte er erlebt, wie sich ein Tritt letztendlich zu einem unvergesslichen Erlebnis entwickeln kann.

Etwas, das ihm später auf andere Art noch öfter im Leben passieren sollte.

9 Erich hat's erklärt

Niemand sprach. Sie saßen da, auf Kisten und Kanistern und auf halbfertigen Motorrädern. Herwig lehnte regungslos am Türstock, als ihm die Marlboro die Finger versengte. „Scheiße!" murmelte er, als er die Reste der Zigarette austrat und seine höllisch brennenden Finger betrachtete. Keiner reagierte und selbst Herwig wusste nicht, ob er die Zigarette gemeint hatte oder die Situation.

Sie hatten sie zugedeckt und ganz hinten ins Eck der gemeinsamen Garage gestellt. Keiner wollte sie sehen. Sie wussten auch nicht so recht, was sie damit tun sollten. Erichs Vater wollte sie nicht und so hatten die das Wrack geholt. Sie sah furchtbar aus, nichts war heil geblieben. Und auf das „Warum" würde es nie eine Antwort geben. Erich war allein gewesen und Erich war gut. In dieser Kurve fliegt Erich nicht ohne Einfluss von außen ab....

„Wia gibt's des??", sagte der „Herr Direktor", von dem keiner weiß, warum alle „Herr Direktor" zu ihm sagen. Mehr zu sich und ohne aufzuschauen hatte er die Frage ausgesprochen, die sich alle stellten und auf die vermutlich niemand je eine Antwort finden würde. In gut zwei Meter Höhe hatte die 9er-CBR in den Felsen eingeschlagen wie eine Granate. Erich musste schnell gewesen sein, aber Erich war immer schnell. Keine Schleifspuren im Asphalt. Er war also nicht einfach gestürzt, weggerutscht. Kein Öl, kein Split. Nichts. Highsider? In DER Kurve? Unwahrscheinlich. Erich war herunten vom Bock, ehe der in den Berg knallte. Nur sind ihm dann die verdammten Leitplankensteher zum Verhängnis geworden. Seit ewigen Zeiten weiß man, dass diese verdammten kantigen Steher Bikerkiller sind! Und immer noch baut man solche Leitschienen, unter denen man fast durchrutschen könnte. „Fast“ ist aber zuwenig für einen Motorradfahrer der am Arsch daherkommt. „Fast“ ist tödlich! Dabei ist wegrutschen meist die Version von Abstieg, bei der man die besseren Karten besitzt im Gegensatz zum Abfliegen.

Hatte er sie beim Herausbeschleunigen in die Höhe genommen? Aber bei dem Tempo wheelisieren??? Aber wie sonst fliegt das Moped ab wie eine Rakete ohne Bodenkontakt? Und Erich war vorher herunten und rutschte am Asphalt??

Herwig war allein, als er drei Wochen später am frühen Nachmittag zur Garage kam. Er hatte sich freigenommen. Wochentags war selten jemand da. Langsam stieg er ins Leder und schob sein Motorrad vorsichtig, fast unsicher auf den schmalen, unbefestigten Weg, der von der Straße zu der etwas abseits liegenden Garage führte. Er versuchte, den Blick auf das zugedeckte Irgendetwas zu vermeiden, von dem er dennoch so genau wusste wie es aussah.

Er musste sich auf jeden Handgriff konzentrieren. All die vielen kleinen Tätigkeiten, die man ansonsten völlig automatisch verrichtet. Lichtcheck, Leerlauf, Choke, der Druck aufs Knöpfchen. Als das dumpfe Grollen der 115 Zweizylinder-PS einsetzte, dachte Herwig an Erich – aber irgendwie wusste er es schon: Ich fahre weiter.

Drei Wochen lang hatte er nachgedacht, gegrübelt, verdrängt. Er wusste nicht, ob er jemals wieder aufsteigen würde. Sollte, wollte, könnte... Wie auf rohen Eiern sitzend, bog Herwig in die Landstraße ein, ganz weiches Gasgeben...

Fünf Stunden später fuhr er sein Motorrad in die Garage. Er war müde, ausgelaugt, leer. Aber er wusste: Nein, ich habe keine Angst. Er ist immer noch schnell. Nein, nicht im Sinne von „Raser“ oder „bedingungslos“. Das ist seit diesem Tag vorbei. Die Tempospitzen sind gekappt. Herwig genießt heute das konzentrierte Anbremsen, Umlegen und Hinausziehen, flott, dynamisch – aber mit Reserven.

Herwig war zum Könner gereift. Er sagt heute, Erich hat ihn das bei dieser Ausfahrt gelehrt.

10 Das SMS

Herwig hatte einen seltenen Anfall: Er säuberte sein Motorrad. Seit dem Ende seiner Rennkarriere hatte er absolut keinen Bock auf Schrauben und Putzen mehr. „Haben wenigstens die neuen Mücken keinen Platz!“, pflegte er zu antworten, wenn man ihn auf die inzwischen versteinerten Insektenkadaver auf dem Motorrad und seinem Leder ansprach.

Heute aber war er unüblich zeitig wach geworden und dies überraschenderweise auch geblieben. Nach der Lektüre der Sonntagsausgaben der Tageszeitungen und dem zweiten Häferl Filterkaffee überfiel ihn einerseits ein seltener Tatendrang, andererseits hatte er irgendwie keine Lust auf fahren – weiß der Kuckuck warum!

Die Auswahl an sinnvollen Tätigkeiten hieß Gartenarbeit, den Schuppen mit dem Werkzeug endlich zusammenräumen, oder das Motorrad reinigen. Da Rasenmähen am Sonntag verboten war und die Aufräumungsaktion des Schuppens sicher wieder in einer Ganztagesaktion ausarten würde – wenn Herwig solche Dinge begann, dann endete es meist in einer Umbauaktion! – blieb nur das Reinigen des Motorrades.

Die obligate Sonntagsunruhe hatte ihn erfasst. Und er steckte in einem Gefühlsschlamassel. Erstmals in seinem neuen Single-Dasein hatte er sich verliebt. Esther. Gleichzeitig aber versuchte er unbewusst, dieses Gefühl zu unterdrücken. Einerseits aus Angst zurückgewiesen zu werden, denn ein „Stoppschild“ von ihr würde seinem eben wieder erwachenden Selbstwertgefühl einen neuen Dämpfer versetzen, andererseits war Herwig ja alt genug, um sich nicht ganz so ernst zu nehmen in diesem Zustand. Außerdem enthielt dieser Gefühlscocktail noch eine Prise Ärger, weil sie doch nicht angerufen hatte.

Er hatte das auch nicht erwartet. Sie riefen nie an. Feige Krücke! Aber gehofft hatte er und geträumt. Aber so sind sie halt, die Damen zwischen fünfundzwanzig und vierzig, wenn sie nicht gerade vier Kinder zu betreuen haben: Einerseits machen sie auf junge Mädels, hängen auf Clubbings herum, sind unheimlich super und selbstständig und geben sich aufsässig wie mit siebzehn, andererseits spuken ihnen irgendwelche Traumbeziehungen mit Superman oder mindestens DiCaprio im Kopf herum, und wenn der Lover noch um einige Jahre jünger ist, dann ist frau offensichtlich modern. Oder sowas ähnliches.

Harry, der inzwischen voll motiviert zum Angriff auf Unwürdige im Voralpengebiet verstört neben Herwig im Hof stand, tippte auf eine besondere und bisher unbekannte Version von Geisteskrankheit: „Du spinnst!“ meinte er lapidar, als er sich die Geschichte vom Erreger der Krankheit auf der Duke angehört hatte. „Du und die Frauen! Darüber solltest du einmal ein Buch schreiben! Jetzt solltest du doch endlich alt genug sein, um dich nicht immer völlig verrückt machen zu lassen! Du hast wirklich eine eigene Begabung. Die Mädels stehen serienweise auf dich, aber du suchst dir immer eine, die dich an der Nase herumführt!“

Diese unakademische, aber deswegen um nichts weniger treffende Analyse bescherte Harry einen kräftigen Wasserstrahl aus dem Hochdruckreiniger. „Bist deppert Alter?!?! – Was putzt du jetzt an der Karre herum, anstatt dich endlich ins Leder zu zwängen, und anzugreifen! Wenn du jetzt auf putzen stehst, kauf dir einen Chopper mit viel Chrom! Soll ich dir ein rosarotes Leiberl besorgen??“

Herwigs verbale Reaktion darauf könnte man durchaus als Zusammenfassung des österreichischen Schimpfwörterlexikons bezeichnen. Herwig verträgt einiges. Aber bezeichne ihn nie als „Rosaroter“!

Er kochte im eigenen Saft! Was glaubt die eigentlich?? Wer bin ich, dass ich mich hier zum Narren machen lasse?? Bin doch kein Lausbub mehr! Das kann sie mit ihren Clubbingtypen machen und den Weicheiern, die auf Verstehen der weiblichen Psyche machen, oder mit irgendwelchen Kappel-verkehrt-Trägern, die gerade die Spätpubertät bewältigen. Aber nicht mit mir!!! Wenn sie mir wirklich wiedereinmal unterkommt – mit Verachtung wird sie gestraft! Höchstens ein distanziertes „Hallo“ – mehr gibt's nicht mehr! Ha! Wenn sie wüsste, was sie versäumt mit mir! Weil eigentlich bin ich ja all das, was sie suchen. Nur checken sie's nicht! Ein toller Lover sowieso, verständnisvoll, zärtlich, aufmerksam und doch männlich, ich bin kein Ofenhocker und von Kunst und Kultur versteh ich auch einiges, wenngleich mir doch Kabarett lieber ist, und außerdem hab ich ein paar ordentliche Lebensweisheiten auf Lager und kann sie sogar argumentieren! Sowas wie mich kriegt man nicht alle Tage! Aber da scheitert das vielgepriesene weibliche Gespür! Waschbrettbauch gegen echte Männlichkeit heißt es heute und mit Waschbrettbauch kann ich leider nicht dienen...

Sie fuhren los und Herwig bog demonstrativ auf der Bundesstraße Richtung Norden ab. Was bedeutete, dass er nicht gewillt war, sich wieder auf die Suche nach „ihr“ zu machen. Aus! Es reichte.

Harry grinste unterm Helm. Er kannte Herwig zu gut. Er wusste um die Feinfühligkeit seines langjährigen Partners, die dieser gerne unter der berühmten rauhen Schale versteckt. Er machte sich nur ein wenig Sorgen, denn wenn Herwig zornig war, verließ ihn manchmal seine an sich so eindrucksvolle Souveränität beim Fahren. Da neigt er zu unbesonnenen Manövern. Es ging schon los! Dieses Überholmanöver war schon einmal untypisch hart! Harry beschloss, sich an Herwig vorbeizuschieben, die „Führungsarbeit“ zu übernehmen und ein wenig Aggressivität herauszunehmen. Für eine coole, schnelle Partie war Herwig heute zu aufgedreht – also einmal langsam...

Herwig hatte sich in die Gefühlsabteilung „stinksauer“ hineinmanövriert. Von „Die kann mich mal!“ bis „Was soll ich mit der, gibt genug andere, die gerne mit mir unterwegs wären!" reichte die Palette an Flüchen und Erkenntnissen! Was wollte Harry plötzlich da vor ihm?? Wieso wollte der plötzlich vor ihm fahren?? Spinnen denn schon alle!! Na super – jetzt musste Harry auch noch tanken. Das mochte er schon, mit leerem Tank wegfahren. Und dann am Jauerling womöglich einen Kaffee und im Waldviertel ein Mohntörtchen und einen Mittagsimbiss am Stausee... dann sind wir um fünf daheim und haben gerade 250 Kilometer am Tacho. Rosarote Partie. Aber am Jauerling und am Gföhler Berg kann er mich von hinten beobachten. Die Aktion „Wandern im Waldviertel" kann er mit seinen Großeltern starten, nicht mit mir!

Harry's Sorgenfalten wurden tiefer. Beim Tankstopp in Melk war Herwig ziemlich forsch. Er schnauzte was in der Art von „Kannst Du nicht vorher tanken fahren?", rauchte derweil zwei Marlboro und wirkte reichlich abwesend. Am meisten Sorgen aber machte ihm die Drehzahlorgie, die Herwig heute anscheinend veranstalten wollte. So fuhr er normalerweise nicht auf der Straße! Höchstens, wenn ein kurzer Fight am Berg ansteht. Ansonsten war er die Ruhe in Person und souverän. Da stimmte meist alles und niemand machte sich Sorgen wegen eines möglichen Fehlers. Heute machte er sich Sorgen.

Herwig war inzwischen bei den Selbstvorwürfen angekommen. „Warum musste ich auch quasseln wie ein Idiot!" Alle Verhaltensregeln – seien sie aus Erfahrung oder aus dem letzten Artikel des Zeitgeistmagazins mit dem Titel „Was sie anmacht" – hatte er außer Acht gelassen! Dabei kann Herwig zuhören und ist im Normalfall ein angenehmer Gesprächspartner, der auch bei tiefgehenden Gesprächen mitgehen kann. Aber irgendwie brachte sie ihn aus der Ruhe, die ihn ansonsten so auszeichnete.

Es kam wie befürchtet. Am Fuße des Jauerlings presste sich Herwig an Harry vorbei und quetschte die 999er aus wie eine Zitrone, bremste mit schlingerndem Heck harakirimäßig spät, legte um wie sein Heroe Garry MacCoy und driftete tatsächlich am Knie ums Eck! „Der ist völlig hinüber!" dachte sich Harry und drehte ab. „Wenn das nur gut geht!" Eines aber war sicher –

Foto: Archiv

SUZUKI
S 9
17 HM
2RAD-BÖRSE

Foto: www.fidifilm.at

Foto: Wieland

durchs Ortsgebiet würde er langsam fahren. „Falls er bis dahin kommt..." sinnierte Harry ironisch. „Und dann hol ich dich runter vom Bike."

„Genau so hab ich mir das gedacht! Jetzt kommt die Kaffeenummer!" ätzte Herwig im Gedanken, als Harry wieder Anschluss gefunden hatte und das Zeichen „Kaffee" gab. Na gut.

Herwig war ein wenig außer Atem. Zu viele Marlboro in letzter Zeit. Und der Jauerling-Angriff hatte ihn selbst auch nicht zufrieden gestellt. „Was fahr ich für einen Topfen zusammen heute!!?" war die Erkenntnis aus mehrmaligem Verbremsen, zweimal Querstehen und mindestens drei Rutschern wegen zu frühem ans Gas gehen.

„Pass' einmal auf, du Idiot! Wenn du dich umbringen willst, ist das dein Problem! Aber ich hab keinen Bock darauf, dabei zu sein!" Harry las Herwig kräftig die Leviten. „Fahr am Ring oder sonst wo! Du bist eine Zeitbombe, so wie du fährst heute! Wem willst du was beweisen? Mir? Dir? Den Leuten, die in die Kirche fahren?! Entweder du kommst zu dir, oder ich fahr allein weiter! Was ist eigentlich los mit dir??" Harry dachte keinen Augenblick daran, dass SIE daran schuld sein könnte. Was will er jetzt wieder mit dem Handy?? Hat sowieso keinen Empfang da heroben! „Scheißgerät!" hörte er Herwig fluchen.

Er schaffte es, Herwig zu überreden, an den Stausee zu fahren und ein paar Runden zu schwimmen. Das wirkte. Und auf einem Felsen in der Sonne sitzend brach es plötzlich heraus aus Herwig. Harry wusste nicht, ob er Verständnis zeigen oder lauthals lachen sollte. Herwig hatte es erwischt! Schwerst! Und er wehrte sich dagegen wie gegen eine Grippe! Er hatte sich lächerlich gemacht und es war ihm peinlich und er wollte sie nicht wiedersehen und trotzdem sehnte er sich nach ihrer Gegenwart, und dass sie nicht anrief, haute ihm noch eine aufs ohnehin nicht gerade stabile Ego.

Harry entschied sich für lauthals lachen. Und steckte Herwig damit an. „Ich bin vielleicht ein Vollkoffer! Was will ich eigentlich von ihr? Als hätte ich nicht genug von Beziehungen! Außerdem ist sie mehr als 15 Jahre jünger als ich. Und um Gotteswillen nicht schon wieder eine, die ihre Midlifecrisis noch vor sich hat!"

Langsam aber sicher kehrte Herwig wieder zu einem einigermaßen normalen Seelen- und Geisteszustand zurück. Der Rest der Ausfahrt verlief ruhig, auch wenn Herwig nicht unbedingt sehr konzentriert wirkte. Zurück im Städtchen machten die beiden den üblichen „Sprung zum Eissalon“, wo sich an Sonntagabenden oft die Freunde und Bekannten nach den Ausfahrten trafen. Herwig war inzwischen wieder einigermaßen der Alte und während so die Erzählungen der diversen Tageserlebnisse liefen, registrierte er eine Nachricht auf seiner Mobilbox.

Und wieder einmal schnellte der Puls in lebensgefährliche Bereiche, als er das SMS bemerkte: Sie hatte sich gemeldet! Und er war nicht zu erreichen gewesen.

Ja Himmel, läuft denn alles verkehrt!?

11 Unwürdig

Erst als er den Helm auf den Rückspiegel hängte, sah er sie. Mitten drinnen zwischen massenproduzierten Japanharleys, pfeilschnellen Reiskochern, hochtechnologisierten Boxern aus deutschen Landen, wilden Funbikes und geschichtsträchtigem Eisen stand sie. Kaum zu sehen, umringt von Banalität. Aber ihre Aura zog seinen Blick magnetisch an.

Seit seiner frühesten Jugend – und das ist denn doch schon eine Weile her – war Herwig auf einem Bikerparkplatz nicht mehr zu einem Motorrad hingegangen und hatte es mit verklärtem Blick vorsichtig umkreist. Kennt man doch alles...

Eine „Senna“! Ducati 916 - Sondermodell.

Der Inbegriff rauh-männlicher Edelheit wie der Typ aus der Coca-Cola-Light-Werbung, Weltmeisterträume a la „wenn ich einmal Foggy wäre..“ und Kraft als Nebensächlichkeit mit beeindruckend zur Schau gestelltem Selbstverständnis.

Manche kriegen wirklich alles. Allein das Design... dieses Grau und das dezente Rot...

In diesem Moment streifte Herwig der Blitz. Die Reifen!

Nein - das ist bitte nicht wahr. Jungfräulich! An den Kanten hochglanzniegelnagelneu! Unbenutzt. Keine Schräglage! Ein Rosaroter auf einer Senna! Unwürdiger. Versager. Angeber. Warum haben die größten Affen immer die tollsten Frauen???

„Servaass!"

Irgendwie kannte Herwig diese Stimme.

Da stand er. Im würdigen „Senna"-Leder, grau-rot und mit dem „Senna–S" am Rücken, hergemarterten Kniebacken, absolut edel.

„Loßt mi vorbei bitte – i muas meine neichn Raffn einfoan..... faost mit??"

Hans-Peter! Der Hans-Peter, bei dem am Pannoniaring auch die Ausrede „er ist 13 Jahre jünger!" nichts hilft, weil im Joghurtbecherduell sind fünf Sekunden um sechs zuviel, die er Herwig abnimmt. Pro Runde.

Ein wenig kleinlaut gurkte Herwig hinter ihm durchs Tal mit seiner gerade aktuellen 600er Donnerkatze, die zwar eher plärrte als donnerte, was aber sowieso beschämend unterging im Grollen der beiden Termingoni-Puffer, die da unterm Heck der Senna hervorragten und die in jeder Kurve immer flotter verschwanden, und irgendwie checkte er gerade, dass die Partie schneller wurde und auf einmal war das Ding da vor ihm einfach weg!

Herwig war auf einmal der Rosarote!

Tja – einmal den Kontrollor spielen auf dem Parkplatz und schon ist man der Blamierte.

***

Zwei Wochen später bekam Herwig ein Stück Wiedergutmachung vom lieben Bikergott: Er fasste eine Test-916er-Performance aus. Die gemeinsamen Auftritte bei den Bikerwirten waren vom Feinsten. Die „Senna" und die „Performance" nebeneinander. Jetzt kreisten die anderen. Würdig!

12 Kontrolle

Ist es die Automatik des Konkurrenten? Der Instinkt des Streetfighters, die Gewohnheit des Testers, oder einfach nur Neugier?

Was immer auch die Ursache dafür sein mag: Ich kann an keinem Motorrad vorbeigehen, ohne mit einem einzigen Blick den Fahrer dieses guten Stückes mittels einer Fülle von kleinsten Details zu analysieren, einzuordnen, in eine Schublade zu stecken, Respekt zu zeigen oder ein mitleidiges Zucken um die Mundwinkel zu kriegen. Noch deutlicher wird's natürlich, wenn der dazugehörige Fahrer auch identifizierbar ist. Dann ist's eine ganz leichte Übung.

Besonders geeignet für derartige Analysen sind Massentreffpunkte wie die Dopplerhütte oder die Kalte Kuchl. Wahre Studienzentren sind das für „Wie fährt wer", ohne die Fahrer auch tatsächlich fahren zu sehen.

Nehmen wir einen plakativen Fall zum Aufwärmen: Das steht eine von mir so verehrte 916er oder 996er, edel und wild, hochkarätig und womöglich noch in einer Sonderform à la „Senna" oder „Performance" mit der Aura des Übernatürlichen, des siebenten Supersporthimmels. Ein Edelrenner in Rot oder – na ja, da krieg ich schon die ersten Bedenken – in Gelb, weil Gelb zwar eine der Standard-Ducati-Farben ist, aber eine Duc hat einfach rot zu sein, und die einzige akzeptable Ausnahme ist die Sonderlackierung der „Senna".

Bringe ich der Farbgebung doch noch einige Toleranz entgegen, so ist das schlagartig vorbei, wenn der erste Kontrollblick auf die Bereifung jungfräuliche Außenkanten erkennen lässt. Ohjee!! Ein „Rosaroter". Unwürdiger! Noch nie durfte die „Rote" das, wofür sie gebaut wurde – herbrennen, in Bilderbuch-Schräglagen ihre hohe Fahrwerkskunst zeigen und das Grollen des Zweizylinders zu einem furchteinflößenden Gebrüll anschwellen lassen, fressen, vernichten, den Herrn zeigen!

Fast tut sie mir leid, wie sie in ihrer geduckten Haltung und dem angriffslustigen Blick, mit der sichtbaren Lust an der Attacke, neidvoll zu der kleinen, leicht abgefuckten japanischen 600er Kröte hinüberblickt, an deren Gummis noch die Reste der abgehobelten Seitenkanten in Form von schwarzen Fusseln sichtbar und somit unumstößlicher Beweis für würdiges „auf dem Ring bewegen" sind.

Es gibt keinen Bluff beim Biken. Zahlreiche untrügliche Hinweise gibt es auf den Charakter des Fahrers, seinen Stil, seine Philosophie, seine Echtheit. Bluffer sind schnell entlarvt...

Na klar gilt: „Jeder wie er will." Und wer sich einen Ferrari kauft, um damit einmal die Woche die Mama mit ein paar hundert Pferdestärken zum Schnitzelwirten zu kutschieren, dann sei ihm das unbenommen und vergönnt. Nur bluffen ist abgesagt. Kniebacken, die mit der Flex behandelt wurden, um „Knieschleifen" vorzutäuschen, sind lächerlich! Weil kein Werkzeug dieselben Spuren hinterlässt, wie der Pannoniaring. Übertroffen wird das nur noch von der nicht abmonierten Start- bzw. Identifikationsnummer am Motorrad.

Respekt vor der unauffälligen nackerten 750er mit den zugespitzten Fußrasten oder vor dem sichtbar in liebevoller Detailarbeit aufgemöbelten, chromblitzenden Chopper, vor der Hard Enduro, der man auf den ersten Blick ansieht, dass sie auch so gefahren wird, wozu sie gebaut wurde und selbst vor der „Gold Wing" mit der eingebauten Teeküche – zumindest solange kein Teddybär am Topcase hängt. Jeden Respekt dem Jungbiker, der mangels entsprechender Barschaft seine ersten Bikersaisonen auf einer mühsam zusammengestoppelten GS-Suzi Baujahr 84 absolviert und auch absolut nichts gegen meinen Nachbarn, den Neo-Pensionisten, der sich jetzt mit seiner serienmäßigen 535er Virago im schmucken Lederzweiteiler und mit komfortablem Klapphelm am Sonntag mit der Mama hinten drauf in die Berge bewegt. Sie alle haben meinen uneingeschränkten Respekt.

Jedem das Seine.

Wir lassen uns schon beeindrucken von der „Senna" oder der MV oder was weiß ich was am Parkplatz beim Bikerwirtshaus. Aber was hilft's, wenn ich 150 Nobelpferde habe und sie dürfen nie rennen, nur ein wenig grasen...

13 Sie kommt!

Herwig rührte in einer Stimmungsmischung aus Hoch und Nervosität in seiner Melange herum. Er wartete auf Esther. Sie hatten sich an der Stätte ihrer ersten Begegnung verabredet. Sie wollten ein wenig durch die Gegend fahren. Mal sehen.

Herwig war früh dran. Wie meist bei Verabredungen. Wie immer an schönen Tagen war der Parkplatz mit dem anschließenden Schanigarten zum Bersten voll. Herwig liebte es, da am Tisch unter der Linde zu sitzen und das Kommen und Gehen zu beobachten. Er taxierte dabei gerne die Biker und Sozias...

Die beiden da beispielsweise in Turnschuhen und Jeans mit der alten Honda Four. Da wird Herwig meist leicht unruhig, wenn er Fahrer ohne Leder sieht. „Haben keine Ahnung was los ist beim kleinsten Ausrutscher in der Montur!" dachte er bei sich. Schmunzelnd nahm er hingegen den langen, spindeldürren Mille-Fahrer wahr. Die Lederkombi ebenso neu wie das Motorrad, die bunten Stiefel blitzten, und schon bei der Zufahrt zum überfüllten Parkplatz bemerkte Herwig die leichten Unsicherheiten beim Handling. „Neuling" lautete seine Beurteilung und schon widmete er sich der Chopperistengruppe am vordersten Tisch. „Sind O.K." so sein Urteil. Rund zwölf Personen, kaum einer unter 50, eher 60 und auf gemütlich unterwegs. Die mag Herwig auch. Das ist „in Würde altern" in seinen Augen.

Dann stach ihm die wild aufgemotzte GS-Suzi in die Augen, die ein wild zerschlissener Reiter gerade mit großem Selbstbewusstsein zwischen den geparkten Bikes durchmanövrierte. Die Spuren zahlreicher harter Abstiege zeichneten sein Leder und die Suzi gefiel sich im bösen Streetfighter-Outfit: gerader Lenker, Cockpit-Verkleidung, Akrapovic, Öhlins und hinten einen pompösen 180er drinnen. „Einer von denen, die weder Tod noch Teufel fürchten", dachte Herwig und im gleichen Denksatz weiter, „...aber manchmal auch dort landen..."

Der Klang eines Einzylinders riss ihn aus seinen Betrachtungen. „Sie kommt!" Und dann: „Bitte nicht schon wieder doch nicht sie, sondern irgend so ein hypes Supermoto-Ding mit einem abenteuerischen Jungdynamiker aus der Fun-Generation drauf..."

Sie war es. Kaum hatte sie sich eingeparkt, versuchte Herwig dezent auf sich aufmerksam zu machen. Aufspringen und winken war nicht sein Ding. Er setzte sich locker ein wenig in Szene, grüßte souverän entspannt mit erhobenem Zeigefinger im Stile „...bitt' Herr Lehrer!" und hoffte, sie würde ihn sehen, ohne dass er sich allzu sehr weiter bemerkbar machen müßte.

„Hey, war fein da herein jetzt. Hat Spaß gemacht! Schöne Gegend! Hab's ganz schön laufen lassen! Wartest schon lange? Bin ein wenig spät weggekommen. Egal. Hast schon was gegessen? Hast Lust, fahren wir in die „Bucklige Welt", ich zeig Dir meine Strecken!?..."

Sie sprudelte!

Da war auf einmal nichts von dem leicht zickigen Zieren, nichts von der manchmal durchschimmernden Arroganz - die Herwig aber reizvoll fand – und vor allem nichts von der immer spürbaren Abwesenheit, der Unkonzentriertheit, die sie bei den ersten Begegnungen hergezeigt hatte. Heute war sie ein junges sprühendes Mädel voller Übermut und Lebensfreude! Sie erzählte mit leicht rotem Gesicht und noch ein wenig atemlos, wie super es gelaufen sei von daheim hier herein, und dass es ganz großartig sei, dass es heute so ein schöner Tag sei, und dass sie jetzt dringend einen Kaffee brauche – alles in einem Atemzug!

Herwig war sprachlos.

Abgesehen davon, dass er in den nächsten Minuten vermutlich ohnehin nicht zu Wort gekommen wäre. Er spürte, wie ihn ihr Schwung anzustecken begann. Sein verständnisvolles Grinsen wurde langsam immer breiter und er dachte fast verschmitzt: „Na – das kann ja noch ein witziger Tag werden." Aber überrascht war er schon von dieser neuen Seite Esthers.

Sie war den Rest des Tages weiter „gut drauf", fuhr ausgezeichnet und angenehm erfahren und zügig, die Gegend war wunderbar, Kaiserwetter und Schmetterlinge im Bauch. Herwig, was willst Du mehr!

Man will immer mehr.
Irgendwann will man alles. Frau auch. Aber wieviel ist alles?

Rasch verscheuchte Herwig die schon wieder aufkommenden Reste kompliziertester Beziehungsphilosophie-Gedanken, Hirnmartereien zahlloser schlafloser Nächte und orientierungsloser Monate.
Dieser Tag ist zu schön, um ihn irgendwie anzupatzen. Jetzt glücklich sein und nicht gleich wieder noch viel glücklicher sein wollen. Einen schönen Tag einfach einen schönen Tag sein lassen!
Esther war umwerfend heute! Klug, ernsthaft, tiefgehend im Gespräch bei der Käsejause in einem Dorfgasthof, genießend und schweigsam beim in-der-Wiese-liegen-und-in-den-Himmel-schauen und schwer motiviert beim Fahren – eine spannende Mischung. Von jetzt an waren die Roswithas und Heidelindes schwer sekundär. Er hatte endgültig Feuer gefangen!
Und – logisch – Herwig wollte mehr. Er wusste aber genau: Drehzahl erhöhen hieß auch in diesem Fall das Risiko erhöhen und möglicherweise auf der Schnauze landen!
Und wer will das schließlich schon?

14 Was gibt's zum Frühstück?

Nachdenklich gurkte Herwig durch den südlichen Wienerwald. Die Euphorie, SIE zu treffen war wie verflogen. Tagelang war sie ihm nicht aus dem Kopf gegangen und nun fühlte er sich dumpf, nervös und ängstlich. „Was tu ich da?“ fragte er sich selber immer und immer wieder. „Könntest du dich ein wenig aufs Fahren konzentrieren?“ meldete sich zwischendurch der für die Realität zuständige Gehirnteil. Wovor hatte er denn Angst? Er würde bald die Frau treffen, die er noch gestern als „ideal“ bezeichnet hatte: hübsch, zierlich, frech, selbstbewusst und noch dazu eine ziemlich gute Motorradfahrerin!

Er versuchte zu orten, was es sein konnte, das ihm so sehr Angst machte. Genaugenommen aber wusste er es ohnehin. Es war wieder einmal die Angst vor der Zurückweisung. Seit seiner Scheidung war er ein wenig zaghaft geworden in Sachen Frauen. Nicht, dass es da nicht welche gegeben hätte, aber die Trennung von seiner Frau hatte ihn ziemlich aus der Bahn geworfen. Sie kam völlig überraschend für ihn. Ein Jahr leiden und dann allmählich der Aufbau eines neuen Lebensraumes und langsam wieder lebendig werden. Aber die Vorsicht hatte von ihm Besitz ergriffen.

Bislang hatte er Gefühle Frauen gegenüber abgewürgt. Er wollte einfach nicht. Und zugegeben: Diejenige, mit der er sich wirklich was Intensiveres vorstellen hätte können, war noch nicht dabei gewesen. Also blieb es bei netten Unverbindlichkeiten. Jetzt aber ging es um was. Um was? Herwig schüttelte über sich selbst den Kopf. Verdammte Nachdenkerei immer...

Er hatte noch Zeit. Viel zu früh war er abgefahren, um nur ja rechtzeitig zum vereinbarten Treffpunkt zu kommen. Er beschloss, im Gastgarten am Stadtrand noch eine Kaffeepause einzulegen. Gedankenverloren starrte er beim großen Braunen auf die brandneue Multistrada. „Irgendwie ein geiles Gerät“ dachte er. Er hatte taktiert. Wieder mit einem Supersportler aufzutauchen, hätte ihn in ein zweirädriges Eck gestellt, das bei einer Duke-Fahrerin vielleicht gar nicht so gut ankommen würde, und da ihm sein Kumpel Karl sowieso ein Wochenende mit der Multistrada angetragen hatte, nutzte er die Gelegenheit. Er hatte auch das Kampfleder mit den abgeschliffenen Kniebacken gegen ein seriöses getauscht und statt dem Streetfighter-Helm den soliden Carbon-Deckel gewählt.

Er war angespannt. Wie verhalte ich mich? Erst hatte sie länger nichts von sich hören lassen, und just als Herwig das Ganze leicht verärgert bereits abgehakt hatte, kam ihr SMS. War sie wirklich so beschäftigt, oder hatte sie ihn zappeln lassen, war er heute gar Notnagel, weil sie nichts Besseres vorhatte?

Andererseits: Was konnte schon passieren? „Schauen wir mal was kommt". Und er nahm sich vor, die nächsten Kilometer ein wenig Gas zu geben und sich der Fahrerei zu widmen. Dann wurde er nervös.

Als er vor der angegebenen Adresse die Duke am Straßenrand stehen sah, stellte er die Multistrada daneben, stieg ab, entledigte sich des Helmes und der Handschuhe und klemmte sich eine Marlboro-Light zwischen die Lippen. Er war ein wenig zu früh dran. Er studierte die Namensschilder neben dem Eingang. Ihren Nachnamen kannte er nicht. Nein, hier gab es keine „Esther Irgendwas". Also warten.

Sieben Minuten nach dem vereinbarten Zeitpunkt kam sie. „Sorry – hab den Schlüssel nicht gefunden!" „Kein Problem", antwortete Herwig und bemühte sich locker zu bleiben. „Wo soll's denn hingehen?" fragte er. „Naja", erwiderte Esther, „ich kenne da eine nette Hütte, dorthin brauchen wir eine knappe Stunde, und dann könnten wir ja einmal ein ordentliches Frühstück zu uns nehmen", antwortete sie, während sie sich startklar machte. Herwig konnte sich des Eindrucks nicht erwehren, dass sie das kräftige Frühstück durchaus brauchen könnte. Recht ausgeschlafen wirkte sie nicht und ein wenig angespannt schien sie auch zu sein.

Die Duke weigerte sich anzuspringen. „Mist!" durchfuhr es Herwig und er sah sich den Rest des Tages schon wieder allein durch die Voralpen ziehen. Sturzschalter, Seitenständer, Kupplung ziehen – alle „Standards", die Schuld am fehlenden Zündstrom der Duke sein konnten, waren bereits durchgecheckt. Kerze raus. Kein Zündfunke. Dann war wohl die Batterie hinüber. Starthilfe? Keine Kabel. Herwig stellte sich gerade auf eine längere Schrauberei ein, als sie meinte: „Ach was – ich fahre einfach mit dir mit..."

Ups! Darauf war er nicht vorbereitet gewesen! Zuviele Stunden waren sie in seiner Phantasie mit zwei Motorrädern in der Gegend herumgeglüht und zudem fuhr Herwig eigentlich nie im

Doppelpack! Nicht dass er es nicht könnte, aber zu zweit zu fahren war denn doch eine ziemliche Umstellung. Aufrechtere Haltung, runde Fahrweise, keine harten Brems- und Schaltmanöver, andere Linie und mehr Sicherheitsreserven.

Na gut.... Womit wieder einmal bewiesen wäre, dass Herwigs Lieblingszitat „Leben ist das was passiert, während man andere Pläne macht“ (frei nach John Lennon) es einfach auf den Punkt bringt. Er grinste.

War es die Vormittagssonne, die es immer heißer werden ließ unter dem Leder? Eng an ihn geschmiegt, die Hände um seinen Bauch gefaltet („verdammt, diese vier Kilo zuviel!“), ihre Schenkel an seine gedrückt – er hatte Mühe, sich auf die Straße zu konzentrieren. Aber es musste sein, schließlich wollte er hier nicht den Deppen abgeben, und so begann er flotter zu werden. Ruhig und routiniert zog er die „Duc“ durch die Kurven und seine Sorge, dass der gezähmte Motor dem Doppelpack nicht gewachsen sein könnte, hatte sich auch bald verflüchtigt. Hin und wieder wies sie ihm an Kreuzungen die Fahrtrichtung, und bald hatte er das Gefühl, als wäre er immer schon zu zweit unterwegs gewesen. Er spürte sie kaum. Kein zu frühes Aufrichten im Kurvenausgang, kein Helm-auf-Helm-Knallen beim Anbremsen, und, als er merkte, wie sie begann umzulegen, als er einmal ein wenig spät dran war, konnte er sich ein Grinsen nicht verhalten und anerkennend klopfte er ihr auf den Schenkel.

Als sie den noch völlig leeren, friedlich in der Sonne liegenden Berggasthof erreichten und von der Multistrada kletterten, gab er ihr einen kumpelhaften Klaps auf die Schulter und sagte gutgelaunt: „Guten Morgen! Was gibt's zum Frühstück?“

Sie lächelte gedankenverloren.

15 Sie wollen alles

Wie lange gibt man sich der Hoffnung hin, dass sie zurückkommt, wenn sie gegangen ist, obwohl man ganz genau weiß, dass es selbst dann nicht gehen könnte? Weil längst zuviel passiert ist. Wie lange lässt man sich bannen von einer neuen Begeisterung, wenn sie sich immer wieder wegdreht – immer dann, wenn man(n) gerade glaubt, einen kleinen Schritt getan zu haben? Esther. Wer war sie? Unendliche Facetten von Frau. Herwig sah es sehr deutlich in letzter Zeit: Diese Generation Frauen will alles. Ihr gutes Recht, keine Frage.

Nur: Alles gibt's nicht. Beziehungen wie aus Zeitgeistmagazinen sollen es sein. Mann muss Wohlstand und Prestige sichern, gut verdienen, in gehobener Stellung sein und trotzdem Cowboy mit Waschbrettbauch und staubigem T-Shirt. Heimkommen vom Job, das Essen vorbereiten – natürlich romantisch mit fein gedecktem Tisch – noch fröhlich mit den Kindern spielen und Vater a la carte sein, und wenn die dann im Bett sind, den von aller Last befreiten Lover abgeben. Jeden Tag. Möglichst keine Krise, kein Ego (Selbstbewusstsein schon!) und schon gar kein „Ich mag heut' nicht..." Und selbst wenn es diesen modernen Märchenprinzen gäbe, der statt eines weißen Pferdes heute klarerweise Harley fahren würde – selbst wenn sie den wo aufstöbern, dann haben sie irgendwann irgendwo irgendso ein Arschloch als Lover, weil sie zusätzlich zum Supertypen ja auch hin und wieder ein echtes Arschloch attraktiv finden. Und am allerbesten ist frau das gleich auch alles selber...

Und so einen sucht Esther wohl auch. Sie sucht die Perfektion. Ihr gutes Recht. Alles um sie löst sich zwar offensichtlich gerade in Staub auf, aber sie will alles. Nur ich bin Herwig und nicht Superman. Ich weiß, ich könnte sie fangen. Ich weiß, wenn sie sich aus irgendeinem Grund einmal auf mich einließe, dass sie erstaunt wäre, was noch dahinter steckt hinter der Fassade dieses Typen, der sich da pfeilgerade in die Rolle des harmlosen Freundes hineinmanövriert. Aber ich bin nicht Superman. Und schon gar nicht sehe ich so aus, und zu alt bin ich sowieso und ich bin nicht einmal der mit Abstand Beste in unserer Motorradpartie. Imponieren kann man mit mir nicht und angeben schon gar nicht. „Meiner ist der Schnellste“, oder „Meiner hat die größten Muskeln“ oder sowas... Aber es schreckt sich auch niemand vor mir, und den „Interessant-Faktor“ bring' ich allemal auch. Sie wollen nicht von „überall ein wenig“, sie wollen „alles“. Der Lebensweg der Frauen von heute ist geprägt von der Suche nach der perfekten Beziehung, die es ihnen ermöglicht, sich möglichst auf allen Ebenen zu verwirklichen.

Dazu bin ich ungeeignet. Ausgeschieden. Andererseits gibt's da wieder diejenigen, die solche wie mich suchen und sich in mich verlieben, und die ich nicht sehe. Saublödes Spiel.

Herwig saß wie in einem alten Heimatfilm auf einem Almhang, mitten in einer Blumenwiese. Nur die Margerite zwischen den Zähnen fehlte noch zum Kitschbild-Klassiker. Seine Stimmung war keineswegs dem sonnigen Abend angepasst. Irgendwie war er ärgerlich, auch über sich selbst, auf die seiner Ansicht nach so sinnlose Suche nach dem Ideal, anstatt das Glück zu leben, das vor der Tür steht, und auf die Tatsache, dass ihn diese Gedanken auch nicht weiter brachten.

Er war melancholisch. Schließlich konnte er die Schmetterlinge im Bauch nicht wegargumentieren. Sicher, er könnte ihr die Hand auf die Schulter legen und sagen: „Come on, Baby – geh ein Stück Lebensweg mit mir und schau, ob dir das nicht vielleicht auch gefällt...“ Oder sowas in der Art halt. Ein wenig mehr Standfestigkeit für ihr selbstständiges Leben könnte er ihr schon geben. Aber das konnte sie natürlich nicht ahnen. Mehr als fünfzehn Jahre Unterschied lassen sich halt nicht so leicht einholen.

Seltsam. Wie an sich so kluge Frauen manchmal an kindlichen Träumen hängen und dem Reiz des Neuen und Unbekannten somit völlig entsagen, ihn dennoch aber laufend suchen. Nur an den falschen Orten. Nur ja das Bild vom Traum nicht auslassen. Er muss immer irgendwie so sein wie der Traummann. Und wenn er nicht Weltmeister ist, sollte er wenigsten im Fitnesscenter ein Held sein oder auf der Rennbahn. Sigurd der edle Ritter auf dem weißen Ross – und sei es nur im kleinstädtischen Karnevalsverein. Nennt man das „desillusioniert“ oder doch „frei von allen Erwartungen“?

Er befand sich in einer schwer philosophischen Grundsatzgeburt. Esther hatte er vor einer Stunde wieder zu Hause abgeliefert und er hatte auf der Heimfahrt einfach über die vertraute Bergstraße zurückfahren müssen. Jetzt saß er als ein als Postkartenkitsch getarnter Motorradfahrer grundsatzsinnierend in der Wiese.

„Na gut – dass ich in sie verliebt bin, kann sie mir ja nicht verbieten. Und wenn sie mich nicht will, ist sie einfach selber schuld. Dann soll sie weiter an der Oberfläche herumsuchen!“ Mit diesem mentalen Großangriff auf sein Selbstbewusstsein ging auch die eben noch abgrundtiefe Lebensbetrachtungsstunde ansatzlos in das obligat blöde Grinsen über, das zeigte, dass Herwig wieder heil war und alles andere würde sich sowieso weisen.

Und Esther würde er auch abhaken. Wegen Sinnlosigkeit. Zumindest in diesem Moment glaubte er das sogar...

16 Was für eine unglaubliche Geschichte

Er ließ prüfend den Blick über seinen noch dampfenden Körper gleiten. Gut gelaunt zupfte er an seinen nicht mehr ganz so strohblonden und auch nicht mehr ganz so fülligen Haaren am Kopf herum. Ein neuer Schnitt wäre vielleicht interessant. Ganz kurz vielleicht. Dann kämen seine strahlenden Augen und die langen Wimpern noch besser zur Geltung! Er wusste, worauf Frauen bei ihm anspringen. Meistens. Oder zumindest: hin und wieder.

Das Gewicht bereitete ihm ein wenig Sorgen. Es war nicht schlimm – aber ein paar Kilo weniger und der Rest ein wenig besser in Schuss wäre kein Fehler. Ab der Hüfte abwärts sah es gut aus. Und dass man ihn meist auf „so gegen Ende Dreißig“ schätzte, obwohl er bald die Vierzigermitte erreicht hatte, war Balsam fürs Ego.

Auch sonst war er soweit zufrieden mit sich und der Welt. Das Desaster rund um die Scheidung hatte er hinter sich gelassen. Das Haus war zwar ein wenig zu groß für einen allein und die Zahlungen anlässlich der Scheidung hatten in den letzten Jahren auch die Einkommenssituation verschärft, aber das war ja jetzt vorbei. Seit einem Jahr ging es deutlich aufwärts. Langsam hatte er seine Unsicherheit Frauen gegenüber wieder einigermaßen in den Griff bekommen (wenn da nur diese Esther nicht wäre!), und die kleine aber feine und durchaus profitable Marketingagentur lief gut. Er achtete sehr darauf, nicht in den Wachstumsstrudel hineingezogen zu werden. Ein wenig Zeit für sich, die brauchte er schon. Und fürs Motorrad sowieso.

Was für eine unglaubliche Geschichte!

Vor knapp 24 Stunden, an einem wunderschönen Samstagmorgen mit Blickrichtung „Nachmittag wird gefahren!" saß Herwig mit den besten Arbeitsvorsätzen im Büro. Am darauffolgenden Montag hatte er seine freien Mitarbeiter zu einem Meeting geladen, das sich mit dem Schwerpunkt „Singlemarkt" auseinandersetzen sollte, weil es ein Konzept in diese Richtung zu entwickeln gab. Da hatte er plötzlich die Idee, sich eine dieser „Singlebörsen" im Internet anzusehen. „Mal sehen, wie die Damen und Herren da ihre Wünsche formulieren. Vielleicht liefert das einen zusätzlichen Hinweis darauf, wie man diese Gruppe am besten anspricht", dachte er. Suchmaschine – „Singlebörsen". Fünf Seiten. „www.flirt.at" klang gut. Er klickte sich durch das Angebot und sein Erstaunen über Angebot & Nachfrage stieg mit jedem Posting. Unglaublich! Das muss ich meinen Leuten zeigen! Unpackbar! Und das funktioniert? Just als Herwig diese Frage dachte, stand da am Schirm: „Mittdreißigerin, schlank, attraktiv, sucht schnellentschlossenen Biker für eine Ausfahrt heute Nachmittag! Späteste Abfahrt 13 Uhr! Schnell mailen und Telefonnummer angeben. Eigene Bekleidung, Helm etc. vorhanden!" Herwig las ein zweites Mal! „Das gibt's doch gar nicht!" Und ehe er sich's versah, hatte er den „Antwort"-Button angeklickt. „Mittvierziger, viel Routine, Supersportler. Ziel: Berge, größere Runde bis zum Abend – würd' mich freuen!"

Eine halbe Stunde später ein Anruf, eine selbstsichere und reizvolle Stimme, ein paar knappe Sätze, fast wie eine Anweisung und Herwig hatte ein Blinddate! Ausgerechnet Herwig, der bei allen Gesprächen rund um dieses Thema so etwas immer als „Blindgängertum“ abqualifizierte! Und nun hatte er ein so ein „Blinddate“.

Und was für eines! Punkt dreizehn Uhr stoppte ein gelber Kleinwagen vor der Haustür. „Zielstrebig eingebremst“ stellte Herwig grinsend fest. Doch mit dem Grinsen war es vorbei, als sie ebenso zielstrebig ausstieg, kurz auf die Hausnummer blickte, den Kofferraum öffnete, schwungvoll eine Tasche fasste und auf die Klingel drückte. Nicht ein Moment der Unsicherheit.

Hatte sie auch nicht nötig. So muss das Gefühl sein, wenn man im Kaufhaus im vorbeigehen ein Auto gewinnt! Bingo!

„Hi! Nettes Gerät!“ und sie deutete Gott sei Dank unmissverständlich aufs Moped. Herwig kam gerade zu einem „Hallo, Herwi...“ als sie sagte: „Kann ich mich bei dir umziehen?“ Noch bevor Herwig im Geist den dafür geeignetsten Platz gefunden hatte, war sie schon im Wohnzimmer und hatte auch schon das Bad gesichtet. Sie stellte ihre Tasche auf den Tisch und nahm keine Notiz davon, dass Herwig sie sehen konnte. „Aha – Routine hat sie!“ folgerte Herwig daraus und beobachtete sie, wie sie ihren tollen Leder-Zweiteiler, die Stiefel, Handschuhe, Helm, Tuch usw. aus der Tasche hervorzauberte, sich mit fast provokantem Selbstverständnis die hautengen Jeans von den Hüften schälte und in die um nichts weitere Lederhose stieg. Sie war startklar.

Erst nach ein paar Kilometern Landstraße registrierte Herwig den vollen Umfang dessen, was sich da gekonnt an ihm festhielt. Topfigur, toll aussehend. Auf den zweiten Blick zeigte das Gesicht schon ein wenig Lebenserfahrung. Vorsichtig ausgedrückt. Aber sie sah toll aus. Und sie hatte absolut Lust am fahren. Er auch!

Der Ausflug war schlichtweg wie aus dem Traumbuch. Als sie bei der ersten Rauchpause auch noch das Mädchenhafte auspackte und ganz einfach mit einem tiefen Blick in seine Augen sagte: „Du fährst echt super!“ war's vorbei mit Herwig. Er wusste genau, er hatte die Kontrolle übers Geschehen verloren.

Es war ihr Spiel. Sie bestimmte das Tempo.

Es wurden die unglaublichsten 24 Stunden seit langem für ihn. Wie im Film. Nichts fehlte, aber auch schon gar nichts! Als sie zurückkamen, brannte die Geschichte unter den Nägeln! Oder wo auch immer. Sie hatte ihn angezündet wie einen Primaner. Sie hatte ihm alles verpasst an diesem Nachmittag. Die Liebe, die Süße, den Vamp und das Mädchen.

„Kann ich mich bei dir noch schnell duschen?" war dann einfach zuviel für Herwigs Zurückhaltung. Und ab jetzt wusste er wieder, was zu tun war. Den Instinkt für den richtigen Zeitpunkt hatte er ja beim Fahren trainiert.

„Natürlich!" rief er – eigentlich ohnehin unnötig – hinterher, entledigte sich ebenfalls an Ort und Stelle seiner Sportkombi und schon standen sie gemeinsam unterm Wasserstrahl.

Die darauffolgenden Stunden sahen zwei erfahrene Spieler. Zwei Körper ohne Hintergrund-Hemmnisse, frei von Gedanken an Verpflichtungen morgen. Wenige Worte und einige Gläser Verschiedenstes. Leidenschaft und Zärtlichkeit, Lust und Verstehen. Wissende...

Das Frühstück im Freien am Sonntagmorgen, ohne Fragen nach „Wer bist du?" und „Sehen wir uns wieder?" und ihr Verschwinden, das genauso aussah wie ihr Kommen! Nur rückwärts gespult. Herwig hörte nur noch ein lachendes „So mach ich das aber nicht immer..."

Und weg war sie.

„Wie im Film", dachte Herwig nochmals, während er versuchte, aus dem Hautöl-Fläschchen die letzten Reste herauszuquetschen. „Das glaubt mir kein Mensch! Das glaub' ich nicht einmal selber." Manchmal werden Männerträume doch wahr. Manchmal sogar die, mit denen man am allerwenigsten rechnet.

Das einzige das er von ihr wusste war, dass sie Anna hieß.

17 Am Stehpult

„Ooohoo!" dachte Harry bei sich, als er bemerkte, dass sich Herwig eben einen Tequilla bestellt hatte und sich die Krawatte lockerte. Ein untrügliches Zeichen für einen seltenen Moment. Harry wusste: Herwig würde sich jetzt sehr bewusst und sehr konsequent schlichtweg besaufen.

Sie waren eine kleine, bunt zusammengewürfelte Gruppe, die sich am Ende des Präsentationsabends für das neue Regionalkonzept zusammengefunden hatte. Alle waren irgendwie an diesem Konzept beteiligt, das die Region zu einem Radsport-Zentrum machen sollte. Von Radwandern bis zur professionellen Mountainbike-Rennstrecke mit allem, was die Infrastruktur-Kreativität so zu bieten hat. Eines der typischen Lifestyle-Wellness-Funsport-Großprojekte der Zeit eben. Und Herwigs Agentur hatte in der bisherigen Phase die Öffentlichkeitsarbeit und die ersten Events gestaltet.

Jetzt war man noch im „Nachtcafe" gelandet, dessen Betreiber eigentlich eine ganz normale Bar machen wollte - mit viel Plexiglas, Riesenpenisbüste am Damenklo und Musik von Falco bis B.B. King. Nur hatte er es eben „Nachtcafé" genannt, und das ist nun mal die letzte Station in flotten Nächten, und so ging's dort meist eben erst ab Mitternacht los. Dafür konnte man dort oft am helllichten Vormittag noch einige beim Feiern antreffen. „Ein kleiner Marketingfehler mit großer Wirkung", dachte Herwig. Gerry - der Besitzer, der eigentlich Fotograf und Künstler war oder zumindest hätte sein können - litt unter diesen Öffnungszeiten sehr.

Die Gruppe um Herwig war recht früh dran und dementsprechend überschaubar war die Schar der Gäste. Herwig sonderte sich an den äußersten Rand der Gruppe ab. Bis zum Ende der Präsentation war er in Hochform gewesen. Marke „Erfolgreicher Strahlemann" mit der deutlich dargelegten Ideologie: „Ich will nicht nur arbeiten". Aber schon in der typischen kleinen Diskussionsgruppe, wie sie sich am Ende jeder Party findet, wurde Herwig immer ruhiger. Es gab die obligaten oberflächlichen Diskussionen, Platitüden, Vorurteile, Flachheiten, im besten Falle

Standards zum Thema, wie es Herwig schien. Er konnte es einfach nicht mehr hören. So wie die ewigen Sätze wie: „Ich bin froh, dass ich keinen Motorradführerschein habe, denn sonst wäre ich schon längst tot". Jeder Zweite glaubte, sein Nicht-Motorradfahren mit der eigenen Tollkühnheit argumentieren zu müssen. Allein diesen Satz hatte er heute Abend fünfmal gehört.

Während die anderen mittels Sekt langsam in Stimmung kamen, fiel Herwig mehr und mehr in sich zurück. Hin und wieder sprach ihn jemand an, dann reagierte er kurz und höflich darauf, stieg aber nicht weiter auf ein Gespräch ein. Worauf man ihn bald draußen ließ aus dem Feiern.

„Na – was ist mit dir los?" Es war Harry, der ihn da aus dem Sinnieren holte.

„Ach – nichts Besonderes. Mir geht nur viel durch den Kopf und ich vertrage jetzt einfach keine Hurra-Partie." Herwig bemerkte in diesem Augenblick, dass ihm Zeitgeisterscheinungen wie Fun-Generation oder Lebensabschnittspartner ein Greuel geworden waren, es ihm aber auch schlichtweg „wurscht" war...

Gedankenverloren und automatisch suchte er in seinen Sakkotaschen nach einer neuen Packung Marlboro und bestellte einen Espresso. Was Harry mit Erleichterung feststellte, denn Herwig trank normalerweise selten Alkohol. Und wenn er sich besoff, dann eben ganz bewusst und dementsprechend zielstrebig. „Umhacken" nannte er das dann. Und dann war er meist zwei Tage lang unbrauchbar.

„He Alter! Ist doch super gelaufen heute. In dem Job sitzen wir felsenfest."

„Ich weiß," murmelte Herwig. „Ich weiß nur nicht, ob ich das auch will. Schau: Ich bin jetzt seit drei Jahren allein. Von den Halbgeschichten abgesehen. Einerseits beneidet ihr mich um mein Singledasein, anderseits wundert ihr euch, weil sich niemand vorstellen hat können, dass ich nach drei Jahren immer noch Single sein würde. Ich auch nicht. Und dann treffe ich diese Esther und verliebe mich. Gut, das wäre ja soweit kein Problem. Nur: Ich habe Angst davor. Angst vor Zurückweisung, Angst, dass es sich anders entwickelt als ich es mir vorstelle, dann wieder Angst davor, sie könnte einfach vorbeiziehen an mir. Dann das Wissen, dass sowieso alles anders kommt und die Frage, wann? Manchmal glaube ich, ich werde verrückt!" Harry wusste auch, dass er Herwig jetzt nicht mit einem „Ach was!" sitzen lassen konnte und außerdem lief auch bei ihm nicht alles so nach Wunsch.

„Red' weiter" forderte er seinen Freund auf.

„Ich will sie. Das steht fest. Und ich hab' Angst. Vor dem, was alles nicht so sein könnte, wie ich es mir wünsche. Also entweder ist sie es nicht, oder mir stehen meine Wünsche im Weg. Und wegen des Jobs: Lasst euch was einfallen – ihr werdet in Zukunft mehr allein entscheiden müssen. Wir werden umstrukturieren, und ich werde mich wieder etwas zurückfallen lassen. Ich will wieder mehr Dinge tun, die ich wirklich tun will. Wieder mehr verreisen, die eine oder andere Motorradtour fahren – hab das alles viel zu wenig gekonnt in den letzten Jahren. Und ich möchte ein wenig Zeit und Inhalt haben für sie, wenn sie kommt. Wer immer sie auch sein mag."

Harry, der Seelenverwandte, verstand.

Die Grundsatzdiskussion über Lebensqualität und Standard und Lebensgefühl hatten sie schon oft und intensiv geführt, und da lagen sie ziemlich auf einer Ebene. Auch den Job sahen sie ähnlich, und das war sehr angenehm. Entspannte Professionalität mit Freiraum für Abgetretenes.

„Und ich hatte nicht damit gerechnet, dass es eine harte Probe werden würde, wenn ich mich wieder verliebe. Ich hatte geträumt, alles wäre selbstverständlich. Ich hatte vergessen, dass es das nie ist, wenn's um was geht. Und jetzt sehe ich mich nicht raus." Einerseits beeindruckte es Harry, wie Herwig manchmal die kompliziertesten Dinge verständlich machen konnte, andererseits sah er auch die missliche Lage, in der er sich befand. „Tja – da wird dir wohl oder übel nichts anderes übrigbleiben als abzuwarten, bis sich irgendwie, irgendwann was klärt".

Harry war sich nicht sicher, ob diese Aussage jetzt tiefsinnig oder schlichtweg genau das war, was Herwig jetzt nicht hören wollte. „Ich weiß. Nur mir geht langsam die Geduld aus. Manchmal kommt mir vor, als würde ich mich beim Thema „Frauen" seit ewiger Zeit im Kreis drehen. Je mehr du dazulernst, desto schwieriger wird's. Komisch, - was?"

Herwig orderte jetzt doch noch einen Tequila.

18 Einmal langsam

Herwig kann man „anzünden". Schmeiß Herwig eine Idee hin, die über den Spaßfaktor 2 hinausgeht, und er ist dabei. Meistens.

Zu manchen Sachen muss man ihn allerdings bugsieren.

Herwig mag Chopper nicht besonders, weil er von der sportiven Seite kommt, und das ist bekanntlich das ziemliche Gegenteil von cruisen. Ergo sind Chopper „nicht so das seine". Er hat nichts gegen die echte Chopperphilosophie, wo es so richtig kracht und pumpert unterm Hintern, und wenn man ans Gas geht, dann schiebt da was ganz mächtig an und rumpelt sich eindrucksvoll nach vorne. That's O.K. Aber ein wenig ätzen auf die „Fuhren" und „Bergepanzer" muss einfach sein...

Und so hatte er sich überreden lassen, mit der bunt gemischten Bikerpartie aus dem Bierbeisl ein paar Tage zum Campen zu fahren, und da die ja alle entweder irgendwelche solche Böcke mit kapitalen Hirschgeweihen als Lenker fahren, oder solche, die knapp vor der Zulassung als Oldtimer standen, hatte Herwig sich ein der Situation angepasstes Ding besorgt. Noch gestern bei der Abholung bei seinem Freund Karl hat er gezweifelt, ob er sich „das wirklich antun" sollte. Rund eintausend Kilometer auf einem Bock, den man nicht wirklich umlegen kann ohne alles abzufräsen, mit einem Fahrwerk wie eine alte Wildwestkutsche und Reifen, die selbst bei härtester Beanspruchung eine kleine Ewigkeit halten.

„Was tu' ich da schon wieder??" fragte er sich, als er den Kahn zu beladen begann. Erst die Satteltaschen im neuesten John-

Wayne-Design vollgefüllt, dann Zelt, Schlafsack, Matte et cetera et cetera am Heck und auf dem Sozius aufgetürmt (Nein! Beifahrerin auch noch wäre zuviel gewesen!). Das Ganze sah aus wie das Maultier eines südamerikanischen Berghirten, der nur einmal im Jahr ins Tal kommt.

Das nächste Mal an seinem Geisteszustand zweifelte Herwig bei der Abfahrt der Partie. „Abfahrt“ war gut. Bis alle da waren und im Beisl noch schnell einen Kaffee hinuntergeschüttet hatten, weil es gestern – respektive genauer gesagt: heute - entgegen allen guten Vorsätzen doch spät geworden war, die anderen ihre Morgenandacht noch nicht verrichtet hatten, die Dritten natürlich mit leerem Tank kamen und dem Neo-Oldtimer gerade eben das Choke-Seil hängen geblieben war und somit das Gefährt gnadenlos rauchte und folgerichtig auch nicht wirklich fuhr...

Als sich eineinhalb Stunden nach der vereinbarten Abfahrtszeit die elf Bikes dann doch in Bewegung setzten, kämpfte Herwig erstmals mit den konstruktionsbedingten Unterschieden zwischen Supersportler und Chopper. Vor allem die ständige Suche nach Fußrasten, Schaltung und Bremse verlangte ein hohes Maß an Aufmerksamkeit. Wobei lästigerweise gerade die Bremse häufig benötigt wurde, weil nun auch das zu tragen kam, was Herwig am meisten gefürchtet hatte – die Bummelpartie! Je mehr Motorräder, desto langsamer. Ein alter Hut. Und elf sind schon ganz schön viele. Dabei hatte „Sunny“ versprochen, zumindest die Mindestgeschwindigkeiten einzuhalten.

„Sunny“ sieht aus wie das Klischee eines Roadies vom nächstgelegenen Rockhaus und fährt logischerweise Harley mit Hirschgeweih, dass es aussieht, als hätte eben Clint Eastwood „Hände hoch!“ befohlen. „Sunny“, der Bärtige, der Langhaarige, der Stoiker und der absolut gesetzestreue Ordnungsfanatiker. Passen so überhaupt nicht zusammen, das Erscheinungsbild und „Sunny“s Charakter. Fahr’ 120 und fürchte nicht den Gendarmen sondern „Sunny“...

Langsam hatte sich die Prozession ein wenig geordnet. Über seinen Hausberg, dort, wo Herwig üblicherweise auf seine Opfer lauerte, hatte es ihn kurz gejuckt, und da er inzwischen schon einigermaßen klar kam mit dem Teil da unter sich, hatte er auch einmal „angegriffen". Na super! Als würde man auf der Wandergitarre „Smoke On The Water" spielen.

Andererseits: So schlecht war's auch nicht, und eigentlich kann man mit dem Ding ganz schön hobeln, stellte Herwig zu seiner eigenen Überraschung fest. Ob Kniebacken oder Fußrasten – Hauptsache irgendetwas schert in den Kurven...

Mehr und mehr gewöhnte er sich an den Bummelrhythmus und auch daran, dass die Distanz zwischen den Kaffeepausen nicht mehr als 80 Kilometer betragen durfte und ähnliche Spielregeln. Anstatt die Körnung des Fahrbahnbelages instinktiv blitzschnell im gehirneigenen Rechenzentrum auf den Grad der Schräglage umrechnen zu lassen, sah er plötzlich schwarz-weiß gefleckte Kühe (seit wann gibt's die in unseren Tälern??), den wunderschönen alten Herrensitz am anderen Flussufer, und es war sogar möglich, einer Oben-ohne-Badenixe sekundenlang nachzusehen.

Der Fahrbahnbelag war sowas von wurscht.

Die Sitzposition war ungewohnt. Also das mit der Gemütlichkeit auf so einem Chopper ist so eine Sache. Beim 600 Kilometer Geradeausfahren – und dafür wurde er ja erfunden – mag das möglicherweise komfortabel sein, im Kurvengeschlängel ist es das sicher nicht.

Aber dank der beginnenden Rückenverspannung begann das bisher dominierendste Problem sekundär zu werden: Das Outfit! Herwig hatte seinen an sich beachtenswerten Fundus an Biker-Utensilien durchstöbert, weil im Renneinteiler auf dem Chopper wohl eher peinlich wäre und selbst die Enduro-Jacke overdressed bedeutet hätte. Also wurden es die gute, alte, braune Lederhose mit der Lederverschnürung an den Seiten, die noch ältere harte braune, abgefuckte Lederjacke und die klassischen Desert-Boots. Die trug Herwig zwar sonst auch, aber Motorrad fahren mit Cowoboystiefeln? Nur zum offenen Helm mit den Schweißbrillen hatte er sich nicht durchringen können. So ungefähr musste die Darstellung eines Bikers in einer Aufführung des Laientheaters aussehen! Herwig fühlte sich wie eine einzige Persiflage zum Thema „Rocker".

Nach der dritten Kaffeepause – konsequenterweise nach genau 240 Kilometern – fuhr Herwig chopperlike. Voll! Bei 100 Sachen trat bei ihm die automatische Bremse in Kraft, auf den Geraden wurde geschlafen, mit sich selbst philosophiert, geträumt und bis zum Wörthersee hätte Herwig sicherlich auch noch seine Kindheit bis zum achten Lebensjahr aufgearbeitet gehabt, wenn da nicht erwartungsgemäß der Fast-Oldtimer plötzlich locker ausgerollt wäre, weil die Notoperation bei der Abfahrt ihre Haltbarkeitsgarantiedauer überschritten hatte. Somit wurde die geistige Erschlaffung jäh gestoppt und Herwigs graue Gehirnzellen dringend für das nun zusammentretende Konzilium benötigt.

Der Campingplatz in Velden wurde noch vor Einbruch der Dunkelheit geschafft. Gut, dass es im Sommer so lange hell bleibt! Als die Jungs neben ihren eigenen Zelten auch ein riesiges Party-Gemeinschaftszelt aufbauten und die vorbestellten Biervorräte kontrollierten, für die der Vermieter alle platzeigenen Kühlmöglichkeiten aufbieten musste, schwante Herwig Schreckliches!

Als er dann gegen Mitternacht noch mutig, getrieben von einem Naturgesetz, leicht unsicher das Partyzelt verließ, um sich in der Stockfinsternis zu den Hygieneanlagen zu begeben, bemerkte er, dass da in der Nachbarschaft eine kleine Gruppe germanischer Mädels ebenfalls noch vor ihren Zelten herumlungerte, ihn bei seinen Bemühungen nach dem rechten Weg beobachtete und sich sichtlich darüber amüsierte.

„N' Abend die Damen!" und ein Breitmaulgrinsen war alles, was er noch ohne völligen Gesichtsverlust zustande brachte.

Mit der Melancholie von ein paar Bieren stand er später noch vor seinem Zelt und schaute in den Sternenhimmel, und irgendwie schien es, als könnten das doch ein paar witzige Tage werden. Zwar wäre ihm jetzt ein ordentliches Zweibettzimmer mit Dusche und Frühstück doch lieber – aber wiedereinmal die Pfadfinderversion durchzuackern hatte auch was.

Gerade als Herwig sein Lager aufsuchen wollte, hörte er: „Hallo, ich bin Heike!" Er erschrak, als hätte er den Teufel leibhaftig gesehen. Er trat instinktiv einen Schritt zurück, dort stand jedoch sein

Motorrad, das nun ebenso wie Herwig das Gleichgewicht verlor und auf sein direkt danebenstehendes Zelt fiel. Der berühmte Dominoeffekt, wie er in keinem wirklich guten Slapstickfilm der Vorkriegszeit fehlen durfte!

Als er sich aus dem Gewirr aus Eisen, Schnüren und Planen irgendwie befreit hatte, standen rund 1000 Leute, wie es Herwig schien, plötzlich um ihn herum und brüllten vor Begeisterung als wären sie beim Damen-Schlammcatchen.

Aber eine Gruppe hat auch den Vorteil, dass solche Pannen auch wieder rasch behoben sind. Selbst nächtens und mit ein paar Bieren zuviel. Und so kam doch noch der Moment, wo Herwig eingehüllt in seinen Schlafsack die Ereignisse des Tages nochmal ablaufen ließ, was nahtlos in ein schönes Traumbild überging: Herwig und die kleine zarte Germanin auf der Decke, beim Schwimmen am Abend.

Und ihm kamen leichte Zweifel. Ob ein paar Tage mit dem Chopper am Wörthersee Zelten nicht doch besser sind als ein Wochenende im Fahrerlager in der ungarischen Einöde...

19 Happy Birthday!

Leichte Unruhe überkam ihn, als er den Blumenstrauß aus dem Kofferraum nahm. Sie hatte ein Fest organisiert und ihn eingeladen. Bei den Blumen hatte er auf Rosen verzichtet und auf ein schönes Naturblumen-Arrangement gesetzt, um nicht aufdringlich zu wirken, und außerdem würden vermutlich ja auch die

Freunde und Ehemaligen und Sonstigen anwesend sein und Herwig wollte sich nicht deklarieren. Auch beim Geschenk betrieb er Risikostreuung. Ein paar unverschämt teure Motorradhandschuhe mit Teflar-Einsätzen an den Fingern sowie zwei Karten fürs eigentlich längst auf Wochen hinaus ausverkaufte Kabarettprogramm. Aber wozu hat man Freunde in der Branche.

„Nicht läuten – eintreten!" stand auf einem Zettel an der Tür. Er trat ein. „Mächtig was los!" dachte er angesichts der Menschenmenge, die sich ihm da präsentierte, und alle schienen schon ziemlich in Fahrt zu sein. Kein Wunder – er war auch reichlich spät dran. Fast ein wenig verlegen stand er da am Rande des Geschehens. Schließlich kannte er niemanden aus der illustren Runde. Und er kam sich auch ein wenig alt vor. Von den Anwesenden dürfte wohl kaum einer die Mitte Dreißig überschritten haben. Mitten im Gewühl entdeckte er schließlich doch Esther, und er versuchte, mit seinem Paket und dem Blumenstrauß zu ihr durchzudringen.

Sie stand in einer Gruppe, die Herwig als Abenteurernaturen einschätzte. Durchwegs braungebrannt, locker und entspannt. Was Herwig keineswegs war.

„Alles Gute!" sagte er ihr von hinten ins Ohr und sie drehte sich fast erschrocken um. „He! Schön, dass du da bist! Super! Ohhh, danke schön! Hol dir was zu trinken aus der Küche, und könntest du auch gleich die Blumen mitnehmen und ins Wasser stellen!?" Und schon stand Herwig wieder außerhalb der Gruppierung. Er merkte noch, wie ihm zwei der Jungs interessiert nachblickten und Esther offenbar fragten, wer denn das sei.

In der Küche fand er zwei Eimer voll mit Blumensträußen. Er steckte den seinen dazu („Hätte ich mir sparen können, morgen weiß sie nicht mehr, welche von wem sind...") und beäugte das Getränkeangebot. Er entdeckte die Kaffeekanne, schüttelte diese einmal vorsichtig, schraubte sie auf und stellte fest, dass der Kaffee einigermaßen frisch war. Dann also Kaffee.

„Kann ich auch eine Tasse haben?" hörte er plötzlich eine weibliche Stimme hinter sich und drehte sich um. Fast wäre ihm die Kanne aus der Hand gefallen. „Nein – das ist aber jetzt nicht wahr!

Jetzt geistert's!" Und sie meinte im selben Atemzug: „Wo kommst DU denn her!!??" Anna! Genau. *Diese* Anna. Die aus der Singlebörse!

Da die Welt bekanntlich nicht sehr groß ist, entpuppte sich Anna als eine Freundin von Esther. Aus der Esoterikgruppe oder irgendsowas. Und so blieb Herwig auch nichts anderes übrig, als zumindest ansatzweise zu erzählen, woher ER Esther kannte. Rein zufällig und nur ganz flüchtig natürlich...

Anna war optisch in Hochform und er konnte sich dem Gedanken nicht entziehen, ob der Abend nicht doch anders enden könnte als gedacht, wobei er eigentlich an gar nichts gedacht hatte. Vielleicht ein wenig gehofft, er könnte übrigbleiben bis zum Schluss und dann mit Esther alleine sein. Was allerdings eher unwahrscheinlich war, denn da waren zu viele Freunde und Bekannte.

„Hör mal zu," riss ihn Anna aus seinen Gedanken. „Kein Wort davon, dass wir uns kennen. Wir haben uns genau jetzt hier in der Küche zum ersten mal gesehen, O.K.??" Herwig nickte. „War übrigens ein sehr schöner Tag bei dir" – und draußen war sie bei der Tür.

Er stand jetzt wieder alleine in der Küche und schlürfte nachdenklich an seinem Kaffee herum, der doch schon abgestandener schmeckte als er vermutet hatte. „So, was nun?" Analyse der Lage war angesagt. „Da draußen sind geschätzt 30 bis 35 Leute. Davon kenne ich zwei. Die eine ist mit ihrem Fest und mit den Gästen beschäftigt, und es gibt sicher mindestens drei Männer im Raum, die ihr irgendwie näher stehen, und die andere soll ich jetzt nicht kennen und sehe das sogar ein". Im Moment fühlte sich Herwig ziemlich fehl am Platz und überlegte kurz, welche Alternativen sich noch bieten, wenn er schon abends in der Stadt war. Dann aber überwog sein Selbstbewusstsein und er sagte sich: Wenn ich schon da bin und eine Menge unbekannter Leute hier herumhängen, dann schau ich einmal, was aus dem Abend noch wird...

Allmählich begann er sich doch wohler zu fühlen. Ein Teil der Gäste bröckelte irgendwann ab und die Verbliebenen gruppierten sich rund ums Sofa und die Lümmelpolster. Auch Anna war noch dabei. Irgendwie hatte sie bei ihrem Abgang aus der Küche sehr energisch gewirkt und unmissverständlich. Für sie war es damals ein Tag gewesen, den sie genossen hatte. So wie sie es wollte, als sie gepostet hatte. „Ich hätte jetzt gerne einen schönen Tag, einen netten Motorradausflug und wenn's noch als Sahnehäubchen ein wenig Love dazu gibt danach, wär's auch nicht schlecht". Bestellung aufgegeben, ich habe geliefert. Konsumgut Sex. Single, Beziehung heute, Wertewandel, Fun-Generation, Lebensabschnittsparter, Kappel-verkehrt-Träger, Trennung... „Noch ein Wort aus dieser Schublade und ich kotz´ mich an!" dachte Herwig ironisch und setzte wieder sein unverbindliches Breitmaulgrinsen auf, das ihm oft als Überheblichkeit ausgelegt wurde. Zumindest auf den zweiten Blick. Auf den ersten konnte er damit durchaus freundlich und charmant wirken. „Es ist auch oft Überheblichkeit!"- Herwig kannte sich eben schon ein wenig.

Also stieg er auf das Spielchen mit Anna ein. Das war es inzwischen – ein Spiel. Und dieses Spielchen begann offensichtlich auch Esther merkbar zu interessieren. Immer öfter wandte sie sich von ihren Gesprächspartnern ab und hörte dem locker-charmanten, fast schon gekünstelt wirkenden Smalltalk zwischen Anna und Herwig zu.

„Fährst du auch selber?" kam mit charmantestem Lächeln von Herwig und: „An sich ja, aber ich hab' derzeit nichts und so fahr´ ich eben öfter wo mit", kam im Salondame-Tonfall zurück. Und so plauderte man locker und unverbindlich übers Motorradfahren und Herwig erklärte seine Sportfahrer-Ideologie und vom Turn und der Groove sauber-sportiv gefahrener Pannonien-Runden und hörte aufmerksam mit sorgsam eingestreuten „Ahas!" die wichtigsten Philosophien über Off-Road, Italientouren und solche Dinge, und man versicherte sich gegenseitig, dass man die Welt des anderen ja durchaus verstehe, aber halt doch lieber...

Dann begannen neuerlich ein paar Gäste mit der Verabschiedungstour – darunter auch Anna. Herwig dachte, dies wäre eine gute Gelegenheit, auch zu verschwinden. Irgendwie wollte er heute doch nicht mit Esther übrigbleiben. Denn die war offenbar etwas erstaunt gewesen. Sie hatte Herwig so ja noch nicht erlebt.

Den charmanten Plauderer, locker, höflich und selbstbewusst mit der Ausstrahlung und Sicherheit des selbstgewählten „lonesome Cowboy"-Daseins, des durchaus Gebildeten und des erfolgreichen Agenturchefs... Das alles hatte Esther ja noch nicht zu Gesicht bekommen. „Ich gehe gleich mit. Ihr wisst, morgen ist ein harter Tag. Viele Termine und eine Deadline. Muss früh raus morgen." Das Übliche eben....

„Du hast unglaubliche Augen!" sagte noch eine der Damen, Frauen, Mädels – Herwig konnte sie nicht klassisch schubladisieren. Das musste ja kommen. Das kam immer. Herwigs strahlende Augen waren eben seine stärkste Waffe.

Auf dem Heimweg war er deutlich besser gelaunt als bei der Anreise. Das hatte einige Gründe. Vor allem hatte er ein befreites Gefühl. „Heute hat sie mich so gesehen, wie ich auch noch bin". Klar, da gibt´s noch viele Seiten von Herwig. Aber in der bisherigen Zeit dieser Begegnungen mit Esther hatte er sich seinem Gefühl nach irgendwie zum Deppen gemacht. Verkrampft, unsicher, überfordert mit der auftauchenden Verliebtheit, und dazu musste er noch die Distanz hinnehmen, die sie immer noch hielt... All das hatte ihn in eine blöde Ausgangslage gebracht. Dachte er zumindest.

Jetzt aber war etwas passiert. Es schien, als hätte sie ihn heute eben erstmals auch anders gesehen. Nicht nur auf dem Motorrad und mit einer verlegen-kumpelhaften Anmache. Und zweitens – und das war auch nicht ganz unwichtig! – hatte er heute erstmals das Gefühl, es wäre auch kein Malheur, wenn nichts aus Esther und ihm würde. Er hatte losgelassen.

Im Dunkeln der paar gefahrenen Kilometer verlor sich auch das „Haben Müssen". „Werd dir über dich selber klar und rutsch' mir den Buckel herunter" – mit diesem deftigen Gedanken besiegelte er seinen Entschluss, das Thema „Esther" abzuhaken. „Wenn sie was will, soll sie sich melden – ich nicht mehr!", setzte er noch einen drauf und hoffte, dass er das auch würde durchhalten können. „Ich will eh niemand derzeit" dachte er noch bei sich - und hielt plötzlich bei diesem Gedanken inne.

Ist da womöglich was dran? Vertrage ich derzeit womöglich gar niemand? Ich laufe doch endlich wieder rund, habe meinen eigenen Rhythmus gefunden, bestimme mein Tempo allein. Mein Tagesablauf ist klar und ausschließlich auf meine Dinge ausgerichtet. Was würde ich wirklich tun, gäbe es da plötzlich jemand???

Er hob nachdenklich die Augenbrauen, und ein paar kräftige Falten standen auf seiner Stirn. Aber dann schob er sich das diesbezügliche Allheilmittel ins Gehirn: „Wenn die Richtige kommt, ist das alles kein Problem!" Dieser Gedanke hilft immer. Damit kann man allen Zweifeln herrlich entfliehen.

Und ganz frech dachte er in Richtung der hinter ihm liegenden Stadt zurück: „Ciao Baby – schade - du hast leider was versäumt - mich!" Und behielt sicherheitshalber die Hoffnung, dass irgendwann doch vielleicht...

20 Sieh, das Gute liegt so nah

Es war eine der seltenen Situation, in denen Herwig echt sprachlos war. Er staunte nur noch! Was seine Freunde da diskutierten, klang wie die Antwort auf all sein Fragen. „Schade nur, dass Esther das nicht hören kann", dachte er vor sich hin.

Es waren zwei Frauen und drei Männer, die da am Abend auf der Restaurant-Terrasse mit dem tollen Blick über den See beisammen saßen und diskutierten. Alles Singles. Spontan hatten sie sich vorgestern zu diesem Zwei-Tages-Ausflug mit den Motorrädern verabredet: Birgit, die Chefsekretärin, die ihre erste Saison mit der Hornet bestritt, nachdem sie genug hatte vom Chopperfahren. Betty, blond, zeitgeistig, geschieden und seit Jahren BMW-Fahrerin. Micha, der Senior der Runde. Routinier und so was wie die Kultfigur in der lokalen Bikerrunde. Klug, tiefdenkend und erfahren. Und Harry, sowieso.

Die Diskussion drehte sich – wie könnte es anders sein in einer Singlerunde – um „Rosarot & Himmelblau".

„Schau dich einmal selber an!“ sagte Micha gerade zu Betty. „Nimm deinen sogenannten Geschmack einmal genauer unter die Lupe! Der entspricht doch genau dem Zeitgeist! Du glaubst, es ist *dein* Geschmack. Dabei ist der doch ziemlich eindeutig von außen geprägt. Du suchst einen sportlichen, attraktiven, männlichen Typen mit allen Zeitattributen. Nimm nur den Typ von vorgestern her, diesen Kappel-verkehrt-Träger. Mädel, du bist 35! Es mag dir schmeicheln, dass die jungen Typen auf dich abfahren. Aber ist das wirklich dein Geschmack?? Bieten die dir das, was du tatsächlich willst - tief im Inneren? Sind das wirklich diejenigen, die dir gut tun??“

Birgit schlug in dieselbe Kerbe: „So ähnliche Gedanken hatte ich auch schon. Ich möchte doch nicht das Aussehen lieben, sondern jemand, mit dem ich einfach gerne beisammen bin! Und da ist mir inzwischen völlig egal, ob derjenige irgendwelchen optischen oder altersmäßigen Geschmacksströmungen entspricht!“ Herwig konnte es nicht glauben. Reden die über *uns*!?? Stellte Betty nicht auch Esther dar?

„Frau sucht heute eine Beziehung, die es nicht gibt. Ich seh's doch überall. Die grandiose Liebe wie im letzten Romantic-Movie, wie im zeitgeistigen Frauenmagazin idealisiert. Das kann niemand in der Realität leben!“ Harry, der trockene Pragmatiker und somit kongeniale Partner zum emotional ewig schwankenden Herwig, sprach aus, was der sich eben gedacht hatte. Was ist das für ein Schauspiel, das ich hier geboten bekomme?

Micha hakte nach: „Ich habe öfter in meinem Leben festgestellt, wenn ich mich nicht auf der Stelle verliebe, wenn ich jemand zu lieben beginne, eine Annäherung *passiert*, man sich wirklich kennenlernt und langsam in eine Beziehung hineinkippt, dass das die deutlich stabilere Version ist! Bei der sogenannten *Liebe auf den ersten Blick* ist doch schlagartig einmal alles super! Die großen Gefühle, der Sex, das Miteinander – alles ist on top! Logische Konsequenz: Mit zunehmender Dauer der Geschichte kommen die kleinen Kratzer, die Illusionen schwinden, die Probleme werden deutlicher. Umgekehrt wächst man aber laufend miteinander und es wird langsam groß. Man wächst! Nimm Betty her. Der Paul war doch dein Traummann! Es war dir doch völlig egal, dass er verheiratet ist und drei Kinder hat, und dass er hunderte Kilometer weg von dir lebt und was weiß ich was noch alles. Nur die Stunden zählten, in denen ihr zusammen wart. Und jetzt? Selbst wenn er sich scheiden ließe – was dann?? Zieht er zu dir? Was ist mit den Kindern? Wie sehr hängt er auch an seinem anderen Leben?"

Tja – Michas Lebenserfahrung hat schon was, dachte Herwig so vor sich hin. Und er hörte sich plötzlich sagen: „Manche getrauen sich eben oft nicht, jemand zu lieben, der nicht den eigenen Vorgaben entspricht". Wo kam *der* Satz plötzlich her? Eigentlich hatte er das wohl zu Esther gesagt. Sie traute sich nicht ihn zu lieben. Er hatte es doch oft gespürt, wie sie aufkeimende Nähe, Vertrautheit und Gefühle plötzlich wieder zurückdrängte. Er war zu alt, zu unsportlich, zu wenig zeitgeistig. Dafür aber wäre er stabil, stark und erfahren genug, um sie zu halten, zu fangen in Krisen und sie hätte eine gute Chance, sich mit ihm zu entwickeln. Nicht *durch* ihn – aber mit ihm. Nun gut – das wollte sie auch nicht.

„Ihr seid ja alle so schlau!" begann Betty zornig zu werden, „aber ihr sitzt genauso solo da wie ich! Ich lebe wenigstens im Jetzt! Und ich erlebe wenigstens etwas!"

Herwig bemerkte als einziger, wie Harry unruhig wurde. Harry war der klassische „beste Freund" von Betty und wartete schon lange auf seine Chance. Er liebte Betty, aber er wusste, dass er erst eine Chance hätte, wenn sie ihre Einstellung zu Männern grundsätzlich ändern würde. Hatte er deshalb diese Diskussion vom Zaun gebrochen?

Herwig merkte, wie allgegenwärtig dieses Thema war.

„Schau", sagte Birgit zu Betty, „mir haben immer nur Chopper gefallen. Nie wollte ich etwas anderes. Aber in Amerika hab ich mich in den ersten Tagen echt geplagt mit der Harley, und dann bin ich draufgekommen, dass ich auch hier immer Stress habe, mit meinem Chopper mit den anderen mitzukommen. Und erst als der Micha mir ermöglicht hat, andere Motorräder einmal auszuprobieren, bin ich draufgekommen, dass mir eigentlich die unauffälligen Nakedbikes viel besser liegen! Und heute möchte ich nichts mehr anderes! Du hingegen hast deine BMW, weil deine alte Partie BMWs als non plus ultra angesehen haben und nicht, weil du sie als das Beste für dich erkannt hast!“

Na bumm, dachte Herwig wieder und kam gar nicht mit dem ordnen seiner Gedanken zurecht. Das ist ja wie eine Gruppensitzung beim Beziehungspsychologen!

„Was ist eigentlich mit dir los?“ Herwig merkte erst nach einer längeren Reaktionszeit, dass Micha *ihn* angesprochen hatte.

„Ich staune!“ reagierte er. „Ich versuch gerade, das alles auf meine Geschichte mit Esther umzulegen“. Micha lächelte wissend. „Ein gutes Beispiel. Ähnlich wie bei Harry und Betty.“

Harrys Kopf begann rot zu glühen und Betty blickte fragend zu Micha. „In beiden Fällen dasselbe. Beide suchen ihren Traum irgendwo im Universum, dabei steht der, der sie wirklich liebt, direkt daneben. Beide bräuchtet ihr eigentlich nur zugreifen. Betty schaute Harry fast entgeistert an. Der stand wortlos auf, ging langsam zum Seeufer, setzte sich auf den Bootssteg und blickte gedankenverloren über den See, in dem sich das Licht des Vollmondes spiegelte. Micha hatte, wie so oft, die Diskussion auf den Punkt gebracht. Plötzlich schälte sich auch Betty aus ihrem Korbsessel, packte ihre Zigaretten in die Tasche und folgte Harry. Schweigend beobachtete die verbliebene Runde die Szene. Betty setzte sich wortlos neben Harry und lehnte langsam ihren Kopf an seine Schulter. Ohne Worte legte Harry den Arm um sie. „Sieh, das Gute liegt so nah“, dachte sich Herwig nochmals und gleichzeitig „und wer erzählt diese Geschichte Esther?“

21 Zwischenstop

Herwig hatte sich wieder im Griff und war guter Laune. Der herrliche Hochsommertag hatte ihn an den Stausee geführt, wo er beim Buffet eine wahrlich attraktive Oberösterreicherin kennengelernt hatte, mit der er jetzt genüsslich auf der Liegewiese herumfaulenzte und seinen ganzen lausbubenhaften Charme versprühte. Eine seiner Stärken, wenn er gut drauf war.

Relativ zeitig war er zum See gekommen, hatte sich eine ordentliche Kanne Kaffee bestellt, sein Motorrad entladen – Decke, Jausenpaket und ähnliche Luxusgüter für einen genüsslichen Badetag hatte er ausnahmsweise mitgenommen – und ein Resümee gezogen.

Also da gab es diese Esther, die ihn in den letzten Wochen sauber in Bewegung gehalten hatte. „Sie wäre es schon" dachte er fast laut. Aber er war nicht weitergekommen. Ständig war er gehemmt gewesen, einen Schritt nach vorne zu gehen, und sie gab kein Signal. Und so waren sie irgendwie voreinander stehen geblieben. So kann man es fair und zartfühlend ausdrücken, dachte Herwig. Die Wahrheit hieß vermutlich, sie hatte ihn ziemlich am Gängelband herumgeführt und sich daheim vermutlich köstlich amüsiert über den Deppen.

Ihre Absage auf seine Einladung zum Rennstreckenfahren war nicht unerwartet gekommen. Na ja, ohnehin besser, wenn man sich nicht nebenbei auch noch um die Unterhaltung einer Begleiterin kümmern muss. Gut, die Absage war begründet. Sie wäre mit ihrem Bruder unterwegs, meinte sie. Aber es war egal, ob mit Job begründet, oder ob die beste Freundin gerade gesprächstherapiepflichtig ist, oder ob die Absage mit einer Depression des Haushasen zusammenhängt. Absage bleibt Absage, und wenn man will, geht's auch. Punktum. Also will sie nicht, und warum sie nicht will, ist ihm jetzt auch egal. Er ist zurückgetreten. Nein, er hat nicht aufgegeben, aber keine Erwartungen mehr und er hat auch seine Präsenz deutlich verringert. Eigentlich reagierte er nur mehr auf Kontakte ihrerseits und das eher neutral.

Natürlich wusste er ganz genau, dass, wenn sie jetzt anriefe, ob er nicht mit ihr baden fahren möchte, er sein Pinkerl blitzartig zusammenpacken und vom Waldviertel abdüsen würde.

Andererseits war diese gertenschlanke, braungebrannte Oberösterreicherin eine tadellose Alternative. Selbstsicher, nett, brauner Pagenkopf mit dem obligaten leichten Hennastich und unergründliche grüngraue Augen. Und Herwig war Single.

Also was soll's?! Soll man(n) sich jahrlang in Liebespein suhlen, weil sie ihn nicht erhört, sich von den Klippen Waldviertler Urgesteins in die Tiefen des Stausees stürzen oder was??

Wenn du nicht willst, willst du nicht. Gut, wie du meinst. Oder wie du glaubst. Aber du wirst immer wieder an mich denken. Kurz vielleicht nur, aber fragend, wie es vielleicht gewesen wäre... Es war Herwig in diesem Augenblick tatsächlich egal. Soll sie tun, was sie glaubt. Wenn sie sich diesen Weg nicht gehen traut, nur weil sie sich ihren Weg ganz anders vorgestellt hat – *ihr* Pech. Herwig hatte längst gelernt, dass man die schönsten Dinge des Lebens nicht auf den Hauptstraßen findet, sondern meist dort, wo man sie nicht vermutet. Man muss sich nur hintrauen. Konkrete Wunschvorstellungen verhindern neue Entdeckungen. Aber sag das einmal Esther. Die denkt tatsächlich, sie weiß, was sie will. Gar nichts weiß sie! Erst wenn sie aufhört zu denken, „So sollte er sein" oder „So sollte es sein", ist sie soweit, dass wirklich etwas Neues kommen kann.... etwas Neues!

Und erst dann kann man sagen, was besser, schöner, erfüllender, aufregender ist.

Diese Erkenntnis hatte Herwig schon lange, und deshalb war er auch jetzt als Single, der seine Trauer über das Scheitern seiner letzten Beziehung überwunden hatte, keinesfalls verschlossen Neuem gegenüber. Erotik und Sex sind wichtig für ihn, er ist ein reifer Genießer und ein erfahrener Lover noch dazu. Frauen säumen seinen Weg. Ohne Frauen wäre es für Herwig unvorstellbar.

„Frauen warten immer auf den Richtigen und vergnügen sich bis dahin mit den Falschen!" Warum also nicht manchmal der „Falsche" sein? Warum sollte er ein schlechtes Gewissen haben, wenn er das Angebot der netten Oberösterreicherin annahm, auf das Esoterik-Vollmond-Fest mitzukommen, das abends ganz in der Nähe stattfand, und wegen dem sie hergekommen war. Sie hatte ein Zimmer im Gasthof ein paar Ortschaften weiter. Wie hieß sie doch? Ach ja – Maria. Eva-Maria eigentlich, aber weil ihre Mutter auch so hieß, rief man sie nicht Eva, sondern eben Maria.

Herwig schätzte sie auf Mitte Dreißig. Je öfter er hinsah, desto attraktiver erschien sie ihm. Sie gehörte offensichtlich zu den

Frauen, die man auf der Straße leicht übersieht, weil sie fast unscheinbar wirken. Bei genauerem Hinsehen aber tritt dann häufig eine ganz eigene Schönheit hervor. Fast wie bei Esther. Die wirkte auch vordergründig fast spröde, dahinter verbarg sich aber noch vieles. Maria war ruhiger, spärlicher in ihren Bewegungen. Aber sehr sicher, sehr gereift. Herwig begann der Gedanke an ein spontanes Fest im Waldviertel, ohne um das Ende der Geschichte zu wissen, Spaß zu machen.

Musste er nächtens mit dem Motorrad heimfahren? Herwig hasste es nachts zu fahren. Kein Regen störte ihn so wie Nachtfahren. Ist unheimlich anstrengend. Oder würde er bei ihr schlafen? Oder wo auch immer.

Herwigs Laune stieg stetig. Jawohl! Das war ein Tag nach seinem Geschmack. Ins „Was-weiß-ich-Was" aufgebrochen lag er jetzt da in der Sonne am See mit einer netten Bekanntschaft und einem in seiner Entwicklung völlig offenen Abend! Wenn es wirklich was Positives am Singledasein gibt, dann das!

***

Es war schon Sonntag und später Nachmittag, als er wieder in Richtung Heimat aufbrach. Das Vollmondfest war witzig gewesen. Mitten im Wald bei einer Holzhütte und an die 40 Leute, die um ein Riesenfeuer tanzten. Er hatte irgendwann die Gitarre des stockbetrunkenen Möchtegern-Ambros übernommen und mit ein paar gepflegten Lovesongs seine Einfühlsamkeit am Instrument bewiesen. Dies wiederum traf Maria endgültig auf dem wunden Punkt, und so wurde es eben Sonntag Nachmittag, bis er wieder aufbrach.

***

Die nächsten drei Wochen verliefen in einem ruhigen Seelenzustand. Mit Maria hatte er ein liebevolles und sehr erotisches Wochenendverhältnis, wobei immer sie zu ihm kam, weil sie kein Gerede im Heimatdorf wollte. Sie hatte sich in Herwig verliebt, war aber erfahren genug, um keinerlei Druck auf ihn auszuüben. Denn dass sein Herz woanders war, spürte sie deutlich. Aber sie war frei und ungebunden und so waren die Tage und Nächte miteinander sehr schön.

Warum auf dem Bahnhof warten, wenn ich das auch in einem Hotel kann? Warum sollten Herwig und Maria nicht die Zeit liebevoll miteinander verbringen, während sie auf ihre wahren Begegnungen warteten?

Herwig dachte viel an Esther. Aber es hatte sich nichts verändert. Er begehrte sie, träumte von ihr und hätte sie gerne in den Arm genommen. Aber sie stellte eine unsichtbare Wand zwischen sie, die nach Angst roch. Angst vor Veränderung.

Sie kommunizierten viel via E-Mail. Kleine Streits und liebvolle Versöhnungen wurden getippt, eindeutige Zweideutigkeiten hin und her geschoben und freundschaftlich geneckt. Dass mehr dahintersteckte, wussten beide. Nur keiner tat auch nur einen Schritt nach vorne. Pattstellung.

Sein Liebesleben kam wieder in Schwung. Eine Vierundzwanzigjährige hatte ihn im Visier. Anders als vielen anderen war das Herwig fast peinlich. Er wollte nicht, dass es aussah, als wäre er jetzt typisch alternder Mann, der sich eine blutjunge Freundin zulegt. Aber sie war klug und bildhübsch und hochgradig in Herwig verschossen. Doch die Sache wurde zu intensiv, und Herwig beendete das Ganze, ehe es wirklich begonnen hatte. Sie sollte sich nicht allzu sehr an ihn gewöhnen. Das wäre nicht fair gewesen. Schließlich liebte er Esther.

Es war wie in einem schlechten Film: Er merkte, dass Mittvierziger als eindeutige Singles sehr gefragt sind auf dem Beziehungsmarkt und irgendwie hatte er tatsächlich „Auswahl". Sagenhaft. Er war erstaunt, als er es bemerkte. Mehrere Tests bestätigten diesen Eindruck nachhaltig. Gut fürs Ego. Das Problem überzubleiben stellte sich nicht.

Das Problem war ein anderes: Was war das für ein Band mit Esther?

Er hatte das untrügliche Gefühl, als würden beide um den heißen Brei herumtanzen, um eine Entscheidung zu vermeiden. Um sich einer Situation auszusetzen, auf die sie nicht vorbereitet waren, die sie nicht denken konnten. Wie sollte es funktionieren? Alles sprach dagegen. Es schien, als wüssten beide, dass der so reizvolle Schritt nach vorne ihrer beider Leben schlagartig verändern würde. Sicher sogar. Nicht, dass ihr Leben keine Änderung vertragen könnte, ja eigentlich wäre eine Änderung erstrebenswert. Aber die Angst vor der Veränderungen sitzt eben oft tief...

Alles gut und schön, dachte Herwig. Aber immerhin gab es noch eine andere Möglichkeit. Dass das alles Mist war und er sich kräftig täuschte und die einzige Wahrheit war, dass sie ihn einfach nicht brauchte! Was sogar sehr realistisch schien. Hin und wieder als Ausflugspartner mit dem Motorrad und zum Quatschen und ein wenig mit dem Feuer spielen auch noch. Aber dann war wohl Sense...

Reale Betrachtung oder Gespür, Kopf oder Bauch – was stimmte? Er war zum tausendstenmal genauso schlau wie vorher.

22 Unter der Dusche

Herwig genoss den heißen Wasserstrahl der Dusche und überlegte so vor sich hin, ob nicht dieser Samstagabend mit einer kleinen Beisl–Runde gekrönt werden sollte. Es war ein selten ruhiger Samstag gewesen und er hatte sich treiben lassen, ein paar Kleinigkeiten im Haus erledigt und gewartet - auf ein Lebenszeichen von Esther. Sie war für zwei Wochen mit ihrem Bruder auf Urlaub gefahren. Wieso fährt man mit seinem Bruder auf Urlaub?? War er als Sicherheitsgurt für sie gedacht? Egal.

Er kannte ihren genauen Rückkehrtermin nicht. Aber seinen Berechnungen nach musste sie schon seit ein oder zwei Tagen zurück sein. Mal sehen, wie lange sie brauchte, um sich zu melden. Das würde ein wenig Klarheit schaffen, wo Herwig stand in Esthers Wichtigkeitshierarchie. Zum Telefon gestürzt war sie jedenfalls nicht und zum PC hatte sie auch noch nicht gefunden.

„Ich bin gespannt, welche Grundstimmung sie mitbringt", dachte Herwig, während er auf einem Bein hüpfend das Wasser aus dem linken Ohr zu bekommen versuchte.

In zwei Wochen geht einem ja vieles durch den Kopf. Herwig hatte auch oft nach erholsamen Inselaufenthalten die Tendenz, „klar Schiff" zu machen, die immer wieder nötigen kleineren und größeren Veränderungen tatsächlich auch zu akzeptieren und durchzuziehen.

Und nach all den inzwischen oft sehr feinnervigen und tiefgehenden Gesprächen konnte sich Herwig das bei Esther in dieser Lebensphase durchaus vorstellen.

Also gut: Herwig beschloss, weiter durchzuhalten und darauf zu warten, dass sie sich meldete.

Er befand sich im Zwiespalt, ob er ausgehen sollte oder nicht. Der Kopf sagte ja, die Faulheit nein. Ein entspanntes Fernsehschläfchen mit absolutem Nichtstun, außer hin und wieder beim Kühlschrank vorbeischauen – auch nicht schlecht. Aber es war ja noch Zeit genug, um diese Entscheidung zu treffen.

Es wurde in den letzten Tagen immer klarer, was da alles im Weg herumstand zwischen Esther und ihm. Dass er sie nicht verlieren wollte beispielsweise. Die Gespräche, die Impulse, das Feingesponnene. Und das Wissen um die Süßigkeiten, die sich hinter dieser Wand verborgen.

Es machte echt Spaß, mit ihr Motorrad zu fahren. Weil sie sehr gut fuhr und man keinen Augenblick zittern musste um sie. Sie reagierte gut, schnell und richtig und hatte ein gutes Tempo. Sehr sportiv, aber nicht auf Druck. Die Art von Motorradfahren auf der Straße eben, wie sie auch Herwig schätzte. Er wollte sie als Motorradpartnerin nicht verlieren und nicht als Freund. Das aber könnte geschehen, wenn es knallt und man weiß: Das war's dann. Einerseits waren ja all das die Eigenschaften, von denen er geträumt hatte, und er würde es ja auch wagen. Aber er hatte begriffen: *Sie* musste den Schritt tun. Er war sich sicher, dass auch sie wusste, dass ein Miteinander genau das sein konnte, was sich beide so vorgestellt hatten... Und er wusste inzwischen auch ganz genau, wo es sich bei ihr spießte, wo sie Schwierigkeiten hatte drüberzusteigen: Der Altersunterschied beispielsweise und die Welt, aus der er kam. Herwig würde sagen: Na und!? Für sie hatte das aber noch Bedeutung. Ob sie es schaffen würde?

Herwig entschied sich für einen faulen Fernsehabend mit ein wenig Träumerei.

23 Fahren & Lieben

Eines der wohl meistverwendeten Worte in Diskussionen über zu bewältigende Beziehungsmiseren heißt „loslassen“. „Du musst loslassen!“ – das scheint ein Wundermittel zu sein. Sind Beziehungsverarbeitende und Motorradfahrer womöglich dieselben?

„Lass los! Lass sie laufen!“ lautet auch die Aufforderung des Instruktors an den Neuling, der sich an den Lenker klammert wie Hans-Jörgi an den Schürzenzipfel von Mama. Die weißen Knöchel unter den Handschuhen sind ident mit dem Zähneknirschen. Beides hat den Ursprung im Festhalten – Wollen von etwas, das laufen will. „Laufen lassen“.

Hin oder davon? Je nachdem.

Gas auf, Gas zu, ist Hickhack. Das gekonnte Zusammenspiel nach vorne orientierter Drehzahlen mit kontrolliertem Einsatz der Bremsen, wenn es gilt, eine Kurve zu kriegen. Auch in Beziehungen ist hin und wieder eine Notbremsung dringend nötig, und manchmal haut's einen eben auch auf die Pfeife. Mit „Haureika“ hinein in die Kurve geht sich oft nicht aus. Verbremsen, verwackeln, vergaugeln – und raus kommt man aus dem Eck dann alles andere als befriedigend. Sauber hineinlaufen lassen, eine kleine Korrektur auf der Bremse vielleicht wenn nötig, optimale Drehzahl und ab dem Kurvenscheitel dynamisch rausziehen.

Kontrolliert laufen lassen, loslassen können – das zeigt den Könner, den Wissenden, den Routinier. „Emotionale Intelligenz“. Und die Besten können noch zulegen, wenn's nötig wird.

Ausbremsen, herbrennen im Zweikampf. Mit Mut, Können und Klasse. Kämpfen, taktieren, die Fuhre am Limit bewegen. Siege beginnen im Kopf. Er oder ich. Den Sieger küsst die Prinzessin. Und als Verlierer loslassen, lernen, um beim nächsten Mal zu siegen. Frei werden im Kopf für die nächste Runde.

„Ich hab meinen Rhythmus nicht gefunden!" Der Satz, den der Slalom-Star nach der überraschenden Niederlage ins Mikrophon hechelt, bleibt auch oft unverstanden. Den Rhythmus finden. Sexpertin Gerti Senger meint: „Der gemeinsame Rhythmus ist wichtig. Wechsel sind gut, müssen aber mit Gefühl passieren." Der Rhythmus, der ins Blut geht. Wenn der Drummer nicht „groovt", kann man die beste Band der Welt vergessen!

Lebensrhythmus. Tempo. Laufen lassen. Rhythmus finden.

Zu schnell ist zu schnell und zu langsam zu langsam. Wie im Leben. Jeder hat sein Tempo. Die einen knallen durchs Leben, fighten, suchen, rennen. Die anderen kutschieren gemütlich durch die Gegend und begnügen sich mit ein paar Kilometern. Die dritten fahren flott, sportlich, bleiben stehen, fahren weiter.

Lebens-Tempo. Liebes-Tempo. Loslassen, den Rhythmus, das eigene Tempo finden. Beim Motorradfahren, in der Liebe und im Leben...

24 Und jetzt?

Mit einem liebevollen Lächeln, wie er es an ihr kaum je gesehen hatte, kam sie aus dem Bad, nur mit einem Handtuch bekleidet, schlüpfte unter die Decke. Unter seine. Herwig wagte weder eine Bewegung, noch ein Wort. Ein Moment der Stille, der ewig erschien. Und dann sagte er lachend: „Na, du gebadete Maus", und rubbelte ihr durchs noch feuchte Haar. Sie drehte den Kopf zu ihm, sah ihm tief in die Augen, lächelte und zog ihn langsam zu sich...

Es war ein Wochenende wie aus dem Traumbuch. Vergessen die Welt da draußen. Innigkeit, Vertrautheit, Liebe, Sex, Essen, spazieren gehen, Sex, Essen... Was am ersten Abend zärtlich und sich vorsichtig annähernd begann, entwickelte sich zum Höhenflug. Lust, Leidenschaft, Zärtlichkeit und kein Morgen.

Plötzlich war alles so, wie es sein sollte, sein könnte, sein müsste. Ein Liebespaar am Wochenende im Hotel...

Herwig hatte Esther noch bis zum Stadtrand begleitet, dann war er das Stück zurückgefahren und hatte den Heimweg angetreten. Die Verabschiedung war liebevoll, aber dennoch war nicht die Vertrautheit spürbar, die man nach diesem Wochenende vermutet hätte.

„Eigentlich müsste ich glücklich sein“, dachte sich Herwig auf der Heimfahrt. Er wollte nach Hause. Das Fahren machte ihm keinen besonderen Spaß. Schließlich steckte er seit drei Tagen in den selben Klamotten, das Wetter war nicht besonders freundlich, der böige Wind zwang ihn zu erhöhter Aufmerksamkeit und die Autokolonne vor ihm zerrte auch an den Nerven. Noch 25 Kilometer Bundesstraße hatte er vor sich. Die Badewanne war das einzige noch erstrebenswerte Ziel an diesem Montag.

Er war zu müde, um allzu viel nachzudenken. Erleichtert fuhr er direkt in die Garage, registrierte nur so nebenbei, dass das Garagentor drei Tage lang offen gestanden hatte, was angesichts der dauernden Einbruchsmeldungen nicht gerade klug war – egal...

Beim Ausziehen wurde er wieder nachdenklich. „Warum habe ich seit einiger Zeit eigentlich nur zwiespältige Gefühle?“ Er hatte eben bemerkt, dass er sich zwar einerseits wieder sicher und geborgen fühlte in den eigenen vier Wänden, und dennoch erschien ihm das Haus seltsam leer. „Irgendwann muss wieder Leben in die Bude“, dachte er, als er den Wasserhahn aufdrehte.

Andererseits konnte er sich auch nicht wirklich vorstellen, dass wieder jemand hier wohnen würde. Oder doch? Esther?

Herwig würde viel dafür geben, ihre Gedanken lesen zu können. Wieviele Stunden hatte er schon nachgedacht über sie, seit er ihr begegnet war. Wer ist sie, was ist sie, was will sie, warum tut sie das und jenes nicht und was ist los mit ihr? Er hatte geträumt von so einem Wochenende, wie es jetzt aus heiterem Himmel passiert war. „Na ja, eigentlich überhaupt nicht aus heiterem Himmel, eher wegen des verregneten..." – Unwillkürlich musste er grinsen über diese Gedankenspielerei, und er veranstaltete eine 30sekündige Tauchübung im heißen Wasser.

Eingewickelt in den flauschigen Bademantel lag er in seinem Bett. Ohne großes Interesse verfolgte er die Übertragung der Superbike-WM. Seit Foggy aufgehört hatte, fehlte ihm ein wenig sein Heroe. Viermal hintereinander Weltmeister und dann fährt er wie ein Anfänger dem Ulm ins Heck, und aus ist es mit der Karriere. Das Leben macht seltsame Luftsprünge.

Womit Herwig wieder bei sich selbst angelangt war.

Er versuchte, gedanklich einen Status Quo festzuhalten. Monatelang hatte er versucht, mit Esther weiterzukommen. Dass er verliebt war in sie, war unbestritten. Dennoch hatte er in den letzten Wochen ein wenig Abstand bekommen und sie mehr als begehrenswerte Bekannte, Ausflugskumpel oder so ähnlich gesehen. Er hatte die Geschichte nie im Griff gehabt, und das mochte er einfach nicht. Einmal war sie zugänglich, dann gedankenverloren und distanziert, um beim nächsten Mal übermütig herumzualbern. Aber die Glaswand zwischen ihnen fiel nicht. Und einen „Frontalangriff" wagte er nicht. Warum, wusste er selber nicht genau. Wie stand sie zu ihm? Was empfand sie für ihn? Er wurde einfach nicht schlau aus ihr.

Und dann passierte dieses Wochenende. Völlig unvorbereitet, ungeplant, überraschend.

Die vielen langen Gespräche hatten eine gewisse Vertrautheit geschaffen. Sie wussten viel voneinander. Über Vergangenes, Aktuelles und über Pläne, Träume, Perspektiven. Manchmal umarmten sie einander und spazierten Hand in Hand durch die Gegend, und immer wieder hatte er das Gefühl, „Jetzt macht sie auf". Und als könnte sie seine Gedanken lesen, kam immer genau dann wieder die Glaswand. Irgendwann nahm er seine Hoffnungen und Träume zurück.

Und wie zur Bestätigung der Theorie des „Loslassens" passierte dieses Wochenende. Unglaublich eigentlich. Herwig war es fast ein wenig peinlich, als er bei der Rezeption „Ein Doppelzimmer" verlangte, und er getraute sich nicht, sich umzudrehen und Esther anzusehen. Fast hätte er im letzten Augenblick noch zwei Einzelzimmer geordert. Andererseits dachte er, es sollte ja auch kein Problem sein zwischen ihnen, ein Doppelzimmer „einfach so" zu teilen.

Sie waren alt genug und kannten einander gut genug. Herwig hatte nicht vor, die Situation auszunutzen. Also ging er zielstrebig aufs Zimmer, während Esther noch was vom Motorrad holen wollte.

Oder wollte sie noch telefonieren? Sie rief immer wieder von irgendwo irgendjemand an und telefonierte dann endlos. Eine Eigenschaft, die Herwig ziemlich auf den Geist ging. Vor allem, wenn er vermutete, dass sie wieder mit einem ihrer „Bekannten" sprach. Herwig wusste, ahnte, befürchtete, dass es da noch andere neben ihm gab. Aber wie oder was wusste er nicht so recht. Sie hatte einiges erzählt, aber eben nichts Genaues.

Er warf den Tankrucksack, den Helm und die Handschuhe einfach auf den Boden, schälte sich aus dem feuchten Leder und begab sich schnurstracks unter die Dusche. „Wo bleibt sie eigentlich?" dachte er noch, als er sich nackt ins Bett legte und dabei kurz überlegte, welche Seite ihr wohl sympathischer wäre. Er wählte die linke Seite, die der Glastür zum Balkon näher war. Die rechte Seite hingegen bot den direkteren Zugang zum Raum und zum Badezimmer.

Er atmete auf, als sie ins Zimmer kam und keineswegs verkrampft wirkte. Sie hatte jetzt wieder diese leicht burschikose Art, die kumpelhafte Selbstverständlichkeit. Als hätten sie schon viele Male miteinander irgendwo übernachtet. Auch sie verlor fast das Motorradgewand und verschwand, noch im T-Shirt, im Bad.

Herwig genoss diesen Augenblick und Vorfreude machte sich breit – aber auch ein wenig Nervosität. Endlich würde er sie in den Armen halten, ihre Haut spüren. Oder doch nicht? Es bestand ja auch immer noch die Möglichkeit, dass sie wieder die Glaswand dazwischen stellte.

Waren sie ein Liebespaar? Er knipste den Fernseher aus. Ein spannungsloses Rennen war zu Ende und Herwig mochte den Sieger Collin Edwards nicht besonders.

Er hatte immer gedacht, wenn DAS passiert, dann klärt sich alles. Jetzt war er sich keineswegs sicher. Heute beim Frühstück war es ihm aufgefallen. Plötzlich war sie wieder irgendwo. Leicht abwesend beantwortete sie seine Fragen. Plötzlich fühlte er sich wieder dort, wo er vor diesem Wochenende war. Verflogen war die Leichtigkeit des Seins. Und er beschloss, wieder einmal einfach abzuwarten.

Er würde ja sehen, wie sie reagieren würde beim nächsten Kontakt.

25 Die große Leidenschaft

Die große Leidenschaft ist nicht die große Liebe. Und die Schmetterlinge im Bauch sind es auch nicht. Einstiegsdroge – nicht mehr, aber auch um Gottes Willen nicht weniger.

Herwig war seit Wochen zum ersten Mal wieder alleine unterwegs. Nein, eigentlich hatten sie sich nicht getrennt. Sie waren ja auch nie wirklich zusammen gewesen. Manchmal vielleicht. Stundenweise, tageweise. Und es war auch immer wieder was da. Einmal die Vertautheit, einmal die Lust aneinander, dann wieder das einfache Verstehen in ganz normalen Dingen. Und abseits ihrer gewohnten Umgebungen hatten sie sogar das *Wir sind ein Paar*-Gefühl. Aber sie scheuten vor einander. Warum? Wahrscheinlich konnte man dafür jetzt tausend mehr oder weniger zutreffende und inhaltsschwangere Begründungen finden. Unterschiedlicher Reifegrad, andere Erwartungen, andere Ansprüche, Rosarot & Himmelblau... Egal, Irgendwas. Sie hatte noch die Reste der Vergangenheit zu sehr in sich, oder womöglich existierten diese Dinge sogar noch aktuell, er wiederum konnte angesichts seines angeschlagenen Vertrauens so eine Situation nicht (mehr) bewältigen.

Somit kam ihre Entscheidung abzuhauen weder unerwartet, noch war es die schlechteste Lösung. Ein wenig Trauer. Na klar. Und auch ein wenig Hoffnung. Was sicher bleiben würde, war die Spannung. Denn in Kontakt bleiben würden sie sicher – davon war er überzeugt.

Dazu waren sie irgendwie zu wichtig füreinander geworden. Wofür wirklich, war noch nicht abzusehen. Vielleicht war alles für beide einfach zu früh? Tausend Fragen ohne Antworten...

Er würde sich in den nächsten Wochen wieder deutlicher seinen Freunden und dem Motorradfahren widmen. Wieder einmal eine Frau raus aus dem Herzen und aus dem Hirn und ein paar Schrauben im Gehirn nachziehen. Frauenprobleme machen langsam.

Rosarot eben.

26 Eine neue Saison

Er erwachte ein wenig orientierungslos. Die warmen Strahlen der Märzsonne hatten ihn geweckt. Ein wohliges Gefühl erfasste ihn. „Sonne im Herzen“, dachte er zu sich. Langsam wagte er die Augen zu öffnen und einen Blick auf den Wecker zu riskieren. Sehr zeitig für einen Sonntag Morgen. Im selben Augenblick registrierte er, dass er nicht allein war. Sie atmete ruhig und lächelte im Tiefschlaf. Vorsichtig schälte sich Herwig aus der Decke und schlich in die Küche. Ihm stand der Sinn nach einem üppigen Frühstück für zwei.

Herwig war glücklich. Christine hatte es geschafft, ihn aus den Wirren der letzten Jahre zu befreien. Erst das Jahr der Scheidung mit allen Belastungen, dann das knappe Jahr mit Esther. Immer noch verspürte er einen kleinen Stich, wenn er an sie dachte. Zuviel an „Was wäre gewesen, wenn...?" war offen geblieben. Immer noch nagte der Gedanke, dass sie die Frau war, nach der er so lange gesucht hatte, und dass er derjenige gewesen wäre, der sie in eine glückliche Zukunft hätte führen können. Zu schicksalshaft erschien ihm die Begegnung mit ihr vor knapp einem Jahr. Aber im Gegensatz zu ihm fand sie die Liebe nicht. Nur das, was sie dafür hielt, und das galt auch nicht ihm.

Christine war eben vierzig geworden. Bildhübsch, tolle Figur, halblange braune Haare mit lustigen Naturlocken und klug. Sie leitete seit Jahren die Bürogeschicke einer großen Umwelt-Organisation. Auch sie hatte vor zwei Jahren eine schmerzhafte Trennung zu bewältigen gehabt, lebte danach sehr zurückgezogen und war zuletzt kurze Zeit mit Richard, einem Cousin von Herwig, liiert gewesen. Der war es auch, der Christine und Herwig sehr gezielt und mit Absicht miteinander bekannt gemacht hatte. Fast könnte man es als Kuppelei bezeichnen. Aber es hatte geklappt.

Denn sie fuhr leidenschaftlich Motorrad. Das hatte Herwigs guter Freund Richard auch benutzt, um die beiden zusammenzuführen.

Langsam und vorsichtig hatten sie einander entdeckt. Beide hatten ihre Wunden noch nicht ganz ausgeheilt und so näherten sie sich sehr einfühlsam an. Und Herwig gefiel mehr und mehr nicht nur was er sah, sondern vor allem ihre Ruhe und Besonnenheit, ihre Klarheit und Zielstrebigkeit. Das genaue Gegenteil von Esther. Christine hatte ihr Leben geordnet. Sie war finanziell unabhängig, hatte sich solide Strukturen aufgebaut und von allen Altlasten befreit. Und selbst die Tatsache, dass sie keine Kinder bekommen konnte, hatte sie akzeptiert.

„Guten Morgen!“ – Herwig erschrak. Er hatte sie nicht gehört. Da stand sie in der Tür zur Küche mit zusammengekniffenen Augen, alles andere als wach, und lächelte ihn zufrieden an.

„Gibt’s schon Kaffee?“ murmelte sie und kuschelte sich von hinten an Herwig, dem angesichts dieser Szene neuerlich warm ums Herz wurde.

Er drehte sich um und schloss sie in seine Arme. „Na du Traummännlein, siehst du überhaupt schon etwas?“ versuchte er sie wach zu kriegen.

„Nein, aber ich weiß, dass es mir gut geht.“ Er lächelte und fast hatte er ein schlechtes Gewissen ob seiner Gedanken an Esther. Warum denke ich gerade jetzt an Esther? Bin ich völlig verrückt? Da ist plötzlich die Frau mit all den Eigenschaften, die ich mir gewünscht habe und ich denke an die Chaotin mit ihrem verkorksten Liebesleben, an der ich mir die Zähne ausgebissen habe.

„Frühstück ist fertig!“ – Herwig konnte sich selbst nicht verstehen. Warum nagte Esther immer wieder und immer noch an seinem Gemütszustand, während er gleichzeitig zärtliche Gefühle für dieses wunderbare Geschöpf da im Badezimmer entwickelte? All das, wovon er fast ein Jahr lang geträumt hatte, war Realität geworden.

Nur anstelle von Esther hieß sie Christine und statt der Duke war es eine Monster.

Er stellte sich vor, es wäre jetzt Esther, die da immer noch keinesfalls wirklich munter das üppige Frühstücksangebot sondierte, und wieder war da dieser Stich im Herzen. Wo sie jetzt wohl gerade war? Hat sie ihr Leben schon in den Griff bekommen? Hat sie sich schon entschieden, Frau zu werden, oder war sie immer noch mit den jungen Freaks unterwegs? Herwig würde sie gerne wiedersehen, hören was aus ihr geworden war. Ob sie ihren Weg gefunden hatte und wie.

Christine sah ihm in die Augen. „Und wo bist Du gerade?“

Ups! „Ich habe gerade etwas abgeschlossen“, antwortete er und hoffte, dass dieser Satz auch tatsächlich der Wahrheit entsprach. Und dann begann er, ihr die Geschichte von Esther zu erzählen.

Von Anfang an. Lächelnd hörte sie ihm zu. Und als er mit seiner Geschichte fertig war, erhob sie sich, steuerte auf ihn zu, setzte sich auf seinen Schoß, schlang die Arme um seinen Nacken, küsste ihn zärtlich auf die Stirn und sagte leise:

„Selber schuld die Kleine. Da hat sie was versäumt."

In diesem Moment wusste Herwig, dass eine neue Liebe zu wachsen begann. Und er versprach sich selber, all das zu tun, was er von Esther erhofft hatte: zu erkennen, dass die Liebe auch eine Chance braucht. Sie ist wie ein Keim, der wachsen will, der Pflege braucht und Zuwendung, Aufmerksamkeit und die Erfahrung, wie man aus einem Pflänzchen einen Baum werden lässt. Zärtlich küsste er Christine auf die Nasenspitze, strich ihr eine Haarsträhne aus dem Gesicht und sagte:

„Willkommen in meinem Leben".

„Weißt du, dass du ziemlich verrückt bist!?", konnte sie gerade noch sagen, ehe ihr Herwig den Mund mit einem Kuss verschloss und ihr langsam den Bademantel von der Schulter schob.....

Eine neue Saison hatte begonnen.

So gut wie schon lange nicht.

rosarot

Die Geschichte
einer Begegnung auf der Straße

Eine Erzählung
von
Karin Mairitsch

Verlag Mairitsch / Prochaska
edition text + bild

Impressum:

Printed in Austria
ISBN 3-9501568-0-1
2. verbesserte Auflage 2003

www.textundbild.at

Umschlaggestaltung: Artcore Grafikdesign, A-2325 Himberg
Illustrationen: Eugen Kment
Produktion: @gentur friedl, A-2380 Perchtoldsdorf
Druck: Druckerei Theiss GmbH, A-9431 St. Stefan

Vollkommenheit entsteht durch Weglassen,
nicht durch Hinzufügen.

Für Robert

Mein Dank gilt

Inge & Karli (für die Freiheit des Tuns)
Arno (für die Wegbegleitung)
Beatrix, Eva, Hanne, Helma, Johanna, Karin, Steffi, Rita und Verena
(für die Einblicke ins rosarote Leben)
Chrisi, Fred, Harry, Hermann, Markus, Michi, Peter, Thomas und Urs
(für die Einblicke ins himmelblaue Leben)
Peter Petzl und Michael Marcus Thurner (für die Stütze beim Schreiben)
Carina, Eva, Manfred und Uta (fürs Lektorieren)
Edwin (für die Idee, dieses Buch zu schreiben)
und natürlich auch Esther (für die Möglichkeit, das alles zu Papier zu bringen).

Ein herzliches Dankeschön für die Unterstützung an Karl Weinkum, den Reitwagen und sein Café, die 2radBörse, Manfred Halwax, Susanne Passe, Michaela Brummer, Helmut Hengstberger, Robert Piontek, Karl Puš, Michael Bernleitner und Walter Oswald sowie an all jene Freunde, Bekannte und Kollegen, die unser Buch über die Jahre begleitet haben.

Inhalt

Vorwort

Motorradfahrer sind eine höchst heterogene Gruppe. Man findet unter ihnen Bankangestellte und Tischler, Bauarbeiter und Rechtsanwälte, Männer und Frauen, Junge und Alte, Straßenbahn- und Porschefahrer, Harley-Freaks und Motocrosser, Gelegenheitsfahrer und solche, die das Motorrad zum persönlichen Kultobjekt machen. Jeder hat seine eigene Geschichte, und jeder spinnt anders.

Wo auch immer Motorradfahrer aufeinander treffen, haben sie etwas gemeinsam. Sie grüßen einander an der Ampel, nicken sich im Lift des Bürohauses freundlich zu, begutachten ihre Motorräder vorm Eissalon, plaudern beim Wirten auf der Hausstrecke über Hinterreifen, erzählen beim Mittagessen von der Ausfahrt am letzten Wochenende, von den Dünen Algeriens und den Kurven auf der Rennstrecke, verabreden sich am Abend auf ein Bier, machen miteinander Geschäfte, drehen am Sonntagnachmittag eine gemeinsame Runde in den nahen Bergen oder fahren für ein paar Tage auf Urlaub an den Gardasee.

Manchmal werden unter Motorradfahrern Freundschaften fürs Leben geschlossen. Dazu braucht es nicht mehr als den Funken der Begegnung. Es ist das stille Einverständnis, das Wissen um dieselbe Leidenschaft, es ist die Liebe zur Technik, zur Natur, zur Fliehkraft und zur Beschleunigung, es ist der Wind um die Nase und die Freiheit der Gedanken. Es ist, was es ist.

Motorradfahren verbindet.
Motorradfahren alleine reicht nicht.

Viel Spaß und nehmt euch die Zeit!

Karin Mairitsch

1 Erster Versuch

Es war der Sommer, in dem Esther fünf Jahre alt wurde. Es war ein heißer Sommer. Damals fuhr sie mit den Eltern an den Wochenenden häufig an den nahen Fluss. Dort hatten Freunde der Familie ein kleines Wochenendhaus. Es stand auf Stelzen, denn es gab noch keine Kraftwerke, und Hochwasser war das größte Abenteuer überhaupt.

Das Haus lag an einer Schotterstraße, die den Fluss entlang durch die Auwälder führte. Im Garten wurde am Samstagnachmittag gegrillt, die Erwachsenen saßen in der Wiese, rauchten Zigaretten und tranken Bier. Esther und ihr Bruder Kurti vertrieben sich die Zeit mit Sandburgen bauen und Fische fangen. Während die Erwachsenen bis spät in die Nacht hinein feierten, mussten die Kinder um neun ins Bett. Sie erzählten einander Gespenstergeschichten, so lange, bis sie einschliefen.

Sonntag war der Tag der Familie.

Esthers Mutter packte Fleischschmalzaufstrich, Brot und Himbeersaft in den Picknickkorb, der Vater räumte einstweilen die Fahrräder vom Auto. Esthers Fahrrad war rot, hatte Stützräder, und man konnte es zusammenklappen, sodass es vorne im Kofferraum des VW Käfers Platz fand. Die Fahrräder der Eltern wurden für den Transport auf eine gewagte Schweißkonstruktion geschnallt, die das Hinterteil des Käfers entstellte. Kurti besaß kein eigenes Fahrrad, er bevorzugte den Gepäckträger der Mutter.

Der sonntägliche Radausflug wurde von Esthers Vater angeführt. Hinter ihm kam die Mutter. Sie schwatzte vor sich hin, Kurti schaute in die Luft und kaute an einer Semmel. Esther strampelte hinterher.

Die Familie ging auf Kaulquappen-Jagd.

Am Lenker des väterlichen Fahrrades baumelte der Plastikkübel. In den nahen Auwäldern gab es Tümpel, in denen kleine Fische,

Molche, Gelsenlarven und Kaulquappen wohnten. Diese ließen sich fangen und nach Hause transportieren, in eine Wanne leeren und dann konnte man über mehrere Wochen beobachten, wie ihnen Hinter- und Vorderbeine wuchsen, wie sich allmählich der Schwanz zurückbildete und wie sie als kleine Frösche aus der Wanne sprangen und dann als Halbwüchsige auf der nahen Straße überfahren wurden.

An einer sonnigen Stelle am Flussufer hielt man Rast. Die Fahrräder wurden abgestellt, der Vater lud Kurti und den Picknickkorb ab, die Mutter verteilte Servietten und Becher und schmierte dicke Brote, auf denen noch dicker der Fleischschmalzaufstrich klebte. Kurti bekam eine Banane in die Hand gedrückt.

Esther blickte widerwillig auf den Gelatinerand in der Fleischschmalzdose und erklärte, dass Gelatine aus Schweinsaugen gemacht wurde. Das habe sie so im Kindergarten gehört, und sie werde das da sicher nicht anrühren.

Solche Sachen mochte Esthers Mutter gar nicht gern. „Was auf den Tisch kommt, das wird gegessen.“ Das hatte schon die Großmutter gesagt. Doch Esther war ein stures Kind, und an ihrem Entschluss war nicht zu rütteln. Nein, sie würde die Schweinsaugen-Gelatine nicht essen. Sicher nicht.

Wenn sich die Mutter ärgerte, dann ärgerte sie sich. Sie war Geschäftsfrau, und sie hatte ihre Prinzipien, und die galt es zu respektieren. Hielt man sich nicht an ihre Regeln, dann wurde sie zornig: „So. Und wenn du jetzt nicht sofort dein Brot aufisst, dann montier ich dir die Stützräder am Fahrrad ab, und du kannst ohne sie weiterfahren.“

Das war zwar nicht unbedingt logisch, aber effektiv.

Esther sah zu ihrem Bruder. Der schaute mit vollem Mund und bananenverschmierten Fingern in den blauen Himmel. Von dieser Seite war keine Hilfe zu erwarten. Der Vater versuchte zu vermitteln: „Iss dein Brot auf, und dann fahren wir weiter.“ Aber Esther tat nichts dergleichen und starrte trotzig in die Wiese. Die Mutter blickte zum Vater. Der stand seufzend auf, kramte aus der Satteltasche seines Fahrrades einen Universal-Gabelschlüssel her-

vor und machte sich daran, die Stützräder von Esthers Klapprad zu demontieren. Esther betrachtete demonstrativ den Fluss und beneidete die Matrosen, die auf ihren Schiffen zum großen Meer fuhren.

Die Stützräder verschwanden im Picknickkorb.

„Die brauchst du nicht mehr, du bist alt genug." Der Vater war besorgt. „Schau dir doch die anderen Kinder an, die fahren ja auch ohne."

Die werden schon sehen, was sie davon haben.

Die Eltern schabten die Reste des Fleischschmalzaufstrichs aus der Dose in die Wiese und platzierten Kurti auf dem Gepäckträger. Sie schnallten Picknickkorb und Plastikkübel auf und bestiegen ihre Fahrräder. Esther machte sich startklar für den finalen Unfall.

Es trat eine kurze Pause ein.

„Halt das einen Moment, bitte", sagte die Mutter zum Vater und drückte ihm ihr Fahrrad samt Kurti in die Hand. Langsam ging sie zu Esther, beugte sich hinunter und sagte leise: „Du fährst so wie immer, und ich laufe mit und halte dich von hinten. Gut?"

Esther sagte nichts und betrachtete beharrlich den Fluss. „Geht schon", flüsterte ihr die Mutter ins Ohr, „Abflug." Esther trat in die Pedale. Die Mutter griff unter den Sattel und schob an, gemeinsam bogen sie auf den Schotterweg ein. Esther stieg fester in die Pedale, die Mutter wechselte in einen langsamen Trab, Esther strengte sich noch mehr an, die Mutter fing an zu laufen, Esther gab alles.

Und dann schrie sie nach hinten zu ihrer Mutter: „Ich bin viel schneller als du!" Keine Antwort. Mama? Mama??? Im scharfen Bogen bog sie rechts in die Büsche ab.

***

Die Stützräder wurden nie wieder montiert. Das war fortan was für kleine Babys.

2 Am Anfang war die alte XT 500

Sie gehörte einem gewissen Andreas. Das heißt, sie gehörte einem Freund von einem gewissen Andreas, aber das, so meinte er, das müsse man ja nicht extra erzählen.

Er war 17. Als er Esther versprach, sie mit dem Motorrad von der Schule abzuholen, sagte er, das ginge schon, auch ohne Führerschein, die Sache mit der Polizei mache ihm auf jeden Fall keine Sorgen. Sie gab sich mit dieser Antwort zufrieden, denn Andreas war cool. Er rauchte italienische Zigaretten, hatte seine eigene kleine Wohnung neben der seiner Eltern, und er hatte immer Geld fürs Kino. In seiner Klasse konnte er auf die allermeisten Fehlstunden verweisen.

Sehr stolz war er auf die XT 500. Sie entschied über Sieg oder Niederlage bei den Mädels. Andreas war der erklärte Schwarm der Schule.

Er holt mich (!) ab und nicht irgendeine andere.

Der coole Andreas saß auf seinem Motorrad, den Helm hatte er auf den Rückspiegel gehängt, der zweite Helm baumelte am Haltegurt der Sitzbank, die Felgen des Motorrades leuchteten golden in der Sonne des frühen Nachmittags, der Tank glänzte silbern, der runde Scheinwerfer saß einer freundlichen Sonne gleich am Lenker, die runden Blinkergläser waren orange Sterne.

Mit klopfendem Herzen ging sie auf ihn zu. Andreas grinste sie an, sah sie näher kommen, sah ihre schulterlangen blonden Zöpfe, sah die Sonnenbrille in ihren Haaren, die blaue Jeansjacke und die bunten Anstecker darauf, sah ihre getuschten Wimpern und die silbernen Ringe an ihren Ohren.

Seine braunen, glatten Haare fielen ihm ins Gesicht, und er fragte: „Fahren wir ins Kaffeehaus?“, und Esther hauchte ein „Ja, sehr gerne ...“.

Sie stieg auf. Er kippte das Motorrad auf den linken Fuß und startete an. Das heißt, er wollte anstarten, aber das Motorrad woll-

te nicht. Nochmals ließ er den Kickstarter nach oben kommen, überprüfte im Schauglas die richtige Position des Kolbens, trat noch einmal herunter und wieder: nichts. Das Motorrad schleuderte ein dezentes „Plopp” aus dem Endtopf und verstummte.

„Soll ich absteigen?“, fragte sie.

„Nein, nein, das geht schon.“ Andreas ließ sich nichts anmerken. Er blieb cool. Nach drei weiteren Versuchen drehte er sich zu Esther um und meinte: „Doch. Es wäre besser, du steigst ab.“

Verlegen trat sie von einem Fuß auf den anderen. Andreas nahm den Helm ab, sie tat selbiges und fragte sich, ob ihre Frisur wohl halten würde. Der Platz vor der Schule hatte sich bis auf ein kleines Grüppchen aus der Nebenklasse geleert. Es waren fünf Mädels und drei Burschen, und alle acht beobachteten erbarmungslos die Szene, die sich ihnen darbot. Esther versuchte nicht hinüberzusehen, stattdessen betrachtete sie eindringlich die Felgen des Motorrades und bemühte sich um einen Gesichtsausdruck, der sie als Kennerin der Materie ausweisen würde.

Was gibt's da blöd zu schauen?

Andreas kickte. Und kickte. In seinem Nacken bildeten sich auf dem dunkelbraunen Flaum unterm Haaransatz kleine Schweißperlen. Esther wollte gerade fragen, ob er nicht die Jacke ausziehen wolle, sie würde sie gerne halten, und wenn sie sonst noch irgendetwas tun könne ... da plötzlich zündete das Motorrad. Andreas gab Gas - „Sicherheitshalber“, wie er sagte - und das Grüppchen auf der gegenüberliegenden Straßenseite war sichtlich beeindruckt.

Sie stieg auf, er legte den ersten Gang ein, und sie fuhren an der Schule vorbei, hinaus auf die Hauptstraße, die sie in die Stadt hinein ins Stammlokal zog.

Unter ihr vibrierte der Einzylinder.

Cool

Pflichtbewusst hielt sie sich hinten am Gepäckträger fest. Er deu-

tete ihr, es wäre besser, sie würde sich bei ihm anhalten, aber sie ließ ihre Hände dort, wo sie waren. Bei der ersten roten Ampel drehte er sich zu ihr um, legte seine Hand auf ihren Oberschenkel und sagte: „Weißt du, es ist einfach viel besser, wenn ich merke, dass du da bist. Halt dich ordentlich an."

Er wird schon wissen, wovon er redet, dachte sie, und legte ihre Hände an seine Hüften.

Es war spät, als Andreas sie vor der elterlichen Wohnung absetzte. Esther meinte, sie müsse sich aber jetzt wirklich beeilen, weil sie noch ... und ihre Eltern würden sich wohl schon Sorgen machen und ... Andreas verschloss ihr den Mund mit einem Kuss. Er war sehr cool.

Im Vorzimmer wurde sie von Kurti empfangen: „Na, heute schon geschmust?" Ein kleiner Bruder ist ein kleiner Bruder.

***

Sie sah Andreas das nächste Mal fünf Jahre später wieder. Es war in einem Innenstadtlokal, und Andreas stand hinter der Bar. Sie erkannte ihn sofort. Er hatte keine Ahnung, wer sie war. Vor der Tür stand Esthers erstes Motorrad. Es war eine XT 500.

3 Blaues Café

Erstmals kam sie mit Martin ins Blaue Café.

Sie studierte im ersten Semester Psychologie, und in der Statistik-Vorlesung waren sie und Martin nebeneinander zu sitzen gekommen. Die Vorlesung war lang und reichlich uninteressant, und so kamen sie ins Gespräch, schwätzten über Kinofilme, Musik und Lieblingslokale, Motorräder und Videospiele und fanden sich bald in einer angeregten Diskussion über Sinn und Unsinn der Statistik-Vorlesung wieder. Esther vertrat den Standpunkt, Psychologie sei Wissenschaft, und daher könne man die menschliche Psyche durchaus auch in Zahlen ausdrücken. Martin war anderer Meinung, er setzte den menschlichen Aspekt und das Menschsein an sich an oberste Stelle, und das, so sagte er, könne man eben nicht mit Nullen und Einsen beschreiben.

Sie diskutierten heftiger und immer lauter, bis der weißhaarige Professor seinen Vortrag unterbrach, die Brille abnahm und den Blick durch den Hörsaal schweifen ließ: „Wenn es die Kollegen in den hinteren Reihen nicht interessiert, was ich hier erzähle, dann räume ich ihnen zwei Möglichkeiten ein: Entweder sie kommen an die Tafel und übernehmen meine Vorlesung, oder aber sie halten den Mund."

Martin stand auf. Er war groß, die dunklen Haare fielen auf seine Schultern und Esther blickte von unten über einen wohlgenährten Bauch auf ein stoppeliges Doppelkinn. Die Umsitzenden drehten sich überrascht um, als Martin sich räusperte und seine tiefe Stimme erhob: „Die Statistik ist eine vom Menschen erschaffene Wissenschaft und somit fehlerbehaftet. Sie hat ihre Berechtigung, wenn es um die Beschreibung von Phänomenen geht, versagt jedoch bei der Beschreibung der großen Zusammenhänge. Das Wesentliche bleibt immer unsichtbar." Mit einer leichten Verbeugung in die Richtung des weißhaarigen Professors nahm er wieder Platz. Leise sagte er zu Esther: „Ich hab's halt nicht so sehr mit den Zahlen."

Für einige Sekunden war der Hörsaal in verwirrtes Schweigen gehüllt. Der Professor legte die Kreide aus der Hand, stützte sich

auf das Pult vor ihm und sagte in Martins Richtung: „Nie tritt man anderen so sehr auf die Füße, wie wenn man seinen eigenen Standpunkt vertritt. Danke für Ihren Beitrag.“ Er setzte die Brille auf die Nase und nahm seine Ausführungen wieder auf.

Esther blies sich eine Haarsträhne aus dem Gesicht und blickte Martin von der Seite an. Schön war er nicht, aber reden konnte er.

Nach der Vorlesung fragte er, ob sie nicht vielleicht Lust auf einen Kaffee (oder ein Bier?) hätte. „Gute Idee“, antwortete sie. Es war immer fein, wenn man im ersten Semester Bekanntschaften machte, erst recht, wenn man Psychologie studierte. Und er hatte freundliche Augen.

Das Café lag im Zentrum der Stadt, im Halbkeller einer Seitengasse zwischen Rathaus und Stadtpark. Es war in einem Haus der Jahrhundertwende untergebracht, und die Motorräder vor dem Lokal muteten in diesem Ambiente fast schon ein wenig kurios an.

Es war der Biker-Treff der Stadt.

Leichter Sprühregen hatte am Nachmittag die Stadt überzogen, doch selbst an diesem grauen Novembertag parkten vor dem Lokal drei Motorräder. Eine 750er-CB mit Vier-in-vier-Anlage, eine alte Triumph und eine Harley, deren Gabel weit auf die Straße hinausragte. „Das ist mein Lieblingslokal“, meinte Martin, öffnete die Türe und ging voraus. „Ich komme oft hierher.“

An den Wänden hingen dunkle Gemälde, in den Nischen standen alte Radios, von der Decke baumelten Lampen mit Milchglasschirmen. Das Lokal war in schummrig gelbes Licht getaucht. Kaum ein Sessel glich dem anderen, zwei grüne Sofas und eine Reihe von Kinosesseln erweckten den Eindruck, man befinde sich in einem Altwarenladen. Auch die Tische waren unterschiedlich, manche trugen schwere rechteckige Eichenplatten und hatten wohl schon in alten Tagen Bierkrüge getragen, andere waren rund und stammten offenbar aus einem ehemaligen Kaffeehaus.

Sie setzten sich in den hinteren Teil des Lokals unter einen aus-

ladenden Spiegel mit breitem goldenen Rahmen. Der Rauch der Zigaretten schwebte blau über der Kaffeemaschine. An der Bar stand die Kellnerin. Sie war Mitte Zwanzig, trug enge schwarze Jeans und ein ebenso enges schwarzes T-Shirt. Die langen roten Haare ergossen sich in weiten Locken über ihre Schultern. Genüsslich nippte sie an ihrem Tee und unterhielt sich mit zwei Gästen an der anderen Seite der Bar, die beide ein Bein auf den Tresen aus Messing gestützt hatten.

Die Kellnerin lächelte zu ihnen herüber.

Sie hat einen Mund wie Julia Roberts.

Martin deutete mit den Fingern die Zahl zwei. Die Kellnerin verstand. Die beiden kannten einander offenbar schon länger.

„Das ist die Alexia“, erzählte Martin. „Die hat sich schon viele Geschichten von mir anhören müssen.“ Und mit einem Blick, der eine vage Idee von seiner Einsamkeit vermittelte, fügte er hinzu: „Ich bin ja an sich einer von denen, die an der Bar stehen.“

Esther sah ihn fragend an. Er seufzte. „Die Alexia ist eine Institution. Sie hat immer ein offenes Ohr für ihre Stammgäste, und sie hat immer gute Laune.“

Er blickte durch die Rauchschwaden hinüber an die Bar und sagte langsam: „Ich weiß auch nicht, wie sie das macht.“

„Bitteschön“, sagte die schöne Alexia, als sie die Biere vor ihnen am Tisch abstellte. Und: „Hallo Martin. Wie geht's? Was macht die Honda? Schon eingewintert?“

„Nein“, gab er zur Antwort, „ich hab sie bei einem Freund in die Garage gestellt, jetzt, wo das Wetter so schlecht ist. Aber wenn der Regen aufhört, dann räum ich sie wieder heraus.“

„Es gibt kein schlechtes Wetter. Nur unzureichende Bekleidung.“ Ihre dunkelrot geschminkten Lippen lachten groß und eine Reihe weißer ebenmäßiger Zähne kam zum Vorschein. Mit einem blinzelnden Augenaufschlag beugte sie sich zu Martin herunter, ihre langen roten Haare berührten die hölzerne Tischplatte. Sie senkte die Stimme und murmelte in den weiß zerplatzenden Bierschaum: „Die Sterne stehen gut für neue

Bekanntschaften. Venus bildet ein Trigon zu deiner Sonne."

Breit grinsend blitzte sie Esther an, drehte am Absatz ihrer Raulederstiefel um und kehrte an ihren Platz an der Bar zurück, wobei sie ein paar hüpfende Tanzschritte einlegte.

Esther sah ihr nach und Martin zuckte lächelnd mit den Schultern: „Alexias Mutter ist Astrologin. Außerdem besucht sie einen Tanzkurs und hört am liebsten Musik aus den Dreißigerjahren." Er ergriff sein Bier.

„Prost!"

„Prost!", erwiderte Esther. „Auf die Statistik."

„Ja, auf die Statistik. Ohne die Statistik hätten wir einander womöglich nie getroffen. Die Wahrscheinlichkeit, dass man sich in einer großen Stadt wie dieser über den Weg läuft, ist denkbar gering, wenn man nicht irgendetwas Verbindendes hat."

„Willst du damit sagen, dass wir beide ein statistisches Ereignis sind?"

„Ja, das könnte man durchaus sagen."

***

Martin und Esther wurden bald Freunde. Sie tauschten Skripten aus, lernten gemeinsam für Prüfungen, hin und wieder drehten sie eine Runde mit dem Motorrad oder gingen auf ein Bier ins Blaue Café. In stillen Momenten blickten sie gemeinsam schweigend auf die Lichter der Stadt - und doch ist nie etwas zwischen den beiden passiert.

4 Vom Umgang mit alten Stiefeln

Esther war knapp 22, als sie sich kurz vor Ende des Sommersemesters drei Wochen Urlaub gönnte und mit ein paar Freunden mit dem Motorrad nach Korsika fuhr. Sie waren bereits einige Tage auf der Insel unterwegs, als sie am Campingplatz in Bonifacio Quartier bezogen. Bei ihrer Ankunft standen an der Rezeption zwei KTMs, beide waren schwer bepackt mit Tankrucksack und Alu-Koffern.

Die dürften wohl schon länger unterwegs sein.

Den Kennzeichen nach stammten sie aus derselben Stadt wie Esther. Interessant, dachte sie sich, wo die wohl gerade herkommen?

Sie trafen einander am frühen Nachmittag vor der Dusche des Campingplatzes. Sie erkannte ihn gleich als einen der beiden Fahrer der schwer bepackten Motorräder: Er trug ein ausgewaschenes Handtuch um den Bauch und an den Füßen reichlich gebrauchte Endurostiefel. Sonst nichts.

Vor der Dusche erzählte er ihr von Tunesien und Algerien, wo er mit einem Freund gerade vier Wochen lang unterwegs gewesen war. Er hieß Thomas, und er hatte auf der Gabelbrücke seiner KTM ein Satellitennavigationssystem montiert („Das ist ein GPS! Sehr praktisch, schau mal, da kann man genau sehen, wo man sich gerade befindet, es gibt Straßenkarten und Kompass, Höhenmesser und Uhr, super...“).

Thomas gab den Dingen gerne einen Wert.

Die Sonne stand tief, als sie sich auf den Weg zu einem Café au Lait in die nahe Stadt machten. Beim orangen Licht der Abenddämmerung redeten sie über Reisen und ferne Länder, beim Abendessen stellten sie fest, dass sie denselben Geschmack sowie einige gemeinsame Freunde hatten. Bis tief in die Nacht gingen sie nebeneinander am Sandstrand spazieren, auf der Rückreise hielten sie auf der Fähre vier Stunden lang Händchen. Zu Hause sahen sie sich wieder. Thomas war Esthers erste große Liebe.

Im darauf folgenden Sommer fuhren sie gemeinsam nach Island. Die Motorräder waren schwer bepackt. Gepäckrolle und Seitenkoffer waren vollgestopft mit Zelt, Isomatte und Schlafsack, Reservekanister, Werkzeug, Benzinkocher, Alu-Geschirr, Flachmann, Nudeln, Trockenmilch, Teebeutel, Wollsocken, Mütze, Verbandszeug, Micropur und den wichtigsten Ersatzteilen, und selbstverständlich durfte auch das GPS nicht fehlen. Sie durchquerten Deutschland und Dänemark, übernachteten in schwedischen Birkenwäldern, ließen sich viel Zeit in Norwegen, verbrachten geruhsame Tage an den Fjorden und gingen in Bergen an Bord der Fähre nach Island.

Der Seegang war enorm, das Wasser des Atlantiks bäumte sich zu 15 Meter hohen Türmen auf und versetzte selbst ein stolzes Fährschiff wie die „Smirril" in beachtliche Schwingungen.

Thomas verzog sich gleich zu Beginn der Überfahrt in die Kabine: „Das Abendessen kann ich mir schenken. Zahlt sich gar nicht aus." Esther aber gönnte sich das Gala-Dinner und schlug sich gemeinsam mit anderen Motorradfahrern am Meeresfrüchte-Buffet den Bauch voll. Drei Stunden später hing sie neben einem Spanier über der Reling.

Die Überfahrt dauerte 48 Stunden.

Island empfing sie knapp unter dem nördlichen Wendekreis inmitten des unendlichen Meeres mit dem saftigen Grün nordischer Hügel. Am Hafen von Seydisfjördur standen sie am Bug des Schiffes (Thomas gut ausgeruht, Esther noch ein wenig blass) und ließen sich von der Rauheit des Nordens in Besitz nehmen.

Mit schwummrigen Beinen betrat Esther die Hafenmole. Eigenartig, wenn man nach zwei Tagen wieder festen Boden unter den Füßen hat.

Es fühlt sich an wie ein Abenteuer, dabei ist es das Leben.

Das Wetter hatte sie sich schlimmer vorgestellt. Es war wolkenlos und beinahe windstill, das Thermometer an Thomas' Uhr (es war ein beachtlich großes Exemplar mit Kompass, Rechner und Höhenmesser) zeigte 20 Grad.

„Lass uns ins Grüne fahren“, sagte sie.

Sie verließen den Hafen Richtung Nordnordwest (genauer: 29 Grad, so sagte es die Uhr von Thomas), fuhren bald von der Asphaltstraße ab, gelangten auf einen schmalen Weg entlang der Küste und schlugen bei Einbruch der Dunkelheit in einem verlassenen Steinhaus ihr Nachtquartier auf. Zum Abendessen gab es Instant-Nudeln mit Käsesauce. Zum Nachtisch gönnten sie sich eine Packung Toffifee und waren sehr glücklich.

In den nächsten zwei Wochen sahen sie Schwefelquellen und Geysire, Seerobben und Papageientaucher, schliefen neben warmen Quellen und in Jugendherbergen, stiegen auf Vulkankrater und wärmten einander nach Flussdurchfahrten im Zelt.

In Reykjavík machten sie Station bei einem Motorradgeschäft. Der Laden kam gerade recht: Die Stoppelreifen hatten gut dreieinhalbtausend Kilometer auf dem Gummi, und es war höchste Zeit für neues Material. Zudem glänzte in der Auslage ein Paar blitzblauer Endurostiefel. „Die würde ich mir gerne näher anschauen“, sagte Thomas. Seine alten Stiefel (ja, die Stiefel, die er in Korsika vor der Dusche angehabt hatte, genau diese) hatten in der Tat schon eine Menge erlebt. Rechts löste sich die Metallplatte ab, die linke hatte sich schon vor langer Zeit irgendwo auf der Piste verabschiedet, bei beiden Stiefeln fehlten Schnallen, und die Sohle hing in Fetzen herab.

Esther schüttelte sich die letzten hundert Kilometer aus den Beinen, während sie im Tankrucksack nach ihren Zigaretten suchte. Sie deutete Thomas, dass sie gleich nachkommen werde, und zündete sich mit klammen Fingern eine Marlboro an.

Die Zigarette war noch nicht fertig geraucht, als Thomas aus dem Geschäft wieder heraustrat. An den Füßen trug er die blauen Endurostiefel. Sie sahen sehr neu aus. Und er sah sehr zufrieden aus. „Ich hab sie probiert und gar nicht mehr ausgezogen. Was sagst?“

„Schön. Und so blau.“ Esther dämpfte aus. „Was hast du mit den alten gemacht?“

„Die hab ich im Geschäft gelassen. Brauch ich ja nicht mehr.“

„Was? Du hast sie einfach dagelassen? Nach allem, was du mit

ihnen erlebt hast?“ Sie war ehrlich entrüstet. „Die Sahara, Korsika, Schweden, die Schottergrube, dieser Urlaub... da hängen doch eine ganze Menge Erinnerungen dran. Das sind Schuhe mit Gesicht! Und jetzt lässt du sie hier einfach zurück?“

Er blickte sie verständnislos an. „Ja. Sicher. Was sollte ich sonst damit machen? Mitnehmen und zu Hause in die Vitrine stellen?“

Sie sagte nichts.

Wenigstens eine Schnalle oder die Sohle hätte er als Andenken behalten können.

Die neuen blauen Endurostiefel setzten sich mit Thomas in Bewegung. „Von mir aus können wir weiterfahren“, sagte er missmutig und klimperte ungeduldig mit den Schlüsseln in der Hand.

Fahr doch alleine weiter, dachte sie bei sich, ich komm schon zurecht. Doch dann fiel ihr ein, dass erstens Island verdammt weit weg von zu Hause war, dass sie zweitens ein gemeinsames Fährticket hatten und drittens nur ein Zelt im Gepäck. Und das war seines.

Die schwierigen Dinge scheinen möglich, wenn man sie kurz überlegt, aber sie werden unmöglich, wenn man zu lange darüber nachdenkt.

***

Thomas und Esther kehrten gemeinsam vom Urlaub in Island heim und trennten sich sieben Monate später. Der Entzweiung gingen lange, mühsame Streitereien voraus. Heute sehen die beiden einander nur noch sehr selten.

5 Übermotiviert

Esther arbeitete damals neben dem Studium in einem Meinungsforschungsinstitut. Dreimal die Woche befragte sie fünf Stunden lang Menschen am Telefon über Haarshampoos, ihre Vorlieben beim Kauf von Hundefutter oder ihre persönliche Einschätzung der politischen Lage. Sie hasste diesen Job. Aber sie kam nicht um ihn herum, denn ihre alte XT 500 war in die Jahre gekommen und es war Zeit für ein neues Motorrad.

An einem Sonntagabend stand sie an der Bar im Blauen Café, hatte ihr Bein auf den Tresen aus Messing gestützt und beklagte sich bei Alexia über die Schwierigkeit (Unmöglichkeit?), ein gebrauchtes Motorrad in gutem Zustand zu einem vernünftigen Preis zu erstehen.

„Alles ist möglich“, gab Alexia zurück und zwinkerte ihr zu, „ich werd mich umhören.“

Es dauerte keine Woche und Alexia hatte das Passende gefunden. Einer ihrer Stammgäste hätte eine vier Jahre alte Honda Dominator zu verkaufen, gepflegt, motorisch in gutem Zustand, im Winter immer in der Garage, und das alles zu einem akzeptablen Geldbetrag.

Wenn nicht jetzt - wann dann?

Alexia konnte die richtigen Fragen stellen, und weil Esther keine andere Antwort einfiel, griff sie zu. Martin schenkte ihr den passenden Helm. Rot.

Martin entdeckte gerade seine Liebe zu Computern. Er verbrachte immer mehr Zeit hinter dem Bildschirm und immer weniger Zeit in den Hörsälen, und er ernährte sich hauptsächlich von Cola, Chips und Hamburgern. Dieser Lebenswandel machte zwar ihm und seiner Figur zu schaffen, aber immerhin verdiente er gutes Geld bei einer kleinen Software-Firma mit der Programmierung von Computerspielen. Kürzlich, zu Saisonbeginn, hatte er sich eine metallic-grüne Triumph Speed Triple geleistet. Es musste eine große Nackerte sein!

Und so machten sie sich an einem sonnigen Pfingstwochenende auf den Weg zu einer Motorrad-Rätselrallye. Ein Freund von Martin hatte davon erzählt, und weil ein Team aus maximal sechs Leuten bestand, hatte man sich zusammengefunden. Das Team um Martin und Esther war zu fünft. „Wer braucht heute schon noch sechs?", hatte Martin gefragt und sich dabei vor Lachen zerbogen.

Treffpunkt war am Samstag bei der Tankstelle an der Südausfahrt: Martin, zwei Freunde von Martin, Alexia und Esther. Beim Red Bull im angeschlossenen Shop meinte einer der Jungs: „Heute fahren wir gemütlich." Martin und der andere grinsten. Esther sah zu Alexia. Die zuckte mit den Schultern. Sie war ein Freund der Langsamkeit.

Auf der Autobahn fuhren sie zügig und in Formation, doch als sie die breite Straße verließen und es hinein in die Kurven ging, gab Martin ein Zeichen, und jeder wusste: „Jetzt wird gekämpft."

Die TDM ging in Führung, hatte aber in der Supermoto einen mächtigen Gegner, Martin klebte als Dritter am Hinterrad der Supermoto. Das Tempo wurde schneller, die Kurven enger. Die Supermoto saugte sich an die TDM heran, Esther, an vierter Stelle liegend, versuchte an Martin dranzubleiben. Alexia winkte ab und hielt den linken Daumen in die Höhe. Take care.

Ist es wichtig? Es ist wichtig.

Die Straße führte durch das Tal den Berg hinauf. Der Asphalt war griffig, die Strecke trocken, der Straßenbaumeister wohl selber Motorradfahrer gewesen.

Erstaunlich, was für Kräfte die Dominator entwickelt, wenn man sie nur ordentlich orgelt. Und erst die Bremsen! „Wenn man eine alte XT 500 mit Trommelbremsen gewöhnt ist, dann kann man mit einer Dominator gleich um ein ganzes Eck schneller fahren", hatte Martin noch in der Früh zu ihr gesagt. Esther gab Gas. „Die Triumph krieg ich!"

Auf der Passstraße lief sie auf Martin auf. Nur mehr wenige Meter trennten sie voneinander, und sie war sich sicher, dass sie ihn in der nächsten, spätestens in der übernächsten Kehre haben

würde. Yes! Du gehörst mir.

Die Kurve sah sie viel zu spät. Wie aus dem Nichts tauchte sie vor ihr auf, kein Schild, keine Ankündigung, sie hatte kaum mehr Zeit zu reagieren, zum Umlegen war es zu spät, zum Bremsen sowieso. Esther umklammerte den Lenker.

Es geht sich nicht aus.

Für ein paar Sekunden sah sie gar nichts. Das heißt: Sie sah Staub. Schemenhaft konnte sie das Motorrad neben sich rutschen sehen, sie selber schlitterte auf kiesigem Untergrund dahin und blieb in der Wiese liegen.

Als der Staub sich lichtete, bemerkte sie den Feldweg. Es war ein klassischer Notausgang. Benommen stand sie auf, ging langsam zu ihrem Motorrad.

Martin war als Erster da. „Ist dir was passiert?“

Er sah verstört aus.

„Nein, nein, es geht schon. Hab mich nur geschreckt. Es ist nichts. Passt schon.“

Martin legte den Kopf schief und sah sie von oben herab an. Er war gut eineinhalb Köpfe größer als sie. Tief holte er Luft, legte seine Arme auf ihre Schultern, blickte ihr in die Augen und sprach: „Estherbaby, du warst übermotiviert.“

Dann kam Alexia und stellte ihre alte Harley neben den beiden ab. Sie lockerte den Gurt des mattschwarzen Halbschalenhelms, grinste breit und sagte lapidar: „Es wundert mich gar nicht. Heute wirkt Jupiter auf dich: Es besteht die Gefahr, dass du falschen Ehrgeiz entwickelst, rücksichtslos, überheblich und streitsüchtig wirst. Du solltest Reibereien nach Möglichkeit vermeiden, sehr vorsichtig sein und nicht versuchen, irgend etwas zu erzwingen. Das hätte ich dir vielleicht früher sagen sollen.“

***

Als Esther drei Jahre später wieder an dieselbe Stelle kam, sah sie einen verwirrten BMW-Fahrer im Notausgang stehen und sich

den Staub aus der Goretex-Hose schütteln. „Du bist Jungfrau, oder?“, fragte sie, als sie ihren Crosshelm abnahm. „Ja, stimmt“, stammelte der BMW-Fahrer. „Wieso?“ „Die Jungfrauen stehen heute ganz im Zeichen des Merkur“, antwortete sie, „diese Konstellation verursacht Spannungen zwischen Verstand und Vernunft. Du warst nicht objektiv.“

6 Die Zeit ist eine Uhr ohne Ziffern

Der letzte Herbst war besonders grau gewesen. Der September hatte zwar noch ein paar sonnige Tage auf der Hausstrecke beschert, doch Mitte Oktober war Schluss mit lustig. Esther ging zum Hausarzt (der ihr Nervenpulver verschrieb), sie besuchte die Esoterikerin (die ihr eine Lichttherapie verordnete), sie schrieb Martin ein langes E-Mail (der ihr antwortete, es ginge ihm genauso, folgerichtig sei ihr Seelenzustand ganz normal) und stattete ihrem Friseur einen Besuch ab (der meinte, mit einer neuen Haarfarbe sähe die Welt gleich ganz anders aus, ihre schulterlangen blonden Haare auf fünf Zentimeter abschnitt und sie rot färbte).

Seit zwei Jahren arbeitete sie nun in der Beschwerdeabteilung des Möbelhauses, 30 Stunden die Woche. Der Job machte Spaß, zumindest war er um einiges besser als die Sache mit den telefonischen Meinungsumfragen. Nach einem Jahr hatte sie ihr Chef gefragt, ob sie nicht die Leitung der Abteilung übernehmen wolle. „Danke für das Angebot“, hatte sie erwidert, „aber ich will einen Job mit möglichst wenig Verantwortung.“ Schließlich wollte sie auch irgendwann das Studium fertig machen. Bis dreißig sollte die Sache erledigt sein, und so lange war es nicht mehr bis dorthin.

Dann buchte sie über einen Reiseveranstalter eine Tour in die Wüste. Nach Südalgerien. Man gönnt sich ja sonst nichts.

An einem trüben Montag Anfang Dezember brachte sie ihr

Bruder Kurti frühmorgens zum Flughafen, sie stieg ins Flugzeug, und am Abend fand sie sich wieder in den Ausläufern der Sahara, inmitten des Tassili-Gebirges, nahe der Grenze zu Libyen und Niger in einer Welt aus Sand und Stein.

In den Dünen von Djanet traf sich die Reisegruppe bei einer Tasse Tee. Die Motorräder waren mit dem Lkw gekommen. Sie schlugen ihre Zelte am Rande der Stadt auf, einige sammelten Holz für das abendliche Lagerfeuer, die Motorräder wurden abgeladen, Biere wurden geöffnet (einer der nicht zu unterschätzenden Vorzüge von Gruppenreisen ist zweifelsohne das kalte Bier) und ohne Gepäck begab man sich querfeldein in die örtliche Dorfschenke auf ein Cola und ein Couscous. Am Markt gab es Brot, Gemüse, Joghurt, Chili, Kekse und Limonade. Und Snickers. Und Marlboro. Esther war sehr zufrieden. Weit weg vom Rest der Welt kroch sie am Abend in ihr Zelt und schlief tief und fest.

Doch der Weg war das Ziel, und das Ziel war Tamanrasset. Am Nachmittag des nächsten Tages besorgte die Gruppe Verpflegung für die Piste entlang des nördlichen Randes des Hoggar-Gebirges, eine lange und anstrengende Fahrt, auf der sie nur wenigen Menschen, wahrscheinlich nicht so bald einem Tabakladen und sicher keiner Zapfsäule begegnen würden. Esther stopfte sich die Jackentaschen mit Süßigkeiten voll, erstand ein Päckchen algerische Zigaretten und versorgte die KTM mit Sprit.

Der Tank reicht für 350 Kilometer.

Aufbruch war zu Sonnenaufgang. Die Asphaltstraße führte inmitten des Nichts in westliche Richtung. Gegen Mittag trafen sie auf eine Wüstenstadt. Kinder winkten am Straßenrand, liefen ein Stück des Weges mit, Erwachsene saßen im Schatten der spärlichen Tamarisken, grüßten freundlich und gaben auf die Frage nach der richtigen Abzweigung höchst unterschiedliche Antworten. So bogen sie einfach irgendwo zwischen den Häusern südlich ab. Glücklich, wer GPS-Punkte hatte, und ebenso glücklich, wer einfach der Nase nachfuhr.

Ich such mir meine eigene Strecke.

Vor ihnen lag eine gleißende Mischung aus tiefen Sandfeldern, ausgewaschenen Queds und endlosen Kiesebenen. Es ging über Kamelgrasbuckel und ausgefahrene Sandwege, vorbei an mächtigen Basaltsäulen, den steinernen Monumenten der Ewigkeit, die bizaren Nadeln gleich aus dem Boden ragten. Bergkuppen erhoben sich wie Orgeln mit aus Lava geformten Pfeifen, Grate mit scharf gezackten Felskämmen durchschnitten die Landschaft, die Hochfläche war mit Granitblöcken übersät.

Jeder war für sich alleine, nur mit dem Motorrad und der Wüste verbunden, angehalten wurde nur, um einen Schluck Wasser zu nehmen oder einen Apfel zu essen. Und doch führten am Ende des Tages alle Wege zu demselben Punkt, der Schutzhütte am Assekrem im Hoggar-Gebirge. Am Abend saßen sie unter dem Sternenhimmel, der bis zum Horizont reichte. Die Nacht war kalt und klar, das Feuer wärmte, der Schnaps ebenso.

Die Nacht war kurz. Es war noch stockdunkel, als Esther vom Wecker eines Deutschen geweckt wurde. Bittere Kälte lag über dem steinernen Schlafraum, es gab kein elektrisches Licht, nur der Schein vereinzelt aufblinkender Taschenlampen erhellte den Raum.

„Los, los, aufstehen", befahl der Deutsche, „es ist an der Zeit, schließlich wollen wir den Sonnenaufgang oben am Gipfel erleben."

„Schon gut", murmelte sie, „wie spät ist es?"

„Halb sechs", gab er zur Antwort, und Esther blickte auf das Display seiner Uhr, das in hellem Türkis aufleuchtete.

Sie suchte im Gepäck nach ihrer Mütze und schlüpfte aus dem Schlafsack. Müde tappte sie nach draußen zum Brunnen, um sich die Falten der Nacht aus dem Gesicht zu waschen.

Zweihundert Meter über der Schutzhütte lag die Eremitage des Pater Foucauld, ein altes Gemäuer, das zu Beginn des vorigen Jahrhunderts einem französischen Missionar als Zufluchtsstätte gedient hatte und nun von zwei Mönchen bewohnt wurde. Der eine, so hieß es, war seit 18, der andere seit 28 Jahren hier.

Sie sahen, wie sich der Himmel von Schwarzblau zu Hellblau, von Dunkelrot zu Orange verfärbte, bis schließlich die ersten Sonnenstrahlen hinter den Felsspitzen hervorblitzten und die Welt mit Leben erfüllten.

Gefrühstückt wurde auf der Terrasse der Eremitage. Es gab Tee und Kekse. Dann baten die beiden Mönche in die nahe Kapelle zur Morgenmesse. Der Raum maß keine drei mal fünf Meter, und sie nahmen Platz auf am Boden liegenden Ziegenfellen. Die Sonne bahnte sich ihren Weg durch die kleinen Fenster zum Altar, einer einfachen Granitplatte auf drei Steinsäulen. Das Licht war golden, und die Liebe schwebte durch den Raum.

***

Tamanrasset empfing die Gruppe am Nachmittag mit dem Gesicht einer Großstadt. Bars, Banken, Reifenhändler, Souvenirgeschäfte, sogar ein Internetcafé gab es hier. Esther war enttäuscht, sie hatte damals von Thomas viel über diese Stadt an der Grenze zu Schwarzafrika gehört, und die Realität entsprach in keiner Weise ihrer Vorstellung. Sie wollte schon den Weg zurück zum Hotel antreten, als sie inmitten des Getümmels auf der Hauptstraße einen groß gewachsenen Mann sah, der über seiner weiten weißen Hose einen langen, hemdartigen blauen Umhang trug. Seine Füße steckten in mit Ornamenten geschmückten Ledersandalen, um seinen Oberkörper hingen Silberamulette, um Kopf und Hals schlang sich ein langer Stoffstreifen, seine Augen blitzten wach. Der Mann war gut siebzig Jahre alt, seine Haut hatte viel Sand, Sonne und Wind gesehen, und doch ragte er wie ein Baum jenseits von Raum und Zeit aus der Menge empor.

Er war einer der letzten echten Tuareg, ein stolzer Ritter der Wüste. Er handelte mit einem Bäcker um einen Sack Brot und verschwand in einem Hauseingang, gerade als Esther auf ihn zugehen wollte.

Von: Esther
An: Martin, Alexia, Kurti, Helena
Gesendet: Samstag, 09. Dezember 17:15
Betreff: Freiheit die ich meine

Ich sitze im Internet-Cafe von Tamanrasset und mir wird klar, dass nur wer frei ist, auch wahrlich glücklich ist. Zeit ist relativ und spielt keine Rolle.

sehnuns
esther

7 Männer und ihre Motorräder

Folgendes wollen wir vorausschicken: Es verhält sich bei Motorrad und Fahrer ebenso wie bei Hund und Herrl. Sie ähneln einander.

Betrachten wir den Besitzer eines grauen Pudels. Der Mann ist höchstwahrscheinlich kein witziger Alleinunterhalter, kein halsbrecherischer Wildwasserpaddler und kein wortgewandter Barkeeper, sondern Finanzbeamter, Steuerberater, Versicherungsvertreter oder schwul, man kann sich mit ihm ausgezeichnet über Politik unterhalten, er hält uns galant die Türe des Dreisterne-Restaurants auf und sieht sich im Kino gerne Filme mit Meg Ryan an.

Mit Besitzern von Promenadenmischungen aus dem Tierschutzheim kann man sich die Abende mit Gesprächen über das Ozonloch, Douglas Adams, den gefürchteten asymmetrischen Twinni-Bruch, die Einsamkeit des Herzens und finnische Kinofilme versüßen. Sie entführen uns in die kleinsten Lokale der Stadt, wo sie sich mit dem Besitzer angeregt über irische Bier-

sorten unterhalten und fragen uns am Heimweg (gut möglich, dass bereits die Morgendämmerung über der Stadt liegt), ob wir nicht vielleicht Lust auf eine große Zigarette (naturbelassen, nicht genmanipuliert, aus heimischer Landwirtschaft) in seinem Bett hätten.

Und Männer, die das Lokal an der Seite einer schwarzen Dogge betreten, wecken noch ganz andere Assoziationen.

Mit Männern und ihren Motorrädern sieht es prinzipiell nicht anders aus.

Der Blick auf das Motorrad eines Mannes kann uns viele Enttäuschungen ersparen.

Ist das Motorrad in gutem Allgemeinzustand, dann darf man davon ausgehen, dass der zugehörige Mann ein ordentlicher und häuslicher Typ ist, einer, der auf seine Sachen aufpasst und bestehende Werte zu schätzen weiß. Er ist informiert über die beste Variante des Bausparens und verfügt über eine lukrative Altersvorsorge. Trägt man sich mit Beziehungs-, Fortpflanzungs- oder Hausbaugedanken, dann kommt er in die engere Wahl.

Gänzlich anders sind Männer zu behandeln, die ihr Motorrad den Winter über auf der Straße stehen lassen, beim Ölwechsel auf den Tausch des Ölfilters vergessen und deren Tacho schon vor geraumer Zeit den Geist aufgegeben hat. Der Besitzer ist gut für einen One-Night-Stand. Das zweite Date kann man sich getrost schenken. Einer, der nicht hin und wieder die Kette schmiert, Gas- und Kupplungsseil ölt und die Schrauben kontrolliert (oder kontrollieren lässt!), kann uns auf Dauer nicht glücklich machen. So einer wird uns mit Sicherheit keine Blumen schenken.

Männer geben sich nicht gerne mit den am Markt erhältlichen Serienmodellen zufrieden. Da werden Sitzbank und Verkleidung abgeändert, der Lenker ausgetauscht, die klobigen Serien-Blinker durch Miniaturen aus Chrom ersetzt, manche lackieren das ganze Motorrad in den erstaunlichsten Farben, und einige schrecken selbst vor Airbrush nicht zurück. Ein bisserl mehr Leistung, ein bisserl weniger Verkleidung, vielleicht einen blauen Zahnkranz und ein Carbon-Kotflügerl, einen Jet-Kit und eine brachiale

Auspuffanlage. Hier gilt es genau zu prüfen, ob sich der Mann seiner potenziellen Partnerin gegenüber nicht ähnlich verhält. Ein „Schatz, ich hab dir da was kleines Rotes vom Palmers besorgt“ und ein „Du, morgen sind wir bei meinem Chef zum Essen eingeladen, zieh was Nettes an“ sollte unsere Hellhörigkeit erwachen lassen. Und spätestens beim „Zerbrich dir darüber nicht dein hübsches Köpfchen“ müssen laut die Alarmglocken schrillen. Wo kommen wir denn da bitte hin?

Obacht geboten ist bei allzu viel (und vor allem: immer) glänzendem Chrom. Wenn einer so viel Zeit hat, dass er regelmäßig die Chromschrauben seines Motorrades polieren kann, dann steht er schwer unter Verdacht, dass ihm einfach schrecklich fad ist. Ein Zeitdieb? Ein Langweiler? Einer, der mit sich selber nichts anfangen kann?

Wollen wir in Erfahrung bringen, ob es sich beim zur Diskussion stehenden Kandidaten um einen unverbesserlichen Biedermann handelt, dann fragen wir nebenbei nach dem Servicehandbuch seines Motorrades. Wie reagiert er? Lacht er und sagt, so was besitze er gar nicht, den Ölwechsel mache er selber oder irgendein Bekannter in seiner Hinterhofwerkstatt? Oder öffnet er mit siegessicherem Lächeln das Topcase und sagt: „Hier ist es. Immer dabei.“ Ein Mann, der das Servicehandbuch seines Motorrades immer mit sich führt, hat keine Präservative in der Hosentasche.

***

Der beste Test ist aber immer noch, mit dem Kandidaten gemeinsam eine Runde fahren zu gehen. Denn: So, wie ein Mann sein Motorrad anpackt, so nimmt er auch sein Leben in die Hand. Der Rest ergibt sich von selber.

8 Saisonstart

Es war an einem Donnerstag. Donnerstag war Esthers freier Tag. Immer. Das, so pflegte sie zu sagen, war ihr Kompromiss mit der Tatsache Arbeit: der freie Donnerstag.

Ein freier Donnerstag ist viel wert.

Erstens: Man kann am Mittwochabend lange weggehen, ohne Rücksicht auf das Morgen. Das können viele andere nicht, und am Mittwochabend trifft man in den Lokalen der Stadt eine ganz eigene Sorte Menschen. Mittwochabend ist der Abend der Freaks. Immer was los und immer sehr bunt. Und man kann am nächsten Tag ausschlafen.

Zweitens: Die anderen sitzen am Donnerstag in der Arbeit. Im Hallenbad herrscht im Sportbecken gähnende Leere, man kann völlig stressfrei zum H&M einkaufen gehen, keine Warteschlangen vor den Umkleidekabinen, man kann in aller Ruhe beim Media Markt Musik hören, oder aber man kann sich ins Kaffeehaus setzen und gemütlich die Zeitung lesen. Überall ist Platz, denn die anderen sitzen ja im Büro.

Drittens: Am Donnerstag ist auf der Hausstrecke so gut wie nichts los. Am Donnerstag kann man dort beim Wirten in Ruhe am späten Vormittag sein Cola trinken. Und zum Topfenstrudel gibt es am Donnerstag besonders viel Vanillesoße dazu.

Mit ihrer Lieblings-Kaffeetasse in der Hand stand sie an diesem Donnerstag im Bademantel um halb zehn am Küchenfenster und blickte Richtung Westen. Gestern war sie mit Helena im Fitness-Studio gewesen. Helena hatte sie überredet, denn, so sagte diese

am Telefon, da seien am Mittwoch immer diese drei Typen, und bei denen könne sie sich nie so recht entscheiden, welcher der drei wohl die beste Wahl wäre: der eine mit den mördermäßig breiten Schultern und der tätowierten Sonne am Rücken, puh, oder doch der mit den sagenhaft grünen Augen oder aber der Rotblonde, rotblond, uiuiuiuihhh ...!

Helena war bald 37, und sie suchte dringend einen Mann. Arme Helena.

Das Wetter sah fein aus. Durch die frischen, noch jungen Blätter des Ahornbaumes präsentierte sich der Frühlingstag in seinem schönsten Blau. Der Blick aufs Thermometer verriet höchst vielversprechende 17 °C. Es würde ein guter Tag werden.

Mit einem zuversichtlichen Lächeln stellte sie die halbvolle Tasse Kaffee auf den Küchentisch. Sie war gelb und wild verziert mit rosaroten Blumen - ein Geschenk von Babsi, der Arbeitskollegin aus dem Restaurant des Möbelhauses. Es war ein Geburtstagsgeschenk gewesen, voriges Jahr oder das Jahr zuvor, wer weiß das schon so genau.

„Vielleicht bist du in der Früh besser drauf, wenn du rosarote Blumen siehst", hatte Babsi gemeint. Doch Esther frühstückte an Arbeitstagen nie zu Hause, und ihr erster Kaffee war der aus dem Kaffeeautomaten im Möbelhaus. Ein brauner Plastikbecher ist ein brauner Plastikbecher.

Rosarot gibt's nur am Donnerstag. Und manchmal am Wochenende.

Das Hallenbad konnte heute getrost ausfallen, schließlich war sie erst gestern im Fitness-Studio gewesen. Für die Sachen vom H&M müsste sie zwei oder drei Kilo abnehmen, und für einen entspannten Einkaufsbummel in der Musikabteilung war derzeit kein Geld vorhanden. Ob auf der Hausstrecke der Rollsplitt wohl schon weggeräumt war? Sicher, immerhin war es Mitte April.

Ja. Genau. Heute sollte die erste Ausfahrt der Saison sein. Hausstrecke, eh klar, eine Stunde hin, eine Stunde zurück, dazwischen ein kleiner Imbiss beim Wirten und alle Ruhe der Welt auf

dem Extratisch am Rande des Parkplatzes unter der Linde.

Der Kaffee wanderte neben die Pizzareste von Dienstag. Sie öffnete den Kleiderschrank, nahm Jeans, Pullover, Jacke, Helm, Handschuhe, feste Schuhe und Halstuch heraus, packte die Fisherman's Friends in die Jackentasche (die grünen!) und verließ keine zehn Minuten später die Wohnung. Sie sperrte die Wohnungstüre zu, stieg beschwingt die paar Stufen zur Haustüre hinunter und bog nach rechts auf den kurzen Weg zur Straße ab.

Bedächtig legte Esther den schwarzen Sturzhelm auf die Sitzbank und tätschelte den Kotflügel der Duke.

Ein feines Moped. Und so schön.

Das Arbeiten hatte schon seinen Sinn.

Gerade als sie die Handschuhe anziehen wollte, schälte sich zwischen dem Violett des Flieders der dunkelblond gefärbte Kopf der Frau Nachbarin hervor, sie öffnete das Gartentor, fesch sah sie aus in ihrer neuen Frühjahrsgarderobe. Ihr Pekinese wuselte hinterher. Esther mochte die Frau Nachbarin. Ihren Pekinesen mochte sie nicht, denn er pinkelte mit Vorliebe auf das Hinterrad der Duke.

„Esther, schön dich zu sehen." Die Frau Nachbarin war gut gelaunt. „Wo fährst du denn hin ... so alleine?"

Sie war eine neugierige Person, wusste Bescheid, wenn in der Gasse ein fremdes Auto parkte, und wenn das Auto über Nacht in der Gasse parkte, dann wusste sie erst recht Bescheid. Dreimal am Tag ging sie mit ihrem Pekinesen spazieren, und bei diesen Gelegenheiten sah sie eine Menge. Und erzählte auch eine Menge. Man kannte sich gut in der Gasse.

„Wissen sie", sagte Esther und suchte in den Jackentaschen nach dem Zündschlüssel, „wissen Sie, manchmal ist es ganz gut, alleine eine Runde zu drehen." Die Frau Nachbarin sah sie verständnislos an. „Außerdem gibt es beim Wirten immer was zu sehen." Die Frau Nachbarin blickte weiter verständnislos.

Esther holte weiter aus: „Sehen Sie, ich hab keinen Hund, ich hab ein Motorrad. Aber das Prinzip ist dasselbe." Die Miene der Frau Nachbarin erhellte sich. Sie nickte wissend, und für einen

Augenblick herrschte so etwas wie stilles Einverständnis zwischen den beiden Frauen.

Der Zündschlüssel war in keiner der beiden Jackentaschen zu finden. „Wo hab ich denn ...?“ Es war immer dasselbe. Auch im Sturzhelm lag er nicht. Die Frau Nachbarin musterte erst Esther und dann das Motorrad. Ihr Blick blieb am Zündschloss hängen: „Ich glaube, er steckt.“

Tatsächlich.

„Na, dann wünsch ich einen schönen Tag“, meinte die Frau Nachbarin und zog ihren Pekinesen weg, bevor er sein Vormittagslackerl auf dem Hinterrad der Duke verrichten konnte.

Sie verließ die Stadt Richtung Süden. Der Tag war gut. Es war Donnerstag, und es war die Hausstrecke.

Wenige Kilometer vor der letzten Abzweigung zum Wirten sah sie im Rückspiegel die rote Ducati. Sie kam nicht schnell näher, aber sie kam näher.

Esther gab Gas. Die Ducati blieb dran. An der Kreuzung bogen sie gemeinsam ab, und auf der langen Geraden vorm Wirten machte die Duc keinerlei Anstalten zu überholen. Hatten sie den gleichen Weg?

Der Parkplatz beim Wirten war groß und leer. Esther stellte die Duke neben dem Eingang ab. Die Ducati (eine 999er, da schau her!) parkte sich zwei Meter neben ihr ein.

Bitte sag kurz Hallo und setz dich an einen anderen Tisch. Ich hätte gerne meine Ruhe. Nichts für ungut.

Der Typ klappte den Seitenständer aus, nahm den Helm ab und grinste breit herüber. „Ganz schön schnell unterwegs, was?“ Esther schenkte ihm ein unverbindliches Lächeln. Sollte sie ihn kennen? Nein, noch nie gesehen. Also dann. Gedankenverloren murmelte sie „Danke, geht so“, stieg vom Motorrad, zog den Zündschlüssel ab (jawohl!), stopfte ihn gemeinsam mit den Handschuhen in den Helm und steuerte auf die Eingangstüre zu. Der Ducati-Fahrer blieb neben ihr. Was???

Esther nahm den Weg zum Damenklo.

Elegant abgebogen.

Erleichtert bestellte sie einen Kaffee, zahlte gleich und verließ die Stube, um im Gastgarten Platz zu nehmen. Die Sonne war hell, und sie musste die Augen zusammenkneifen, als sie aus dem Haus trat, um sich zu ihrem Donnerstags-Lieblingstisch aufzumachen. Der Tisch unter der Linde stand abseits und war an sich den Wirtsleuten vorbehalten, aber das galt nur am Wochenende, unter der Woche galten andere Gesetze.

Als sie ums Eck ging, saß er schon dort. Auf ihrem Tisch. Der Typ mit der 999er. Vor ihm am Tisch ein Kaffee und daneben ein Päckchen Marlboro. Medium.

Gut. Dann soll es eben so sein.

„Darf ich?“ Sie setzte sich zu ihm auf die Bank. Er rutschte zur Seite und sah sie überrascht an. „Äh, hallo.“

Ein wenig nervös griff er zu seinen Zigaretten und vergaß nicht, ihr auch eine anzubieten.

„Magst eine Zigarette zu deinem Kaffee?“

„Ja, gerne. Ist meine Lieblingsmarke.“

Er gab ihr Feuer. Nach einer Weile sagte er etwas von wegen schönes Wetter heute, und sie sagte etwas von, ja endlich, war auch Zeit, dass der Winter zu Ende geht. Er stellte sich als Herwig vor, und er machte irgendwas mit Marketing und war selbstständig, wohnte und arbeitete hier in der Gegend, und deswegen konnte er sich hin und wieder den Luxus leisten, am Donnerstag eine Runde auf seiner Hausstrecke zu drehen. Esther hörte zu und sagte selber nicht viel.

Als die Zigarette geraucht und der Kaffee getrunken war, stand sie auf und verabschiedete sich mit einem: „Na, dann. Ich werde mich wieder auf den Weg machen.“

„Moment“, unterbrach sie der Ducati-Fahrer, griff in seine Jackentasche und überreichte ihr eine Visitenkarte. Seine blauen Augen strahlten. „Wenn du Lust auf eine Runde hast und nicht alleine fahren magst, dann meldest dich halt bei mir.“

„Oh, ja, danke. Schauen wir einmal. Bis dann. Gute Fahrt noch.“ Esther nahm den Helm, hob die Hand zum Gruß und verschwand hinter dem Haus. Komischer Kauz. Aber sympathisch.

Sie fuhr dieselbe Strecke zurück, die sie gekommen war.

***

Es folgte ein ereignisloses Wochenende. Sebastian, Esthers aktueller Liebhaber, war wie so oft nicht erreichbar, Helena befand sich mit der Firma auf einem Incentive-Wochenende in den Bergen (und hatte ihre schickste Garderobe dabei, man weiß ja nie, was dort für Männer sind), Kurti war mit Freunden am Gardasee zum Motocrossen (denn in Italien, so sagte er, gäbe es die schönsten Frauen), Martin war in Amerika (er war im Jänner zu einem großen Softwarehaus nach Kalifornien gewechselt und arbeitete dort an der 3D-Programmierung virtueller Motorradrennen) und Alexia besuchte einen Stepptanzkurs.

9 Eine ganz normale Woche

Am Montag befiel sie schon beim Aufstehen eine seltsame Unruhe. Sie kam in die Arbeit und stellte fest, dass die Belegschaft der Beschwerdeabteilung aufgrund eines grassierenden Grippevirus stark dezimiert war. So etwas war fatal, denn gerade zu Wochenbeginn gab es besonders viele unzufriedene Kunden. Die Leute kauften sich am Freitag oder Samstag einen neuen Kasten, quälten sich am Sonntag nach dem Mittagessen durch die

Montageanleitung und riefen am Montagvormittag vom Büro aus an, um ihrem Ärger Luft zu machen, oder, noch schlimmer, sie kamen überhaupt gleich persönlich vorbei. Es war die Hölle.

Dienstag begann mit Schüttregen. Esther stand frühmorgens mit übler Laune zwischen verschnupften Menschen in der U-Bahn, als das SMS von Sebastian kam.

Morgen Kino?

YOP! und nachher zu dir ...

Die Aussicht auf einen netten Abend mit ihm versüßte ihr den Tag, der mit anhaltendem Regen zu Ende ging.

Am Mittwoch kam am späten Nachmittag seine Absage. Es täte ihm Leid, aber der geplante Kinobesuch müsse ausfallen, er hätte überraschenden Besuch von Geschäftsfreunden aus Finnland erhalten und die könne er unmöglich alleine durch die Stadt ziehen lassen, das müsse sie verstehen. Er werde sich am Wochenende wieder melden. Keine Rede davon, dass sie doch einfach mitkommen solle oder dass man sich den Film ein anderes Mal anschauen werde.

Aber so war er eben. Sebastian: 35, blond, blaue Augen, netter Hintern, Unternehmensberater, schicker Mercedes vor der Tür und in der Garage eine gelbe 1150er BMW. Er war schön, er war toll, er war witzig, redegewandt, weltoffen und großartig im Bett. Und er hatte eine Freundin: Susanne, eine ehemalige Arbeitskollegin. Vor einem Jahr hatte sie die Firma gewechselt, denn sie war der Meinung gewesen, sie könne nicht mit Sebastian ins Bett gehen und am nächsten Tag mit ihm gemeinsam im Büro sitzen. Susanne war eine kluge Frau. Aber nicht viel zu Hause.

Esther und Sebastian hatten sich vor einigen Wochen in einem Innenstadtlokal an einem Mittwochabend kennen gelernt, und am Donnerstag war sie in einer schmucken Dachgeschosswohnung im Zentrum der Stadt aufgewacht. Seitdem sahen sie einander ein oder zwei Mal in der Woche, immer wochentags, dann, wenn Susanne in Frankfurt war.

Doch diesen Mittwochabend verbrachte sie mit einer Flasche Rotwein alleine zu Hause. Es regnete noch immer.

Dann kam der Donnerstag, und es war Esthers freier Tag. Sie stand spät auf, frühstückte bei McDonald's, stattete anschließend dem Fitness-Studio einen Besuch ab (und verfluchte die amerikanische Ernährung), ging ins Schuhgeschäft, erstand sündhafte Stiefel aus rotem Krokoleder-Imitat, telefonierte am Nachmittag mit Helena, die ihr höchst euphorisch von ihrem Incentive-Wochenende und dem Charme der dort anwesenden Männer erzählte. Auf Esthers Frage, was sie ihr wohl in Bezug auf Sebastian empfehlen würde, gab sie ihr den Ratschlag, ihn doch einfach zu vergessen, er wäre es schlichtweg nicht wert. Esther fühlte sich verdammt alleine.

Am Freitag ließ der Regen nach, der Samstag zog sich zäh in den bewölkten Nachmittag. Sebastian rief nicht an. Esther stattete Alexia einen Besuch an der Bar im Blauen Café ab und traf sich später am Abend mit Arbeitskollegen in einer Schickimicki-Hütte. Sie trug ihre neuen roten Stiefel und fühlte sich dennoch ein wenig deplaziert, sie trank Bloody Mary, knabberte lustlos an Erdnüssen herum, unterhielt sich über Ally McBeal und Stefan Raab, die allgemeine Wirtschaftslage und Helikopter-Skiing in Kanada, und sie lachte über seichte Scherze. Es war halb vier, bis sie ins Bett kam.

Sonntagmorgen. Das Wetter war schön, der Kopf schwer. Wo war das Aspirin?

Langsam kroch sie aus dem Bett, ging ins Badezimmer und blickte sich dort mit verschwollenen Augen aus dem Spiegel entgegen. Beim Zähneputzen stand sie neben sich.

Als die Zeitung ausgelesen war, war es nach Mittag. Dem Kopf ging es besser. Frische Luft würde ihr gut tun. Jawohl, durchlüften.

Sie saß beim Küchentisch, lehnte sich auf dem alten Klappsessel weit zurück, streckte ihren Körper, zuerst den Rücken, dann die Schultern und die Arme, die Beine und die Zehen, sie betrachtete lange die grauen Wollsocken, war ein wenig unschlüssig, was nun als nächster Schritt zu tun wäre, fuhr sich mit den Händen durch die Haare, zerstörte ihre ohnehin zerstörte Frisur und stand

dann schließlich doch auf.

Ja. Eigentlich wäre es heute ein sehr guter Tag für eine Ausfahrt mit ein paar Freunden. Sie griff zum Telefon, wählte Kurtis Nummer, aber der war nicht erreichbar. Entweder war er noch im Bett, mit wem auch immer, oder aber er trieb sich auf der Motocrossstrecke herum. Auch die beiden Freunde von Martin hatten ihr Telefon abgeschaltet, und bei Babsi brauchte sie es erst gar nicht probieren, die war sicher noch streichfähig von gestern.

Sollte sie alleine fahren?

Nein, keine Lust, ihr war nach Gesellschaft, das lag an den Sternen. „Deine Venus steht im Krebs“, hatte Alexia ihr gestern noch mit auf den Weg gegeben, „und somit steigt dein Wunsch nach gesellschaftlicher Betätigung. Viel Spaß!“

Hmmm. Gab es nicht doch noch einen Mitfahrer? Wen, wen bitteschön könnte sie anrufen?

Herwig. Genau. Der Typ mit der 999er Ducati. Der von letzter Woche, der beim Hauswirten, der ihr seine Visitenkarte aufgedrängt hatte. Herwig hatte er geheißen, genau. Mit dem könnte sie sich auf einen Kaffee beim Wirten treffen und vielleicht noch eine kleine Runde gemeinsam drehen.

Es meldete sich nur die Mailbox. Sie legte auf und schrieb stattdessen ein SMS.

hi suesser! lust auf eine runde motorrad?

Zufrieden grinsend setzte sie sich aufs Sofa im Wohnzimmer. Das müsste reichen. Jede Wette, dass er innerhalb von fünf Minuten antworten würde. Und in einer Stunde würde er vor der Haustüre stehen. Abholbereit. Sie würde einstweilen ihre Sachen zusammensuchen, ein Bad nehmen und ein wenig Make-up auftragen. Es würde ein netter Nachmittag werden, sie würden Cola trinken, und vielleicht würden sie eine sonnige Wiese finden.

Aber Irrtum. Keine Antwort.

Dann halt nicht.

Langsam versank sie in den sich wieder bewölkenden Sonntagnachmittag. Sie zappte gelangweilt durch das Fernsehprogramm, blieb bei einem alten Hans-Moser-Film hängen, machte sich eine Kanne Fencheltee (der sollte ja so gut sein gegen schlechte Laune) und bestellte sich zum Hauptabendfilm eine Pizza mit Extra-Käse. Es war einer dieser Filme.

Die Handlung ist Nebensache. Hauptsache man sieht Bruce Willis.

***

Herwig rief am Montagmorgen bereits um halb neun an. Sie verabredeten sich für den nächsten Sonntag gegen Mittag beim Wirten auf der Hausstrecke.

10 Rätselhafte Hügel

Sonntag. Esther war spät dran. Beim Frühstück hatte sie herumgetrödelt, und dann war noch der Anruf von Sebastian dazwischengekommen. Dass er sich am Wochenende meldete, war höchst ungewöhnlich, und nicht ohne Verwunderung fragte Esther, ob er mit Susanne gestritten hätte. „Ach nein, es ist alles in Ordnung", hatte er geantwortet, „die Susi ist heute mit einer Freundin frühstücken gegangen, und ich hab mir gedacht, wir könnten uns vielleicht treffen ... bei dir?"

Ob sie Herwig absagen sollte? Nichts da, das Wetter sah großartig aus, und ein Tag am Motorrad würde ihr sicher gut tun.

Heute wird gefahren und nicht gevögelt.

„Nein, leider, ich hab schon was anderes vor“, hatte sie geantwortet und sich dabei erstaunlich leicht gefühlt.

Für die Strecke würde sie eine gute Stunde brauchen. Er würde ein paar Minuten warten müssen.

Sie wählte den schnellsten Weg, und der führte sie hinaus aus der Stadt, vorbei an Zweiradtempeln, Bauhäusern, Schuh- und Möbelgeschäften, vorbei an Werbeplakaten und Einkaufszentren, vorbei am Möbelhaus und vorbei an der Beschwerdeabteilung. Vor ihr das dreispurige Asphaltband, und mit jedem einzelnen Kilometer entfernte sie sich von der Großstadt.

Was Martin wohl gerade in Amerika machte? Wie spät war es jetzt in Kalifornien? Acht oder gar neun Stunden Zeitverschiebung? Früher oder später? Naja, das war relativ. Wie sein Apartment wohl aussah? Wie viele Rechner würden wohl an seinem Arbeitsplatz surren? Und wie viele neben seinem Bett? Lange nichts mehr gehört von ihm, ob er sehr beschäftigt war? In seinem letzten E-Mail hatte er etwas von einem Computerspiel erzählt, einer ganz tollen Sache, die Wollhühner sollte es heißen und es gab darin einen grauen Wolf mit Narben auf dem Rücken. Und es gab Wurmlöcher, in denen sich die Wollhühner (aber auch der böse Wolf) verirren konnten. Martin hatte schon einen ganz besonderen Vogel, irgendwie ...

Mit leer gedachtem Kopf verließ sie die Autobahn.

Erstaunlich, wie sehr sich die Welt innerhalb einer halbstündigen Autobahnfahrt ändern kann. Ihr Weg führte nun kurvenreich durch dunkle Wälder und kleine Ortschaften. Auf der Bank vor der Kirche ließen die Männer das Wochenende ins Land ziehen, und eine alte Frau zog ihren Hund über den Hauptplatz. Eine heile Welt?

Gedankenverloren stellte sie die Duke am Parkplatz beim Wirten ab. Herwig war nicht zu übersehen. Er saß am Tisch unter der Linde, winkte und heischte nach ihrem Blick. Auf seinem Kopf tanzten die Schatten der Blätter des Lindenbaums.

Er trug sein Rennleder. Das konnte ja ein lustiger Tag werden.

Sie setzte sich zu ihm an den Tisch, erzählte von der Fahrt, entschuldigte sich für die Verspätung, bestellte einen Kaffee und wollte doch so schnell wie möglich wieder aufs Motorrad und weiterfahren.

Ihm war es recht. Ihm schien überhaupt alles recht zu sein. Er sah sie mit großen Augen an, und irgendetwas an ihr schien ihn unglaublich zu faszinieren. Na ja, dachte sie, wer weiß, wie oft er schon mit einem Mädel Moped fahren geht? Und wenn, dann sind sie Ex-Freundinnen oder überhaupt gleich die Ex-Frau.

„Lass uns aufbrechen", meinte sie mit ihrem charmantesten Lächeln. „Ich würde dir gerne meine Lieblingsstrecken zeigen."

„Bestens. Zahlen bitte!"

An der Tankstelle drehten sich in der Zapfsäule noch schwarze Walzen mit weißen Ziffern, digitale Messanzeige gab es hier keine. Der Tankwart war um die fünfzig, trug eine tätowierte Rose am Oberarm und befüllte die Motorräder mit unendlicher Langsamkeit.

„Wo soll's denn hingehen?", wollte er wissen und betrachtete neugierig das ungleiche Paar.

„Ach", antwortete Esther, „quer drüber und mittendurch."

„Das ist eine gute Idee." Der Tankwart grinste.

Alsdann. Wo sind die nächsten Kurven?

Die Sonne strahlte, der Asphalt war griffig, es ging rauf und runter, links und rechts, und irgendwann hatten sie keine Ahnung mehr, wo sie waren. Was auch reine Nebensache war. Alles war gut, alles war am richtigen Platz. Später pausierten sie bei einer Aussichtswarte und verloren sich im unendlichen Weitblick der wiesenreichen Hügel. Die Küche des Gasthofes, in dem sie zur Jause einkehrten, war vom Feinsten und der Wirt so redselig, wie man es sich als Reisender von einem Wirten nur wünschen kann. Sie machten es sich auf der Wiese hinter dem Gasthof in der Sonne gemütlich, erzählten einander Geschichten und ließen den Nachmittag beschaulich ins Land ziehen. Erst als sie der Schatten der Tannen erreicht hatte, tauchten sie wieder in die reale Welt ein.

Foto: Karin Meiritsch

KTM
SMITH

Foto: Florian Albert

***

In den frühen Abendstunden machten sie sich auf den Heimweg.

11 Waschbrettbauch

Gemächlich rollten sie über die Autobahn zurück in die Stadt. Der Rückreiseverkehr des Wochenendes war stark wie immer. Auf der Höhe der Stadtgrenze kamen sie an einer Großflächenwerbung vorbei, auf der ein braungebrannter Latin Lover mit schwarzem Haar und weißen Zähnen für Herrensocken warb. Er hatte einen wunderschönen Bauch, trainiert und muskulös. Ein Bauch, über den man gerne drüberstreicht.

Herwig hatte keinen Waschbrettbauch.

Aber er hatte Zeit, und er war zu haben. Nämlich wirklich zu haben. Da war keine Frau, keine Freundin, keine Geliebte. Er war auch keiner von denen, die nach einer Trennung erst ihre Freiheit wiederfinden müssen, er hing nicht permanent mit irgendwelchen Kumpels in irgendwelchen Lokalen herum, und er musste nicht am Samstag mit den Kindern in den Zoo gehen. Er war auch keiner von denen, die für die Arbeit alles taten und ständig unter Termindruck standen.
Ein Mann mit Zeit ist besser als einer mit Waschbrettbauch.

Er war auch nicht auf den Kopf gefallen. Man konnte sich mit ihm über Politik und Wirtschaft ebenso unterhalten wie über Hinterreifen, Atomkraftwerke und das neueste Filmkunstwerk von Aki Kaurismäki.

Ein Mann mit Hirn ist besser als einer mit Waschbrettbauch.

Er hatte eine kleine, aber feine Werbeagentur. Er verdiente damit keine Unsummen, aber das Geschäft schien gut zu laufen. Anstandslos hatte er die Rechnung beim Wirten übernommen.

Ein Mann mit einem gesicherten Einkommen ist besser als einer mit Waschbrettbauch.

Er fuhr Motorrad. Das war fein. Sehr fein. Es war immer gut, jemanden zu kennen, mit dem man Interessen teilt. Die Freunde hatten immer weniger Zeit, die einen hatten im Job viel zu tun, die anderen mussten ihre Wohnung herrichten, manche wurden schwanger, andere hingen lieber im Freibad als auf der Landstraße herum. Die Dinge wurden immer komplizierter, und die Wege gingen auseinander.

Ein Mann mit ähnlichen Interessen ist besser als einer mit Waschbrettbauch.

Andererseits: Ein Mann mit Zeit, Hirn, Geld, ähnlichen Interessen und Waschbrettbauch ist das Beste überhaupt. Aber man soll ja nicht unverschämt sein.

***

Er brachte sie nach Hause. „War ein netter Tag.“ „Ja, das finde ich auch.“ Sie würden einander wiedersehen. So viel war sicher.

12 Eigentlich

Sie hatten sich vor der Haustür verabschiedet. Esther war ins Stiegenhaus gegangen, hatte die Wohnungstür aufgeschlossen, war ins Vorzimmer getreten, hatte den Helm auf die Hutablage gelegt, hatte die Motorradschuhe aus- und die Pantoffeln angezogen, war nach links ins Wohnzimmer geschlurft, hatte sich aufs Sofa gelegt und geistesabwesend ihre Socken betrachtet, war hinüber in die Küche gewechselt, wusste dort nicht mehr, was sie in der Küche gewollt hatte, war zurück ins Wohnzimmer gegangen, war über ihre Pantoffeln gestolpert und hatte sich wieder aufs Sofa gelegt.

Dort verharrte sie zehn Minuten regungslos.

Herwig. Soso. Sie hatte sich mit einem Mann verabredet, wollte ein bisschen gemeinsam Motorradfahren, einen Kaffee trinken und am Nachmittag wieder zu Hause sein. Jetzt war es fast 21 Uhr.

Mit einem Seufzer stand sie auf und ging zum Kühlschrank. Grüner Tee oder Campari Orange, das war die Frage.

Als sie dann zufrieden in der Badewanne lag, den Campari am Badewannenrand balancierte und in Fünfminutenabständen heißes Wasser nachlaufen ließ, hörte sie, wie auf ihrem Telefon ein SMS eintraf. Sie ließ sich noch ein wenig aufweichen, wickelte sich dann in ihren Bademantel und tropfte den Boden nass, als sie die Nachricht von Herwig ansah.

Danke für den netten Tag. Hoffe wir sehen uns bald wieder.

Oooohhh! Offensichtlich war er gerade zu Hause angekommen, und das erste, was er tat, war, ihr ein SMS zu schicken. So nett!

Der nächste Morgen begrüßte sie mit weißem Sonnenlicht. Sie hatte von Thailand geträumt, von Palmen, vom Meer und vom Volleyballspiel am Strand. Ihre Laune war bestens.

Beim Verlassen der Wohnung schaltete sie ihr Telefon ein und sah seine zweite Kurzmitteilung:

Habe heute Nacht von dir geträumt. Wann sehen wir uns wieder?

Habe heute Nacht von dir geträumt? Wie? Was geträumt? Antworten? Nein. Löschen? Ja.

Am Nachmittag rief er an. Er habe sich gedacht, man könnte ja am nächsten Wochenende einen kleinen Ausflug machen und bei einem Buschenschank einkehren, und wenn es dann spät werden sollte, dann könne man sich ja ein Zimmer nehmen. In aller Freundschaft natürlich, haha. Was sie davon halte?

Esther hielt davon gar nichts. Sie erklärte, sie müsse am Samstag bis 17 Uhr arbeiten, wolle mit Freunden am Sonntag auf den Berg gehen und überhaupt habe sie sehr viel zu tun. Nämlich. Doch er ließ nicht locker, fragte, ob sie ihren Dienst am Samstag nicht abgeben könnte und ob eine Ausfahrt mit ihm denn nicht viel besser wäre, als zu Fuß auf einen Berg zu gehen. Zu Fuß! Da brauche man ja ewig, bis man oben sei, meinte er noch.

Nein, leider, sagte Esther, sie habe keine Zeit, und sie würde sich schon melden, wenn sich das ändern sollte. Und tschüss.

Dass sie immer mit der Tür ins Haus fallen müssen!

Gibt man ihnen den kleinen Finger, wollen sie gleich die ganze Hand. Eigentlich wollen sie nicht die ganze Hand, sondern gleich die ganze Frau. Jetzt, hier und sofort. Wie wäre es mit ein wenig Geduld, mit ein bisschen Spielraum? Könnte er nicht einfach sagen, schade, dass es bei dir nicht geht, aber falls du Lust haben solltest (ja, genau, falls du Lust haben solltest, das wäre eine gute Formulierung), also falls du Lust haben solltest, dann sehen wir uns eben ein anderes Mal. Ich melde mich wieder, mach's gut und bis dann.

Und sie hätte Lust, und sie würde den Samstag an eine Kollegin abgeben. Aber nein. Er musste ja unbedingt mit dem Kopf durch die Wand.

Nun ja. Sie würde das alles am Mittwoch mit Helena ausführlich am Telefon besprechen. Denn am Mittwochvormittag war Ignaz Morini, der Chef des Möbelhauses, immer (immer!) Tennis spielen und kam nie vor halb zwölf in sein Büro. Das sei ihm wichtig,

pflegte er zu sagen, er brauche den Ausgleich zur Arbeit, andere fuhren Motorrad, er spielte Tennis.

Sie mochte Ignaz Morini. Er war groß gewachsen, hatte dunkle Haare und blaue Augen und immer ein freundliches Wort auf den Lippen. „Eine eigenartige Mischung“, hatte Esther noch gedacht, als sie ihn zum ersten Mal gesehen hatte. An ihrem ersten Arbeitstag im Möbelhaus war er mit einem braunen Kaffee-Plastikbecher in der Tür gestanden und hatte sich vorgestellt: „Gestatten, Ignaz Morini, der aus der oberen Etage.“ Er hatte sie im Club des Möbelhauses willkommen geheißen und ihr das Du-Wort angeboten. Das, so meinte er, sei hier so üblich und gut für das Arbeitsklima. Babsi sorgte für Aufklärung: „Seine Mutter ist Schwedin, der Vater Italiener. Er hat den Weitblick der Nordländer und das Temperament des Südens.“ Mit einem verklärten Blick fügte sie hinzu: „Er hat nicht diese schmalen Schultern wie andere Männer, die lieber zum Therapeuten als ins Fitness-Studio gehen.“

Er war ein guter Chef. Und Mittwoch war ein guter Tag zum Telefonieren.

Helena gab eine telefonische Schilderung ihres letzten Dates zum Besten. Michael, so hieß der Mann, war Zahnarzt, geschieden, spielte gerne Golf, am liebsten tat er das in Dubai. Das Gespräch hatte sich während des Abendessens um Aktien, Bürokollegen und Buddhismus gedreht, danach waren die beiden in die Cocktailbar gegangen. Helena schloss ihre Schilderung mit den Worten: „Eigentlich hat er einen netten Hintern.“

Eigentlich hat er einen netten Hintern.

Tja, das war's, mein Freund. Die Sache ist gelaufen. Michael, mein Lieber, da kannst du ihr noch so tolle Brillantringe kaufen, du kannst noch so gut verdienen und über einen noch so intelligenten Kopf verfügen - das Wort *eigentlich* in Verbindung mit deinem Hintern hat dein Schicksal besiegelt. *Eigentlich* spricht für sich. Es birgt Unentschlossenheit in sich, hat einen schalen Nachgeschmack und strebt in seinem Wesen nach der Vernichtung

des Gesamten. Hätte Helena gesagt: „*Aber* er hat einen netten Hintern", dann hieße das möglicherweise, dass du zwar dein Konto überziehst und anderen Frauen nachschaust, *aber* dass du einen netten Hintern hast. Sollte die Unterhaltung mit dir auch noch über das Fernsehprogramm hinausführen, dann, ja dann könnte es durchaus sein, dass man sich zu einem lauschigen Wochenende überreden ließe.

„Und was hat er sonst noch - außer einen netten Hintern?"

„Hmmm."

„Werdet ihr euch wiedersehen?"

„Möglich. Er ist immerhin Zahnarzt."

„Und du bist bald 37."

Das Schweigen am anderen Ende der Leitung war eisig. Esther rührte in ihrem Kaffee und nahm einen bedächtigen Schluck.

„Ja, und was ist passiert?"

„Ich hab ihn zahlen lassen und dann haben wir uns verabschiedet."

„Und?"

„Na und nix!" Sie brachen in schallendes Gelächter aus und wünschten einander noch einen schönen Nachmittag.

Eine Kundin betrat die Beschwerdeabteilung und reklamierte, ihre Vorhänge wären beim Waschen eingegangen, und dafür wolle sie jetzt gefälligst Ersatz haben. Sie hätte gerne die anderen, die neuen, die mit den hübschen blau-gelben Blüten. Nein, Rechnung habe sie keine mehr, und auch die Vorhänge hätte sie zu Hause gelassen, die wären ja eingegangen und somit für niemanden mehr brauchbar. Ob sie jetzt wohl die Vorhänge mit den gelb-blauen Blüten haben könne?

Esther drückte ihr einen Gutschein für Kaffee und Kuchen in die Hand.

Am Samstag schickte Herwig Blumen. Um 11 Uhr stand ein Mann von Fleurop in der Beschwerdeabteilung und suchte eine Esther. Den Nachnamen der Adressatin wisse er nicht, er könne nur sagen, dass der Absender der Blumengrüße ein gewisser „H." sei. Esther war gerade auf Kaffeepause, und fast hätte man den Boten unverrichteter Dinge wieder weggeschickt. Die Blumen

wären am Wochenende irgendwo im Möbelhaus verwelkt, wenn nicht Babsi zufällig vorbeigekommen wäre und mitgedacht hätte.

Sie überreichte Esther den Strauß mit den Worten „Na, hast dir einen Charmanten eingetreten?“ und wollte Details wissen. Das stand ihr zu.

Esther verzog das Gesicht, gab dann aber doch bereitwillig Auskunft: „Er ist nett, er ist keine Schönheit, aber Männer mit Halbglatze haben auch ihren Reiz, man kann sich mit ihm gut unterhalten, er fährt Motorrad. Jaaaa ... er ist ganz in Ordnung.“

„Fährt er gut?“

„Mhmmm. Schon.“

„No, das passt dann eh. Charmanter Mann, 40, ungebunden, intelligent und aufmerksam, sucht Mitfahrerin für zweisame Stunden. Eigenes Motorrad vorhanden. Perfekt!“ Babsi grinste blöd, lehnte sich an den Türstock und stellte die ultimative Frage:

„Uuuuund? Wird das was mit dem Typen?“

Esther wippte leicht von einem Fuß auf den anderen.

„Mal schauen. Zum Motorradfahren reicht es alleweil.“

Vielleicht, so dachte sie und blickte auf den kalten Kaffee in ihrem braunen Plastikbecher, vielleicht ruf ich ihn doch an. Er könnte mich zum Abendessen einladen.

***

wollen wir nächsten donnerstag eine runde fahren gehen?

Sehr gute Idee. Ich hol dich ab. Freu mich. Herwig.

13 Beifahren ist wie Beischlafen

Die Duke verweigerte. Komplett. Offensichtlich war die Batterie hinüber. Ohne Batterie kein Zündfunke. Da nützt auch der Kickstarter nichts.

Sie war gar nicht so böse darüber. Erstens war sie noch nicht ganz munter (sie war gestern mit dem Rotblonden aus dem Fitness-Studio noch auf ein Bier gegangen), zweitens hatte sie keine Lust auf ein Duell im Winkelwerk, und drittens saß sie nun bei Herwig am Sozius und ließ sich chauffieren.

Er war ein guter Motorradfahrer. Er wusste, was zu tun war. Sie drückte sich auf der Sitzbank eng an ihn, spürte die Vibrationen des Motors unter sich und seinen Hintern zwischen ihren Beinen. Ihre Knie lagen an seine Oberschenkel gedrückt, ihre Arme waren eng um seinen Bauch geschlungen. Ihren Kopf hielt sie dicht neben dem seinen und ergab sich den Kurven.

Beifahren ist ein Erlebnis mit Potenzial.

Was letzten Endes zählt ist wie er fährt.

Es kann - es kann! - ein großartiges Erlebnis sein, an das man sich noch Wochen später gerne erinnert und dabei rote Wangen bekommt. Was gibt es Schöneres, als sich einfach hinten draufzusetzen und ihn machen zu lassen? Eben.

Allerdings: Allzu oft wird man als Beifahrer enttäuscht. Man weiß es schon beim Aufsitzen: Das wird nichts. Der Beste wirkt unsicher, so, als ob ihm das Motorrad zu groß, zu schwer oder über-

haupt gänzlich fremd wäre. Beim Anfahren fusselt er nervös mit, und bei der Ampel sucht er nach dem Leerlauf. An der Stadtgrenze reißt er das Gas auf, und vor der nächsten Kurve schleift er sich holprig ein. Jessas! Angst zu haben am Motorrad ist nicht im Sinne des Erfinders. Ein schlechter Fahrer ist ein schlechter Fahrer.

Das allzu sanfte Gegenteil ist nicht besser. Wir haben nichts gegen gemütliches Dahincruisen einzuwenden. Zumindest dann nicht, wenn die Landschaft besonders beeindruckend, das Abendlicht besonders rot, die Stimmung besonders romantisch oder die Straße besonders gerade ist. Aber immer nur die sanfte Nummer? Wenn sich die Straße den Berg hinaufzuwinden beginnt, wenn der Kurvenradius enger und der Asphaltstreifen schmäler wird, dann wünschen wir uns, dass die Drehzahlen höher, die Bremsmanöver härter und die Schräglage atemberaubend wird. Kurz - dass es zur Sache geht. Ordentlich. Zu langsam ist eben zu langsam.

Eine Spezies für sich bilden diejenigen, die einmal kurz andeuten, das Gas aufreißen und sich dann aus irgendeinem undurchsichten Grund wieder einbremsen. Sie lassen durchblicken, was sie könnten, wenn sie wollten, das aber nur für die Dauer von drei oder vier Kurven. Oben am Pass bleiben sie stehen, zünden sich eine Zigarette an und möchten hören, dass sie ganz tolle Fahrer wären und dass wir noch nie im Leben solche Kurven erlebt hätten wie mit ihnen. Puh!

Dann gibt es auch noch die Überbemühten. Sie erkundigen sich in regelmäßigen Abständen, ob das Tempo so recht wäre und ob man sich eh wohl fühle. Anfänglich glaubt man noch, öha, ein Aufmerksamer, da schau her. Passt schon, antworten wir, es wäre alles in bester Ordnung, er solle nur einfach so weitermachen. Doch dann bleibt er bei der nächsten Kreuzung stehen, fragt, ob die Sitzbank nicht zu hart (oder zu weich?) sei, oder ob man vielleicht zur Entspannung ein kurze Pause einlegen wolle. Nein, mach nur einfach weiter! Und dann biegt er beim ersten Gasthaus ab und meint, er brauche jetzt eine kurze Pause. Er habe die Strecke sehr genossen, aber nun wäre er erschöpft. Na fein.

Und so fahren wir eben (immer häufiger) selber. Wir kennen die

für das eigene Wohlbefinden optimale Schräglage, wir wissen um den richtigen Bremspunkt. Wir kennen das Motorrad, und wir kennen uns selber. Wenn man alleine unterwegs ist, dann ist da keiner, der uns hetzt, keiner, der irgendwo anders hin will, der eine Pinkel-, Tschik- oder sonstige Pause braucht oder an der Kreuzung über seinen Reifen jammert. Störende Überraschungen sind ausgeschlossen. Man ist mit sich alleine, und man ist sich selber genug.

Manchmal allerdings, manchmal gerät man an einen, der wirklich fahren kann. Einer, der sich und seinem Beifahrer nichts beweisen muss. Einer, den ein bisserl Rollsplitt nicht aus der Fassung bringt. Einer, der ganz und gar bei der Sache ist und an nichts anderes denkt, nicht an die Firma, nicht an die Billard-Partie mit den Freunden gestern Abend und nicht an die Nachbarn.

Wenn wir auf so einen treffen, dann lassen wir uns gerne verzückt den Wind um die Nase wehen, freuen uns auf die nächste Kurve, genießen die Landschaft, fiebern beim Überholmanöver mit und pressen uns mit dem Oberkörper an seinen Rücken und mit den Schenkeln an seine Schenkel.

Wie schnell eine Stunde doch vergehen kann.

***

Alles eine Frage des Partners.

14 Wer zögert, hat schon verloren

1954 war ein heißer Sommer. Man trug Petticoats, ging am Samstagabend ins Kino oder aufs Tanzschulkränzchen, verbrachte den Urlaub zu Hause und freute sich über die erste Waschmaschine.

In diesem Sommer 1954 erblickte die Puch MS 50 das Licht der Welt. Sie war ein Kind ihrer Zeit. Konzipiert als „Fahrrad mit Hilfsmotor“, wurde sie vom Markt begeistert aufgenommen. Das Konzept der „motorisierten Pedale“ (Moped, haben Sie das gewusst?) ging voll auf. Innovative Technik gepaart mit unverwüstlicher Alltagstauglichkeit gipfelte in einem Hubraum von 49 Kubikzentimetern, einer Leistung von ein Komma sieben Pferdestärken und einer Spitzengeschwindigkeit von 40 Stundenkilometern. Mehr brauchte man im Jahre 1954 nicht, um mobil zu sein. Und wenig später kam die Puch MV 50 auf den Markt.

Im Blauen Café hörte Alexia am frühen Freitagnachmittag von ihren Stammgästen, dass am Wochenende ein Rennen der anderen Art stattfinden würde: Sechs Stunden lang sollte mit 50-Kubik-Puch-Mopeds im Kreis gefahren werden. Sie griff sofort zum Telefon.

Morgen MV-50 Rennen. Sechs Stunden. Moped vorhanden. Damenteam!!!

Esther war begeistert. Auf der Stelle rief sie Kurti an und tauschte wenig später ihren kleinen Fiat gegen seinen Pickup. Er gab ihr ein brüderliches „Gaaaaas!“ mit auf den Weg und „Sechs Stunden sind relativ, alles eine Frage der persönlichen Einstellung.“ Dann holte sie Alexia von der Arbeit ab, fuhr mit ihr zu Alexias Onkel Johannes, wo sie seine alte Puch aufluden („Passt's halt auf, sie ist schon eine alte Dame ...“), am Samstag besorgten sie sich bei McDonald's an der Stadtausfahrt Frühstück und begaben sich auf die Autobahn. Zwei Stunden später waren sie am Ort des Geschehens.

Im Fahrerlager war bereits die Hölle los. Gut einhundert Mopeds und weit mehr als doppelt so viele Fahrer hatten sich versammelt, um sich dem sechsstündigen Rennen durch die örtliche Baumschule, über Asphalt, Schotter und quer durch die Wiese zu stellen. Mopeds wurden abgeladen, Zelte, Sessel und Tische aufgebaut, Kaffeemaschinen und Griller in Betrieb genommen, Bier- und Red-Bull-Dosen geöffnet, Brote und Antriebsketten geschmiert. Auf ihrem Weg durchs Fahrerlager entdeckten die Mädels Mopeds mit abenteuerlichen Lackierungen, einige protzten mit Mountainbike-Downhill-Gabel, Scheibenbremsen und Halogenlichtmaske, manche hatten ein heftiges Motortuning hinter sich. Da wurden Zylinderköpfe abgedreht, Überströmkanäle poliert, 17-Millimeter-Vergaser montiert, und lange, lange nach der richtigen Bedüsung gesucht. Fazit: „Zweieinhalb PS! Die geht locker fünfundsechzig."

„Glaubst du, wir können mit denen mithalten?", fragte sie Alexia, als sie ihren Rundgang beendet hatten.

„Aber sicher", gab diese zur Antwort. „Meine Mutter hat uns ein Partnerhoroskop für dieses Wochenende gestellt. Alles im grünen Bereich. Du Krebs, ich Skorpion. Wenn ein Krebs mit einem Skorpion zusammenkommt, finden sich zwei gefühlsbetonte Charaktere, die sich auch ohne Worte verstehen. Beide kennen wir die nicht rationale Welt der Wünsche und Emotionen, das Unberechenbare und das Nicht-in-Worte-Fassbare. Kann gar nichts schiefgehen."

Sie grinsten sich an.

Wir gehen einfach nicht vom Gas.

Um halb zwölf machte sich Nervosität breit. Nur noch eine halbe Stunde bis zum Start. Ist alles fertig? Ist der Transponder für die Zeitnehmung gut montiert? Ist das Moped aufgetankt? Und vor allem: Wird das Moped durchhalten? Noch schnell ein Müsli-Riegel und ein Energy-Drink, sechs Stunden sind lang.

Es ging zur Startaufstellung. In der Mittagshitze dampfte es unter den Helmen. Alexia machte den Startfahrer. Ihre langen roten

Haare hatte sie zu einem Zopf zusammengebunden.

Punkt 12 Uhr. Peng! Es geht los! Die Uhr läuft! In voller Montur, mit Brustpanzer und Ellbogenprotektoren, Lederkombi und Knieschleifern stürzte die Horde über die Start-Ziel-Gerade zu ihren Mopeds, die Fahrer starteten an (oder auch nicht), rissen das Gas auf, lösten sich aus der Reihe und stachen in die erste Linkskurve. Staub überall, Kollissionen mit Strohballen und Fahrern, die Nummer 47 ging in Führung, dicht gefolgt von 53, 11 und 4. Die Menge tobte. Großartig!

Alexia lag in der Mitte des Feldes. Sie hielt sich tapfer und beim Vorbeifahren an der Boxenstraße den Daumen in die Höhe. Nach der ersten Runde war klar, dass Leistung bei diesem Rennen alles ist: Die Teams mit den getunten Motoren waren vorne. Allerdings: Fahrerisches Können war nicht minder gefragt. Fehlender Leistung wurde mit beherztem Gasgeben begegnet. Wer zögerte, hatte sowieso schon verloren. Um jeden Meter wurde gekämpft, die Fahrer duckten sich auf den Geraden hinter den nicht vorhandenen Windschild, machten sich so klein wie möglicht, bremsten spät oder gar nicht. Das Material war unzulänglich, keine Frage, aber genau das war die Herausforderung.

Die Mädels lagen gut im Rennen und wechselten sich jede halbe Stunde ab. Gegen 14 Uhr machten sich im Fahrerlager die ersten Ausfälle bemerkbar: So mancher schob sein Moped zurück, erste Reparaturen wurden notwendig. Hier ein Reifenwechsel, da ein Zündkerzenwechsel, ein neues Gasseil, eine neue Vergaserdüse. Das Team neben ihnen fiel mit Getriebeschaden aus, das Damenteam aber blieb von Schwierigkeiten weitgehend verschont. Esther verlor im Zweikampf ein Pedal und das Rücklicht; das Pedal konnten sie ersetzen, das Rücklicht war unwesentlich.

Im Laufe des Nachmittags kämpften sie sich auf den 18. Platz vor und waren damit sehr zufrieden. Auf der Start-Ziel-Geraden ergoss sich literweise der Sekt über Fahrer und Mopeds, man vernichtete Hinterreifen im Burnout, übte sich im Wheeliefahren und beglückwünschte sich gegenseitig zu diesem fulminanten Rennen. Der Abend endete in einer zwanglosen Party.

Sie hatten schon lange nicht mehr so viel Spaß gehabt.

***

Als sie nach Hause kam, war es lange nach Mitternacht und dennoch drehte sie den Rechner auf, um ihre E-Mails anzusehen. Yes!

Von: Martin
An: Esther
Gesendet: Sonntag, 01. Juli 14:38
Betreff: ungefähr

Hi Estherbaby!
Bin hier in L.A. mittlerweile recht heimisch geworden. Das Bier ist kalt und der Strand von Santa Monica heiß, die Arbeit macht Spaß, die Wollhühner sind seit gestern violett und es steht ihnen ausgesprochen gut.
Gestern bin ich mit einer Harley ans Meer gefahren und habe in der Sonne auf dem Handtuch liegend vor mich hinsinniert. Ein neuer Gedanke hat sich in meinem Kopf festgesetzt, den ich mit distanziertem Realismus beschreiben würde.
Foigendes: Motorräder werden nie einwandfrei funktionieren. Sie sind fehlerbehaftet, weil von Menschenhand geschaffen. Unterm Strich darf man sich nicht mehr als so ungefähr 80 Prozent des theoretisch Machbaren erwarten. So einfach ist das.
Und 80 Prozent sind schwer in Ordnung. Die Erwartung der verbleibenden zwanzig Prozent birgt Kummer und Enttäuschung in sich. Das gilt für Motorräder ebenso wie für Computer oder Fertiggerichte, und wenn wir ehrlich sind, auch für uns selber.

take care
martin

BTW: Gloria ist in mein Leben getreten, und sie tut mir gut. Sie kommt aus San Francisco und studiert hier in L.A. Sport. Gehe jetzt jede Woche ins Fitnessstudio. ;-)))

15 Werte sind so wandelbar

An ihrem Geburtstag vor drei Tagen hatte Helena nach zwei Joints, einer Packung Messino und einer Schale Pistazien Esther angerufen und ihr vorgeheult, dass sie sich schrecklich elend fühle. Sie sei steinalt, und die Falten um die Augen würden nun trotz der sündhaft teuren Cremes nicht mehr verschwinden, und sie hasse ihren Job als Marketingassistentin, und sie hasse auch die Männer und überhaupt. Und sie hatte Kinder gewollt. Zwei. Walter, ihr Ex, habe gemeint, ja, vielleicht später einmal, später. In ihrem Alter, so sagte Helena weiter, sei man entweder verheiratet oder fix liiert, man habe Kinder oder ein Haus oder aber - man bleibe über. Sie würde überbleiben. Die interessanten Männer waren vergeben, die uninteressanten standen an den Bars und wollten unterhalten werden. Und alle wollten ihr an den Rock.

Das Wochenende hatte sie mit dem Zahnarzt im Süden verbracht. Am Donnerstag hin, am Sonntag zurück. Viele Kilometer. Gut, das Hotel war eines der feinen Sorte gewesen, es hatte ein großes Schwimmbecken mit Blick auf die Berge, große Betten und im Badezimmer stand ein Whirlpool. Der Wein war aus der Toskana. Der Zahnarzt hatte ihr einen schönen Geburtstag bereitet. Aber trotzdem, irgendwie ...

Esther und Helena verabredeten sich zum Abendessen beim Japaner. Auf einen Weibertratsch.

Das Lokal war Esthers derzeitiges Lieblingslokal. Es fasste kaum mehr als zwanzig Personen. Inklusive Belegschaft. Hier hatte sie ihren ersten gemeinsamen Abend mit Sebastian verbracht, damals, es war ja so schrecklich nett gewesen mit ihm.

Esther war zu früh, mit dem Motorrad bekommt man immer einen Parkplatz vor der Tür. Vielleicht, so dachte sie, während sie auf Helena wartete, vielleicht hätte Helenas Zusammenleben mit Walter besser funktioniert, wenn er einen Bruder oder eine Schwester gehabt hätte. Es hätte vielleicht auch besser funktioniert, wenn er hin und wieder mit ihr ins Kino gegangen wäre oder wenn er sein Cola am Strand in Griechenland mit ihr geteilt

hätte oder wenn er sie von seinen Dienstreisen aus angerufen hätte, einfach so, um zu fragen, wie es geht, nur, um ihre Stimme zu hören. Wenn er. Hatte er aber nicht. Er sagte: „Wenn du Blumen willst, dann sag es mir doch einfach." Walter. Typisch.

Jetzt ist sie 37 und kann sich die Sache mit den Kindern allmählich aufzeichnen. Der Arsch.

Sie wartete, fingerte ein Fisherman's Friends aus der Jackentasche, steckte es sich in den Mund, dachte an den ersten Abend mit Sebastian und gab sich wohlig warmen Gedanken an ihn hin. Schade, dass er so wenig Zeit hatte. Wirklich schade.

Helena kam bei der Tür herein. Sie war schick wie immer. Hellgraue Hose, dunkelrote Bluse, darunter ein enges dunkelrotes Top, die blonden Haare trug sie hochgesteckt und an den Füßen graue Sandalen. Die Zehennägel waren rot lackiert. Selbstverständlich. Sie legte Wert auf gepflegtes Aussehen.

„Sorry, ich hab mich in der Zeit vertan", sagte sie, als sie sich setzte.

„Kein Problem", gab Esther zurück, „ich trag ja keine Uhr."

Helena rückte ihren Sessel zurecht und blickte nervös über den Tisch. Esther hielt ihr die Packung Fisherman's Friends hin, sie schüttelte heftig den Kopf. „Nein danke, ich bin zu schwach. Michael, du weißt schon, der Zahnarzt, hat angerufen, gerade als ich aus dem Auto steigen wollte. Wir haben uns seit dem Wochenende weder gehört noch gesehen, und, na ja, es ist immer schön, mit ihm ein bisschen zu plaudern. Er hatte gerade ein paar Minuten über, war alleine in der Ordination, keine Sekretärin mehr da. Er geht heute am Abend mit seinem Freund ein Bier trinken. Eigentlich wollte er ja gestern anrufen, aber da ist ihm was dazwischen gekommen, irgendein Termin mit einem Scheich aus Dubai. Hast du schon bestellt?"

Esther blickte auf Helenas Uhr. Es war das Geburtstagsgeschenk vom Zahnarzt. Ein schönes Stück. War sicher nicht billig. Sie zeigte zehn Minuten nach halb neun. Sie lehnte sich zurück und schlug die Beine übereinander.

„Du spinnst."
„Du auch."
Beide nahmen die Speisekarte zur Hand.

Ich bin hungrig.

Der Chef des Hauses kam und nahm die Bestellungen auf. Zwei mittlere Sushi und zwei Miso-Suppen. Wie einfallslos.

„Gut. Und was läuft bei dir? Sebastian?" Helena hatte wieder Oberwasser und wippte ungeduldig mit dem Fuß. Sie fixierte Esther mit einem tiefen Blick aus der schwarzen Wimperntusche. Der dunkelblaue Lidschatten stand ihr gut, und die Lippen waren blutrot geschminkt: „Pass auf! Er wird sich von Susanne nicht trennen. Und selbst wenn er es tun sollte, dann würde er es nicht wegen dir tun, sondern weil ihm sein Leben auf den Nerv geht. Er sagt, er liebt Susanne nicht. Na und? Du kennst seine finanzielle Situation. Die Wohnung gehört ihr, der Mercedes ist ihr Dienstwagen. Also was, bitte, willst du von dem Mann?"

Esther zündete sich nun doch eine Zigarette an. Das war hier gar nicht gerne gesehen, es gab auf den Tischen keine Aschenbecher, die musste man eigens beim Chef verlangen. Masao blickte streng über die Bar. Sie nahm einen tiefen Zug.

„Beim Sebastian war es so, dass ich gewusst habe, das ist der Richtige. Vom ersten Augenblick an habe ich es gewusst." Sie sah aus dem Fenster. Draußen war es noch immer hell. „Weißt du, es war Liebe auf den ersten Blick."

Helena verdrehte die Augen und schlug die Hände vorm Gesicht zusammen. Esther ließ sich nicht irritieren: „Nein, wirklich. Ich habe ihn damals in dem Lokal gesehen und mir gedacht, was für ein netter Mann, was für nette Augen, was für ein nettes Lächeln. Ich habe ihn gefragt, ob er weiß, von wem die Musik stammt, die gerade gespielt wurde, und er hat mich angelächelt, und wir haben gewusst, dass wir vom Gleichen reden. Ja, soooooo war das."

Masao kam mit dem Aschenbecher und stellte ihn vor Esther auf den Tisch. Er selber hatte nie geraucht.

„Jaja, und Motorrad fährt er auch noch, ein Traummann", gab

Helena zurück. Sie war ärgerlich.

„Ach komm, so ein Scheiß. Liebe auf den ersten Blick. Erstens: Es gibt nur zwei Beweggründe im Leben - Liebe und Angst. Wann glaubt man, dass es Liebe ist? Ha? Wenn man einsam ist, wenn man alleine nicht zurechtkommt, wenn man Veränderung sucht, kurz, wenn man es notwendig hat. Dann glaubt man an die Liebe auf den ersten Blick. Und wenn man es notwendig hat, kann man nicht objektiv sein. Liebe ist biologisch sinnvoll und dient der Erhaltung der Art."

Sie lächelte triumphierend. Der Lippenstift war perfekt.

„Zweitens: Nichts ist fix. Und drittens: Man kann sich täuschen. Liebe auf den ersten Blick, gut und schön, aber selbst wenn, das ist kein Garant für gar nichts. Schau mich an. Ich bin der lebende Beweis dafür." Sie lachte.

Esther sah auf die Zigarette in ihrer Hand. „Sicher. Aber wenn man beim ersten Blick nicht das Gefühl hat, dass einen der Mann interessiert, dass man wissen möchte, ob er gerne klassische Musik und AC/DC hört, ob er ein Buch von Herbert Rosendorfer im Regal stehen hat, ob er gerne ins Theater und Kabarett geht, ob er nach dem Essen guten Whiskey trinkt oder lieber Obstler und Zwetschkenbrand, ob er einen PC oder einen Apple hat, ob er am Sonntagvormittag lange schläft, ob er eine Zeitung abonniert hat, ob er im Urlaub gerne am Meer spazieren geht, ob er Kerzen neben dem Bett stehen hat, ob es Spaß macht mit ihm gemeinsam zu kochen, ob er auf Clubbings geht und dann betrunken nach Hause kommt, ob er hin und wieder traurig ist oder schlechte Laune hat ... wenn einen das alles nicht interessiert, dann kann man es genauso gut gleich lassen und einen entspannten Abend verbringen, ein bisserl flirten und dann alleine nach Hause gehen." Esther dämpfte ihre Zigarette aus.

„Alles andere ist Zeitverschwendung", setzte sie noch drauf.

Masao kam mit den Miso-Suppen und nahm den Aschenbecher mit.

Mahlzeit.

Helena stützte den Kopf in die Hände und schenkte Esther ein bezauberndes Lächeln: „So so. Und was machst du, wenn du am Abend einsam bist, und es ist gerade keiner da, in den man sich auf den ersten Blick verlieben könnte? Was machst du dann?“

„Ich nehm ihn mit. Es muss ja nicht immer Liebe sein.“

„Ja. Eben. Lass es dir schmecken.“

Schweigend löffelten sie ihre Suppe.

***

Von: Esther
An: Herwig
Gesendet: Freitag, 06. Juli 00:32
Betreff: Liebe auf den ersten Blick

Erinnerst du dich noch an die unselige Aprilia Moto 6.5? Du weißt schon, dieses vom Herrn Starck designte Motorrad, wunderschön, aber motorisch eine unglaubliche Katastrophe. Die Leute haben sich reihenweise in das Ding verliebt. Nur wegen der Optik! Dabei wäre es doch wohl viel angebrachter, ein Motorrad nach seinen Fahreigenschaften und nicht nach seinem Äußeren zu beurteilen. Doch das kann man erst dann, wenn man draufsitzt. Man prüft die Lenkerposition, schaut, ob die Fußrasten dort sind, wo sie sein sollten, ob die Hebel passen, dann startet man an, hört das Geräusch des Motors, und man mag es, oder man mag es nicht.

Von: Herwig
An: Esther
Gesendet: Freitag, 06. Juli 00:52
Betreff: Re: Liebe auf den ersten Blick

Ja, und dann muss man mit ihr FAHREN, um zu wissen, was Sache ist. Und wenn es ein besonders tolles Motorrad ist, dann tut man gut daran, ihr ein feines Platzerl in der Garage zuzuweisen und sich einfach daran zu erfreuen, dass man sie hat.

Von: Esther
An: Herwig
Gesendet: Freitag, 06. Juli 09:47
Betreff: Re: Re: Liebe auf den ersten Blick

Ja, da hast du recht. Wobei ich zu bedenken gebe, dass man sich an ein Motorrad auch gewöhnen kann. Letztenendes arrangieren wir uns mit Unzulänglichkeiten und empfinden diese dann als durchaus liebenswert. Alles eine Frage der Ansprüche.

BTW: Falls du morgen Abend noch nichts vorhaben solltest - ich hab Geburtstag und feiere bei mir ab 20 Uhr. Wird sicher lustig!

16 So viele verschiedene Menschen, so viele verschiedene Leben

An seinem Geburtstag soll man nicht arbeiten.

Im Astrologie-Buch von Alexia hatte Esther gelesen, dass sich das dem Geburtstag folgende Lebensjahr so entwickeln würde wie der Geburtstag selbst. Und da sie kein besonderer Freund von Arbeit war, nahm sie sich an ihrem Geburtstag Urlaub. Ignaz Morini hatte dafür Verständnis. Er war ein guter Chef.

Am Vormittag holte sie Martin vom Flughafen ab. Er kam für drei Wochen auf Urlaub nach Hause, und es war mehr als ein schöner Zufall, dass er heute in der Stadt war. Die Sportstudentin

aus San Francisco war daheim geblieben. Wahrscheinlich trug sie am Strand einen roten Badeanzug und ritt mit einem bunten Hawaii-Blumen-Surfbrett über die Wellen. Mit Silikontitten.

Ob er tatsächlich gemeinsam mit ihr ins Fitnessstudio ging?

Sie war früh von zu Hause weggefahren. Sie liebte es, in der Ankunftshalle inmitten wartender, kommender und gehender Menschen zu sitzen und Kaffee zu trinken. Zwischen Geschäftsleuten, Taxifahrern und Kindern war sie umringt von Wiedersehensfreude, Hektik und Terminen, Koffern, Notebooks, Mobiltelefonen, Stöckelschuhen und Hundepfoten.

„Estherbaby!“, schallte es durch die Halle, und Esther sprang auf. Martin kam auf sie zugelaufen. Er trug Vollbart, das hatte sie noch nie an ihm gesehen.

Er nahm sie in die Arme. „Hi. Verdammt lange nicht gesehen.“ Er war braungebrannt und hatte in der Tat gut zehn Kilo verloren. Gwendoline (Gloria? Caroline?) war in der Tat eine Bereicherung in seinem Leben. Gut sah er aus. Sehr gut.

Sie fuhren in die Stadt, und im Kaffeehaus neben der Universität begann Martin zu erzählen, von seinem Job, von zentralen Datenbanken und Gateways, von neuronalen Netzen, komplexen Algorithmen und Realtime-3D-Engines. Esther hörte zu, nippte an ihrem Glas Wasser und war begeistert von seinem Enthusiasmus. Er war ein richtiger Computerfreak geworden und dennoch immer noch derselbe Martin.

Und er war müde vom langen Flug. Sie brachte ihn in seine Wohnung.

„Wir sehen uns am Abend.“

„Ja, erhol dich.“

Auf dem Heimweg kehrte Esther auf ein Mittagsmenü beim Chinesen ein. Während des Essens rief Sebastian an, der ihr einen wunderschönen Geburtstag wünschte und es bedauerte, dass er nicht bei ihr sein könnte. Aber er hatte Susanne versprochen ...

Ein Nachmittagsschlaf würde ihr gut tun.

Ausgeruht und sehr zufrieden setzte sie sich gegen 17 Uhr an den Rechner und stieg ins ICQ ein. Da schau her, Bruder Kurti war online.

kultman: an den gewürzpäckchen erkenne ich, dass ich älter werde. da schau her, denk ich mir von zeit zu zeit, schon wieder fünf jahre vergangen. alles gute zum geburtstag!
essteer: kommst du heute abend?
kultman: klaro
essteer: wen bringst du mit? tolle männer? tolle motorräder?
kultman: ich komme mit drei frauen und einem auto. das auto ist ein firmenwagen und eignet sich hervorragend zum angeben.
essteer: und für wen sind die drei frauen gedacht?
kultman: na für mich ;-)))
wenn ich schon ein endurorennen in ungarn sausen lasse, dann will ich auch was davon haben...
essteer: drei frauen: eine fürs herz, eine fürs hirn und eine fürs bett?
kultman: jawoll. man braucht ja auch drei motorräder: eine zum liebhaben, eine für die straße, und eine fürs gelände.
essteer: vergiss nicht aufs zähneputzen.
kultman: entweder sie mögen mich so wie ich bin oder gar nicht.
essteer: see ya!
kultman: hasta la proxima!

Sie lehnte sich im Sofa zurück und legte die Füße auf den Tisch. Zähneputzen ... Vor ziemlich genau fünf Jahren, kurz vor ihrem vierundzwanzigsten Geburtstag, war sie mit Kurti und Freunden auf einem dieser sagenumwobenen Motorradtreffen gewesen. Das Fest fand bei einem Dorf nahe der Grenze statt, in einem Landstrich, der die Rauheit der Wälder nicht verleugnen konnte. Und wollte. Der Ort bestand aus einer Kirche und einer Handvoll Häuser. Normalerweise war hier nichts, aber auch rein gar nichts los. Doch einmal im Jahr fand hier das sagenumwobene „Unterritzhausener Motorradtreffen“ statt, eine Veranstaltung der deftigen Art, eines jener Happenings, bei denen Trinkfestigkeit des Fahrers und Gabellänge des Motorrades die wichtigsten Kriterien für ein erfolgreiches Wochenende sind. Esther konnte bei der

Länge der Gabel nicht mithalten, und so hatte sie sich gehörig betrunken (Tequila!) und wusste am nächsten Morgen nicht mehr, wie sie in den Schlafsack gekommen war. Als sie durch den Spalt im Zelteingang in den hellen Morgen spähte, erblickte sie ihren Bruder, wie er gemeinsam mit dreißig anderen Motorradfahrern am Bach seine Morgentoilette verrichtete. Er war der einzige mit einer elektrischen Zahnbürste.

Jeder spinnt anders.

Um zwanzig Uhr kam Helena, pünktlich und hübsch wie immer. „Ich habe meinen Zahnarzt zu Hause gelassen. Wer weiß, wer heute aller da ist, hab ich mir gedacht. Hihi.“ Sie hatte Anna, eine Bekannte aus der Familienaufstellungsgruppe, mitgebracht. „Die ist auch immer auf der Suche, und sie steht sich's auf Motorradfahrer. Fährt gerne mit ...“, hatte sie Esther noch ins Ohr geflüstert.

Nach und nach kamen die Studienkollegen, die Arbeitskollegen, die Bekannten aus der Schottergrube, Babsi und ihre Freunde, die Straßenfraktion, Herwig, Martin mit seinen Freunden, und zu später Stunde auch Kurti samt Harem.

Die Stimmung war gut; Martin hatte sein Notebook an die Anlage angeschlossen und die Umstehenden mit einer beachtlichen MP3-Sammlung beeindruckt. In der Küche sammelten sich die Mitarbeiter des Möbelhauses und erzählten sich mögliche und unmögliche Geschichten. Im Wohnzimmer waren die Motorradfahrer anzutreffen, die sich in zweirädrigen Fachsimpeleien ergingen und sich gegenseitig von ihren Abenteuern berichteten. Am Balkon standen die Raucher, die Studienkollegen mischten sich unter die einzelnen Gruppen und betrieben psychologische Feldarbeit, Kurti schmuste mit einer seiner Freundinnen, und Herwig unterhielt sich angeregt mit Anna, die sich an einem Glas Soletti festhielt und nervös kicherte.

Also das ist der Typ Frau, auf den er es sich steht, dachte Esther. Interessant.

Später, als Herwig und Esther beim großen Gulaschtopf in der

Küche nebeneinander zu stehen kamen, lächelte sie ihn an und fragte:

„Und? Fühlst du dich wohl?“

Er gab ein langes „Jaaah ...“ zur Antwort und ließ die eben gestellte Frage ziemlich unbeantwortet im Raum stehen. Er war Werbefachmann.

Dann nahm er ihr den weißen Plastikteller aus der Hand. „Du hast ja eine ganze Menge Bekannte.“

„Hm.“ Esther sah ihm zu, wie er zwei Schöpfer Gulasch auf ihren Teller häufte, und fragte sich, ob er wohl merken würde, dass das Essen aus der Dose kam, und ob er dann wohl auf ihre nicht vorhandenen hausfraulichen Qualitäten anspielen würde.

Aber nichts dergleichen geschah. Er gab ihr mit einem wissenden blauen Augenaufschlag den Teller zurück, reichte ihr noch Brot und Besteck und füllte dann seinen Teller.

„Fährst du auf Urlaub?“, fragte sie, um das Gespräch wieder aufzunehmen.

„Nicht so bald. Im Sommer bin ich gerne zu Hause, aber wahrscheinlich werde ich im Herbst wieder für eine Woche nach Spanien fliegen. Dort hat der Bernhard ein Haus in den Pyrenäen. Der Bernie ist ein alter Freund von mir, noch aus den Schulzeiten. Er ist einer von denen, die es geschafft haben. Der hat keine Sorgen mehr, außer das Wetter vom nächsten Tag. In der Garage stehen zwei Africa Twins, und wenn ich bei ihm bin, setzen wir uns nach dem Frühstück auf die Motorräder und sind den ganzen Tag unterwegs. Der Asphalt dort ist ein Hammer! Supergriffig! Ich mach das fast jedes Jahr, ich brauch das, einfach ein paar Tage lang abzuschalten.“

„Verstehe.“ Esther nickte mit dem Kopf und nahm einen Löffel vom Gulasch.

Gar nicht so schlecht.

„Das Gefühl kenn ich“, sagte sie dann, „wenn’s bei mir so weit ist, fahre ich in die Wüste oder auf einen Berg. Dort setze ich mich oben hin und sehe, dass die Erde rund ist. Das relativiert vieles.“

Herwig sah sie überrascht an. „Ich hab in den Pyrenäen auch so einen Berggipfel, den ich besuche, um meinen persönlichen Größenwahn unter Kontrolle zu bringen. Mhm."

Helena kam und drängte sich zwischen die beiden. Sie hatte deren letzte Sätze mitgehört und sagte: „Jaja, von oben ist der Ausblick immer am besten. Kann ich auch ein Gulasch haben?", setzte sie in Herwigs Richtung drauf, und Herwig nahm einen weiteren weißen Plastikteller.

Esther genoss den Abend in vollen Zügen und ließ sich von ihren Freunden durch den Geburtstag treiben. Der Morgen dämmerte bereits, als die letzten Gäste gingen.

Martin blieb noch so lange im Vorzimmer mit angezogenen Schuhen stehen, bis die anderen bei der Tür draußen waren: „Es war ein sehr nettes Fest. Da hast du dich ja heute ganz schön feiern lassen, was?" Sie strahlte. Er öffnete die Tür und trat ins Stiegenhaus. Esther trat von einem Fuß auf den anderen.

Nimm mich einfach in den Arm.

„Ja, also dann", sagte er. „Wir sehen uns. Schlaf gut und träum was Schönes." Er drückte ihr einen Kuss auf die Wange, und weg war er.

Sie ging zurück in die Wohnung. Aufräumen würde sie morgen.

***

Im Dämmerzustand des Einschlafens hatte sie das Gefühl, sich auf eine lange Reise zu begeben und wusste gar nicht, dass sie schon lange unterwegs war.

17 Wir sind keine Kinder mehr

Die Mutter von Alexia hieß Angelika, trug ihre Haare lang und schwarz gefärbt und hatte alle Freunde ihrer Kinder mit Namen gekannt. Sie hatte immer gewusst, wer gerade Liebeskummer hatte, wer Angst hatte vor einer Prüfung, wer mit wem auf Urlaub fuhr und warum, und wen Sorgen mit der Arbeit quälten. Sie war nie um einen Kommentar verlegen gewesen. Sie hatte das Leben gekannt.

Zu ihrem Begräbnis kamen viele junge Menschen.

Bei einem Unfall auf der Autobahn war sie an einem Montag ums Leben gekommen. Der im Gegenverkehrsbereich auf sie zufahrende Lkw war zu schnell unterwegs gewesen, vielleicht wäre der Fahrer auch am Steuer eingeschlafen, meinte man später. Der Golf von Alexias Mutter wurde regelrecht aufgeschlitzt.

Alle waren fassungslos.

Das Begräbnis war für elf Uhr angesetzt. Es war ein bewölkter Sommertag. Esther ging langsam auf die vor dem Friedhof versammelte Menschenmenge zu, sah Bekannte aus dem Blauen Café, sah Verwandte, sah Freunde von Alexia, sah junge und alte Menschen, sah Schmerz und Unverständnis in den Gesichtern. Lange nicht gesehen. Ja. Schlimme Sache. Ja. Die Menschen gaben ihrer Betroffenheit mit leisen Worten Ausdruck und versanken wieder in ihren Gedanken.

Vor der Aufbahrungshalle blieb sie stehen. Drinnen stand zwischen Kränzen und Blumengebinden der Sarg, klein, viel zu klein, wie konnte darin ein Mensch Platz finden? So eng. Am rechten Rand der Halle standen Alexia, ihr Vater und die beiden Brüder. Sie zögerte in der Tür, blickte auf den Sarg, lange, blickte auf die Blumen und dann auf ihre Schuhe. Es geht mir gut. Es geht mir gut. Ich muss jetzt zu Alexia gehen und ihr mein Beileid ausdrücken. Ich kann jetzt nicht einfach umdrehen, das geht nicht. Was sage ich nur? In diesem Sarg liegt ihre Mutter.

Es waren nur fünf Schritte. Alexia trug ein schwarzes Kleid, darunter einen rostfarbenen dünnen Pullover, die Füße steckten in weißen, flachen Sandalen, der Lippenstift war dunkelbraun, die

Haare trug sie zu einem Knoten aufgesteckt, um den Hals lag eine Perlenkette. Sie stand da wie ein Felsen, unverrückbar. Esther brachte kein Wort heraus, als sie ihr in die Augen sah und ihre ausgestreckte Hand ergriff. Ihr schossen die Tränen in die Augen. Sie machte eine vage Handbewegung zu den beiden Brüdern und zum Vater und verließ mit gesenktem Kopf die Halle.

Warum immer die Netten? Warum immer dann, wenn es den Menschen gut geht? Alexias Mutter war gerade Fünfzig geworden, die Pension war in Reichweite gewesen, sie führte eine glückliche Ehe, und erst vor kurzem hatten sie und ihr Mann ein Wohnmobil angeschafft, mit dem sie im nächsten Sommer nach Schweden reisen wollten. Warum sie? Warum jetzt?

Ein wenig abseits der anderen Trauergäste setzte sie sich auf die Bank unter einem Nussbaum. Sie atmete tief durch.

„Zigarette?“ Aus ihren Gedanken gerissen blickte sie auf. Vor ihr stand Ignaz Morini. Er hatte Alexias Mutter kennen gelernt, als sie mit ihrer Tochter im Möbelhaus einkaufen gewesen war. Esther, Alexia und Alexias Mutter waren beim Kaffeeautomaten gestanden, als der Chef vorbeiging, Esther begrüßte und sich charmant nach den Namen ihrer beiden Freundinnen erkundigte („Sind Sie beide Schwestern?“). Später hatte Alexias Mutter ein Horoskop für ihn erstellt, und darin stand offenbar nichts Schlechtes.

Esther nahm die angebotene Zigarette dankend an. Ignaz Morini gab ihr Feuer. Schweigend saßen sie nebeneinander und rauchten. Dann meinte Ignaz Morini: „Das schlimme an Begräbnissen ist, dass sie uns an unsere eigene Sterblichkeit erinnern. Wir sind keine Kinder mehr.“

***

Später am Nachmittag sagte Alexia: „Irgendwer hat heute zu mir gesagt: Genieß das Leben, Mädel. Und ich habe verstanden, was er gemeint hat.“

18 Interruptus

Von: Herwig
An: Esther
Gesendet: Freitag, 20. Juli 11:35
Betreff: Hoppala!

Muss dir was erzählen: Gestern war ich mit der Ducati in der Stadt unterwegs. Es war viel Verkehr, und ich denk mir nichts besonderes, als der Autofahrer vor mir plötzlich bremst. Einfach so. Ohne ersichtlichen Grund!
Ich steig in die Bremsen, merke, es geht sich nicht mehr aus, denke an den Schaden, der jetzt gleich entstehen wird, und an die Scherereien mit der Versicherung, und weiß in dem Augenblick ganz genau, dass ich das nicht will.
Also gebe ich Vollgas, mache einen Haken nach rechts, und - bin vorbei!
Alles ist möglich. Es ist nur eine Frage des Wollens.
Liebe Grüße
Herwig

Von: Esther
An: Herwig
Gesendet: Freitag, 20. Juli 12:01
Betreff: Re: Hoppala!

Ich war am Wochenende mit Kurti und seiner Motocross-Maschine in der Schottergrube. Er hat mich einen Steilhang raufgeschickt, der an sich nicht so ein großes Problem gewesen wäre, wenn nicht in der Mitte des Hanges ein großer Stein gelegen wäre.
Na und prompt bin ich drübergefahren über den Stein, das Motorrad ist aufgestiegen und ich ab.
Nachher hat mir Kurti gesagt, dass man nie das Hindernis anschauen darf, denn wenn man das tut, dann fährt man genau darauf zu.

Die Kraft der Gedanken ist nicht zu unterschätzen.

schönes wochenende
esther

19 Ein Sommernachtstraum

Der Wecker läutete um 9 Uhr. Es war Samstagmorgen. Durch die Vorhänge schien weiß die Sonne. Esther öffnete einen Spaltbreit die Augen. Es war hell. Es war zu früh zum Aufstehen.

Sie atmete tief durch. Heute war der 21. Juli, der Tag, an dem die Salzburger Festspiele eröffnet wurden. Heute würde sie den Jedermann am Domplatz sehen.

Sebastian hatte gestern angerufen und gefragt, ob sie wohl Lust hätte, mit ihm gemeinsam das Wochenende zu verbringen. Einfach so, spontan. Da schau her! Was denn mit Susanne sei, wollte sie wissen, und er hatte geantwortet, dass Susanne dieses Wochenende in Kärnten verbringen würde und dass er daher herrlich viel Zeit für sie, für Esther, habe. Und, Überraschung, er habe Karten für die Salzburger Festspiele, und wenn sie Lust habe, dann könnten sie doch ...

„Großartig!“, hatte sie gesagt. „Wann geht's los?“

War ihre Antwort zu schnell gekommen? Möglich. Sebastian zögerte. „Ich ruf dich morgen Vormittag an, und dann machen wir uns was Genaues aus.“ Nach einer kurzen Pause fügte er hinzu: „Ich freu mich schon sehr. Mach's gut. Bis morgen.“ Klick.

Esther schälte sich aus dem Bett. In der Küche rieb sie sich den Schlaf aus den Augen, schaltete die Kaffeemaschine ein und sah mit langsamem Blick aus dem Fenster. Sie mochte die rosa Geranien in den Balkonkisten der Nachbarin von vis-a-vis.

Was soll ich anziehen?

Sie frühstückte ausführlich mit der Wochenendausgabe. Gegen elf hatte sie die Zeitung ausgelesen, als die Glocken des Kirchturms die Mittagsstunde einläuteten, war sie auch mit dem Frauenmagazin fertig, und um halb eins wurde sie nervös. Warum meldete er sich nicht? Hatte er es sich anders überlegt? War Susanne doch nicht nach Kärnten gefahren?

Sie griff zum Telefon und wählte seine Nummer. Es meldete sich die Sprachbox. Na bestens.

Auf der Autobahn würden sie knappe drei Stunden unterwegs sein, dann mussten sie noch quer durch Salzburg, und dann bräuchten sie auch noch einen Parkplatz. Und eigentlich wäre sie gerne noch vor der Vorstellung ins Tomaselli auf einen Kaffee gegangen.

Sie wählte den beigen Hosenanzug, die schwarzen Stiefel und noch einmal seine Nummer. Sprachbox.

Ruf an! Ruf endlich an!

Knapp nach 14 Uhr läutete das Telefon. Sebastian. „Hi. Ich bin dann so weit. Treffen wir uns in einer halben Stunde beim McDonald's an der Westausfahrt?“

„Ja, gut. Bis dann. Servus.“

Mistkerl.

Sie nahm die U-Bahn und fuhr zum vereinbarten Treffpunkt. Sebastian kam zehn Minuten später. „Liebling! Wie geht es dir? Hab ich dich lange warten lassen? Egal, jetzt bin ich ja da. Und du bist auch da. Du bist wunderschön.“ Er setzte sein Sunnyboy-Lächeln auf und holte Atem. „Magst du auch was vom Mäc, ich hab schon wieder einen ziemlichen Hunger.“

„Nein, danke.“ Esther sah ihn von der Seite an. Süß sah er aus. Aber hektisch. Ein Streit mit Susanne? Zu viel Arbeit? Oder einfach nur Hunger?

Er bestellte ein Big-Mäc-Menü (Super Size), eine Apfeltasche und einen Kaffee. Dann beugte er sich zu ihr hinüber, legte seine

Schläfe an ihren Hals und seufzte. In ihre Schulter hinein sagte er: „Ich liebe dich."

Auf der Autobahn begann er zu erzählen. Das Projekt, an dem er gerade arbeitete, lief gar nicht gut, die Kunden hätten das Konzept abgelehnt, das bedeutete zwei Nächte bis drei Uhr morgens im Büro, nicht mehr als vier Stunden Schlaf, viele Kaffees, endlose Meetings, und um der Sache die Krone aufzusetzen, wäre nun auch sein Lieblings-Japaner unten am Eck auf Urlaub. Das Essen vom Chinesen vertrage er einfach nicht, wahrscheinlich habe er eine Glutamat-Allergie, die sich in Magenbeschwerden und einem roten Ausschlag äußere. Auf den Oberschenkeln, interessanterweise.

Dann wechselte er das Thema. Susanne. Ja, es stimme, sie sei nicht ohne Grund nach Kärnten zu ihren Eltern gefahren, sie hätten gestern Nachmittag einen heftigen Streit gehabt, es ging zwar um nichts (das Übliche: die Klobrille, die Socken neben dem Bett, der nicht ausgeräumte Geschirrspüler, warum gibt es kein Jogurt mehr im Kühlschrank ...), aber Susanne war fuchsteufelswild gewesen und wollte schon ihre Sachen packen. Gut, dass sie sich das noch einmal überlegt hat. Oder auch nicht gut, keine Ahnung, auf jeden Fall waren sie heute noch gemeinsam frühstücken gewesen, und dann war sie abgerauscht.

Er fuhr schnell, überholte auf der rechten Spur. Sebastian redete und redete, Esther hörte zu.

Um drei viertel fünf waren sie am Mondsee. Er hatte Lust auf einen Kaffee, sie musste aufs Klo, gemeinsam vertraten sie sich am See die Füße. Sebastian erzählte, hier habe er damals, vor bald zwanzig Jahren, mit dem Windsurfen angefangen, er erzählte ihr von seinen blauen Turnschuhen, die er damals getragen habe und wie er am Steg ausgerutscht sei und dass die Turnschuhe abgefärbt hätten und er nachher ganz blaue Füße gehabt habe.

Sie übersahen die Zeit.

Fünfzehn Minuten vor Vorstellungsbeginn lösten sie das Ticket für die Tiefgarage der Salzburger Altstadt. Während sich Sebastian umzog und sich von einem braungebrannten Fotomodell in einen Gast der Salzburger Festspiele verwandelte, fragte er nebenbei:

„Weißt du, worum es beim Jedermann geht?“

„Ich hab’s nachgelesen“, gab sie zur Antwort. „Es ist die Geschichte vom Sterben des reichen Mannes. Jedermann muss sterben. Er hat sich mit erfundenen Freunden umgeben und wird im Sterben alleine gelassen.“

Sie sah zu ihm hinunter, er schnürte gerade seine Versace-Schuhe. Am rechten Handgelenk glänzte die Breitling. Kurz hielt er inne und meinte: „Es ist dem Menschen gegeben, sich auf das Leben und den Tod einstellen zu können. Die Schwierigkeit besteht darin, beides in einem zu müssen.“

Fertig umgezogen richtete er sich auf. Die blonden Haare, die Sommersprossen, der weiße Hemdkragen, die silbernen Manschettenknöpfe, der dunkelblaue Anzug von Philip Maly.

Himmel, sieht der Mann gut aus.

Es war 17 Uhr 53. Um 18 Uhr würde die Vorstellung beginnen.

„Beeil dich“, zappelte Esther, „ich will nicht zu spät kommen.“

Die Turmuhr schlug sechs Mal, als sie die Garage verließen. „Lass uns laufen, komm schon.“ Sie versuchte, mit Sebastian Schritt zu halten. Schwitzend erreichten sie den Hintereingang des Salzburger Domplatzes, gerade rechtzeitig, bevor die Kartenkontrollore die Türen schließen wollten. „Glück gehabt“, meinte der Mann an der Tür, als Sebastian ihm die Karten in die Hand drückte. „Bitte weiter nach vorne ...“

Der Platz war zum Bersten voll. Einzig zwei Plätze waren noch frei. Es waren die beiden Plätze in der Mitte der ersten Reihe. Genau in der Mitte, direkt hinter dem Souffleur-Kasten. Sie mussten über die Bühne gehen, und dreitausend Augenpaare folgten ihren Bewegungen, als sie über die Balustrade kletterten und Platz nahmen.

„Woher bitte hast du diese Karten?“, fragte Esther leise flüsternd.

„Es war ein Dankeschön. Die Susanne kennt jemanden im Büro des Bürgermeisters. Die haben gemeinsam ein Projekt mit den Festspielen gemacht. Gut, was?“ Er legte seine rechte Hand auf ihren Oberschenkel. Esther legte ihre Hand auf seine und lehnte

sich zurück. Die Vorstellung konnte beginnen.

Die Bühne war vom orangen Licht der tief stehenden Sonne beschienen, als die Turmbläser den Jedermann ankündigten. Jedermann trat auf, gefolgt von seinem Hausvogt, der arme Nachbar klagte sein Leid. Jedermann ließ sich davon nicht beeindrucken, warum auch, er hatte Geld, und er hatte Freunde. Seine Mutter redete ihm ins Gewissen, die Buhlschaft erfüllte ihn mit Freude, die Tischgesellschaft fand sich ein, und dann, dann trat der Tod auf und verkündete Jedermanns nahes Ende. Auf der Stirn des Jedermanns bildeten sich dicke Schweißperlen, er rang um Fassung, wollte dem Tod entkommen, bot ihm Geld, erging sich in Ausflüchten, suchte nach Ausreden. Und konnte dem Tod doch nur eine Stunde Lebenszeit entreißen. Einzig die Guten Werke konnten Jedermann an diesem Tag zur Seite stehen.

„So lang einer im Glück ist, der hat Freunde die Menge, doch wenn ihm das Glück den Rücken kehrt, dann verläuft sich das Gedränge.“ Kurz streifte der Blick des Jedermann den von Esther und ein Schauer lief ihr über den Rücken.

Als der Jedermann gemeinsam mit den Guten Werken und dem Glauben das Himmelreich betrat, der Teufel vor den Toren abgewiesen wurde, die Turmbläser das Ende der Stückes verkündeten und das Publikum ergriffen Applaus spendete, erwachte Esther wie aus einem Traum.

Sebastian sagte kein Wort. Ihm stand das Stück ins Gesicht geschrieben.

„Lass uns was essen gehen“, sagte sie.

In der Getreidegasse kehrten sie beim Mohren ein, später saßen sie am Balkon des Café Tomaselli (doch noch!) und sahen dem Treiben einen Stock tiefer zu. Es war fast Mitternacht, als sie zurück zum Auto kamen.

Sie fuhren aus der Stadt hinaus zurück an den See, wo sie auf einem Parkplatz nahe am Wasser das Auto parkten. „Es war ein wunderschöner Abend. Danke.“ Sebastian stieg aus dem Wagen, Esther folgte ihm. „Ja, das war es.“ Er nahm sie in die Arme. „Schatz, ich bin müde. Sei mir nicht böse, aber ich muss jetzt wirklich schlafen. Es war eine anstrengende Woche. Die Sitze im

Mercedes sind sehr bequem, das weiß ich aus vergangenen Nächten. Ist das in Ordnung, wenn wir einfach hier bleiben?" Zimmer würden sie um diese Uhrzeit hier in der Tat keines mehr bekommen.

Der Mercedes hatte ein Panorama-Schiebedach, durch das man den Sternenhimmel sehen konnte.

Als sie am nächsten Morgen aufwachte, war Sebastian verschwunden. Sie stieg aus dem Wagen und fand ihn Steine werfend am Bootssteg. Langsam ging sie auf ihn zu, tippte ihm von hinten auf die Schulter. „Guten Morgen."

„Guten Morgen. Hast du gut geschlafen?"

„ Ja, danke, wie ein Stein."

Er starrte auf den See. Sie setzte sich neben ihn und sah ihn von der Seite an. Keine Regung. In ihrer Jackentasche fand sie ein Päckchen Marlboro, steckte sich eine Zigarette in den Mund, bot ihm auch eine an. Er nahm ihr das Päckchen aus der Hand, überprüfte die Herkunft („Ah, keine Ostblock-Tschick, gut ..."), rauchte sich eine an und gab ihr Feuer.

Drei Schwäne kamen über den spiegelglatten See geschwommen. Es war windstill.

Mit dem Blick über das Wasser sagte sie in Richtung der Berge: „Glaubst du nicht auch, es wäre besser, wir würden es sein lassen? Uns die Hand geben und dieses Verhältnis beenden?"

Er wandte sich zu ihr, sah ihr in die Augen, legte seine rechte Hand in ihren Nacken und streichelte mechanisch ihren Haaransatz. Die Breitling lag kalt auf ihrer Schulter. Dann wendete er seinen Blick zu den drei Schwänen auf dem Wasser und sagte langsam: „Ja, das wäre sicher das Beste."

***

Nach dem Frühstück am See fuhren sie über die Autobahn zurück in ihre Stadt. Er ließ sie bei der U-Bahn aussteigen. „Mach's gut." „Ja, du auch." „Ruf an." „Ja, du auch."

20 Die Vorteile einer gebrochenen Schulter

Eine gebrochene Schulter ist bei erster Betrachtung nichts weiter als ein Ärgernis: Sie tut weh, ziemlich weh. Man kann drei Wochen lang keine Nacht durchschlafen. Der Arm steckt in einer Schlinge und das Motorrad mit verbogener Gabel in der Werkstätte. Durch das Fenster scheint die Sommersonne, die Straßen sind trocken, der Rollsplitt ist schon lange vom Asphalt gefegt und die Freunde berichten am Stammtisch euphorisch vom letzten Wochenende. Großartig.

Der Supermarktbesuch wächst sich zur mächtigen Herausforderung aus, die Bierkiste in den Einkaufswagen zu heben, ist nahezu unmöglich. Staubsaugen wird zu einer schwierigen und Geschirrabwaschen zu einer schier unlösbaren Aufgabe. Die Laune ist schlecht und das allgemeine Befinden auch. Eine gebrochene Schulter ist bei erster Betrachtung nichts weiter als ein Ärgernis.

Arbeiten ist mit einem Arm kein Thema. Man ruft in der Firma an und erklärt, was passiert ist, schmückt den Unfall noch ein wenig aus und ist bemüht, die ganze Angelegenheit auf ein technisches Gebrechen der Vorderbremse zurückzuführen. Dann lässt man sich von der Sekretärin noch ein wenig bedauern, nimmt die besten Genesungswünsche entgegen und - schwupps! - ist man im Krankenstand.

Krankenstand kann eine schöne Zeit sein, wenn man etwa eine leichte Magenverstimmung oder erhöhte Temperatur hat. Im Krankenstand kann man endlich das Wohnzimmer ausmalen, den Parkettboden verlegen oder in aller Ruhe shoppen gehen. Aber mit einer kaputten Schulter? Wie denn, mit nur einem Arm? Mit einer kaputten Schulter ist das schöpferische Potenzial eines Krankenstandes auf Staubwischen und Blumengießen beschränkt. Gut, man kann im Internet herumhängen und wilde Massenmails verschicken, man kann mit Freunden telefonieren (die stecken aber mitten in der Arbeit und haben - nicht böse sein - keinen Kopf für unsere Geschichten), man kann ein gutes Buch lesen oder stundenlang fernsehen. Dann ist aber auch schon wieder Schluss mit lustig.

Der Arm ist durch einen Verband eng an den Körper geschnallt und zu nichts zu gebrauchen. Der persönliche Aktionsradius ist auf ein Minimum eingeschränkt. Motorradfahren fällt aus. Komplett. Autofahren ist eine Alternative, wenngleich keine brauchbare. Setzt man sich dennoch ans Steuer eines Wagens, so ist man weit davon entfernt, entspannt unterwegs zu sein. Schalten und Lenken mit nur einer Hand ist zwar nicht unmöglich, aber schmerzhaft. Und auch das wilde Gestikulieren hinter dem Lenkrad ist einarmig nur eine halbe Sache.

Man ist ruhig gestellt. Das Einzige, was man mit einer gebrochenen Schulter wirklich uneingeschränkt tun kann, ist gehen. Zu Fuß gehen. Hat man Einkäufe zu erledigen, nimmt man das kleine Lebensmittelgeschäft zwei Gassen weiter und nicht den Supermarkt bei der Autobahnauffahrt. Beim Gehen sieht man Dinge, die man beim Vorbeifahren nicht sieht: Der Nachbar hat in seinem Vorgarten sieben Gartenzwerge stehen, und bei der Tankstelle vertreibt sich eine skurrile Mischung aus Geschäftsleuten, Versicherungsvertretern, Lebenskünstlern und Bauarbeitern gemeinsam die Zeit. Die Frau Nachbarin hat eine neue Frisur und, so wie sie sich seit kurzem kleidet, wahrscheinlich auch einen neuen Liebhaber. Der Pekinese wedelt mit dem Schwanz, wenn er uns sieht, denn nun kennt er uns auch ohne Sturzhelm. Die Frau an der Kassa beim Billa erkundigt sich nach dem Befinden der Schulter. Man bleibt gerne ein bisschen stehen und plaudert.

Als Rechtshänder bricht man sich die rechte Schulter, als Linkshänder die linke. Was denn sonst. Murphy. Und damit kommt man in die missliche Lage, auf seinen bis dato vernachlässigten anderen Arm angewiesen zu sein. Das treibt beachtliche Blüten. Etwa wenn man in der Früh die Espressomaschine stopfen möchte, wenn man schnell eine Telefonnummer notieren möchte, wenn man die Waschmaschine befüllen, eine CD-Hülle öffnen oder eine Buchseite umblättern möchte oder aber wenn man Sushi essen geht. Man steht ganz schön blöd da mit seiner anderen Hand. Mit seiner falschen Hand. Doch es liegt nicht in der Natur der Menschheit, sich mit Tatsachen abzufinden. Es wird fad, das verstreute Kaffeepulver zusammenzuwischen, die hingekritzelten

Notizen nicht entziffern zu können und sich beim Japaner mit Sojasoße anzupatzen.

Jeder bekommt das was er braucht.

Also versucht man andere Wege einzuschlagen. Man trinkt in der Früh keinen Kaffee, sondern eine Tasse Tee. Teebeutel sind sehr praktische Erfindungen. Man braucht sie nur ins heiße Wasser hängen, dem Tee drei Minuten lang beim Ziehen zuschauen und entfernt dann den Teebeutel mit links. Angenehmer Zusatzeffekt: Der nach dem Morgenkaffee unerlässliche Stoffwechsel, der uns mit einer lädierten Schulter in seiner Endphase vor große Probleme stellt, entfällt.

Man lernt, mit der anderen Hand zu schreiben, den Zündschlüssel umzudrehen, im Geldbörsl nach Kleingeld zu kramen und sich die Hose zuzumachen. (Man lernt auch Hosen mit Reissverschluss zu schätzen.) Irgendwann ist die falsche Hand erstaunlich einsatzfähig und keine falsche Hand mehr. Ein gutes Gefühl.

***

Das Schöne an einer gebrochenen Schulter ist, dass man schlagartig etwas bekommt, von dem man sonst zu wenig hat: Zeit.

21 Die Suche nach dem Glück Teil 1

Esther und Alexia besuchten wie so oft am Mittwochabend die Bars und Cafés der Altstadt. Diesmal blieben sie in einem kleinen Lokal mit dem viel versprechenden Namen „La Cerveza“ hängen. Es gab Life-Musik, und das Lokal war gerade recht gefüllt mit Krankenschwestern, Taxifahrern und Fallschirmspringern, Immobilienmaklern, Webdesignerinnen, Künstlern und Türstehern. Sie lümmelten über ihr Bier gelehnt am dunklen Stehtisch neben der Türe und lauschten einer inbrünstig vorgetragenen Coverversion von Bruce Springsteen. Es war bereits lange nach Mitternacht.

Esther schwamm auf der nachdenklichen Welle. „Weißt du“, hob sie an und blickte nach der Kellnerin, die an ihren Haarspitzen drehte und ihr ihren Wunsch von den Augen ablas. „Weißt du, ich habe lange an den Traum der hundert Prozent geglaubt. Es war quasi mein Lebensprinzip: Nichts anbrennen lassen, keine Möglichkeit verpassen, immer Vollgas, immer am Limit. Ich bin in die Wüste gefahren, ich habe ein Studium begonnen, war auf hunderten Festen und habe tausende Zigaretten geraucht, ich bin bei der Ampel immer in der ersten Reihe gestanden, und beim ersten Hauch von Grün hab ich volle Wäsch' angeschraubt. Mit Kurti und seinen Freunden habe ich Biere in den Morgengrauen gekippt und sie dann am Mountainbike wieder herausgeschwitzt. Wenn ich könnte, würde ich mich am liebsten nur am Hinterrad fortbewegen, und wenn ich jemanden auf der Hausstrecke herbrenne, dann fühl ich mich so richtig wohl. Immer mit hundert Prozent dabei. Wow! Erste Reihe fußfrei. Immer am Puls des Lebens ...“

100 Prozent sind fein und verdammt lustig.

Die Kellnerin brachte das Bier und warf Esther einen vielsagenden Blick zu. Sie war Mitte Dreißig, in ihrem früheren Leben war sie Buchhalterin gewesen und hatte sich eines Tages gedacht, es wäre an der Zeit für einen anderen Job, einen Job, bei dem sie

mehr unter die Leute kommen würde, einer ohne Bürotratsch und einer ohne Mittagessen in der Kantine, sie trug enge Jeans und einen engen schwarzen Pullover mit gelben und roten Tupfen quer über die Brust. Sie hatte genug von den Männern.

Esther lächelte müde und nahm einen Schluck. Ein Streifen weißen Schaums blieb auf der Oberlippe hängen. Der Lippenstift war schon lange ab.

Alexia sah sie fragend an. Weiter!

Sie seufzte. „100 Prozent sind verdammt anstrengend. Man muss immer aufpassen, man darf keinen Fehler machen und man darf vor allem an nichts anderes denken." Unschlüssig zuckte sie mit den Schultern und nahm einen weiteren großen Schluck. „Es gibt Momente, in denen ich mich unbeobachtet glaube. Dann blättere ich beim Morgenkaffee lustlos in den Werbeprospekten, streue den Goldfischen gedankenverloren ihr Futter ins Aquarium, setze mich reichlich unmotiviert aufs Motorrad und begebe mich höchst unspektakulär in die Arbeit. Mehr als 30 Prozent sind an diesen Tagen nicht drinnen. Um die Milch fahre ich mit 40 Prozent, ins Freibad vielleicht mit 60, und wenn ich mich vom Stammlokal auf den Heimweg mache, dann gelten sowieso andere Maßstäbe. Was ist los? Werde ich alt?"

Beinahe hätte sich Alexia an ihrem Bier verschluckt, so überrascht war sie von ihrer Freundin. So hatte sie Esther noch nie erlebt.

Und sie war noch nicht fertig: „100 Prozent sind gut und schön, aber auf Dauer nicht praktikabel. Mehr als alles ist eben nicht möglich. Tatsache. Doch es liegt in der menschlichen Natur, dass wir uns mit dem, was wir haben, nicht lange zufrieden geben. Halten wir unseren Level über längere Zeit auf 100 Prozent, dann erhöhen wir früher oder später auf 105 Prozent. Das geht eine Zeit lang gut, und dann werden uns auch diese 105 Prozent langweilig. Wir steigern auf 110 und dann auf 120 Prozent, und irgendwann haut es uns mächtig auf. Das tut dann richtig weh." Das vierte Bier, die späte Stunde, der Schmerz und vielleicht auch ein bisschen der Zigarettenrauch vom Nachbartisch trieben ihr die Tränen in die Augen.

Alexia kramte ein Taschentuch aus der Lederjacke hervor und reichte es über den Tisch. Ihre Stirn zeigte erstaunliche Kummerfalten, als sie Esther vorsichtig antippte:

„Sebastian?“

„Auch.“

„Der Job?“

„Auch.“

„Herwig?“

„Hm.“

„Einsam?“

„Ja.“

Sie sah Esther von der Seite an und schloss kurz die Augen. Dann faltete sie behutsam die Hände vor der Brust zusammen und sagte: „Mach dir keine Sorgen. Alles wird gut.“

„Ja, ja“, meinte Esther und schneuzte sich laut, „man muss nur daran glauben und so, blabla, laberlaber...“

„Sicher“, gab Alexia zur Antwort. „Und man darf dabei nie die Weisheit der Zuckererbse vergessen.“ Mit einem breiten Grinsen schüttelte sie ihre Haare und strich sich eine rote Strähne aus dem Gesicht. Dann wartete sie.

Esther blickte auf, putzte sich mit dem Taschentuch die Nase und fragte verwundert: „Die Weisheit der Zuckererbse?“

Alexia strahlte. „Ja. Nur wer selber glücklich ist, kann andere glücklich machen.“ Mit einer theatralischen Handbewegung und weit aufgerissenen Augen griff sie nach ihrem Bier. „Man muss sich's gut gehen lassen, damit man sich daran erfreuen kann, dass es anderen gut geht. Und selbst wenn man nur sich selber glücklich macht - mit jedem Quäntchen Glück, das in die Welt kommt, wird die Welt ein glücklicherer Ort. Mit dem eigenen Glück ebenso wie mit dem fremden.“

„Du bist betrunken“, sagte Esther. „Aber das wollten wir ja. Trinken wir noch eines?“

Alexia überlegte kurz, bevor sie antwortete: „Ich glaube, 80 Prozent betrunken sind für heute ein ganz guter Kompromiss. Zahlen bitte! Und ein Taxi!“

***

Von: Esther
An: Alexia
Gesendet: Donnerstag, 26. Juli 12:22
Betreff: Gläser, Glück & Grenzbereich

Guten Morgen!
Gut, dass wir es gestern biermäßig nicht mehr bis in die letzte Konsequenz wissen wollten. Ich gebe zu, dass 100 Prozent nicht immer angebracht sind. Aber trotzdem: Am glücklichsten bin ich im Grenzbereich.
schönen tag,
esther

22 Die Suche nach dem Glück Teil 2

Von: Herwig
An: Esther
Gesendet: Donnerstag, 26. Juli 18:12
Betreff: Rennwochenende

Hi Esther!

Wollte mal anfragen, ob du nicht vielleicht Lust hättest, mit mir und ein paar Freunden am nächsten Wochenende auf die Rennstrecke zu fahren. Motorrad könnte ich dir eventuell besorgen bzw. ist die Duke auch nicht vollkommen verkehrt.

Sag mal. H.

Von: Esther
An: Herwig
Gesendet: Freitag, 27. Juli 11:11
Betreff: Re: Rennwochenende

Ich war einmal auf der Rennstrecke, vor drei oder vier Jahren, im Rahmen von Testtagen. Ich war damals noch mit der Dominator unterwegs, und es war sehr, sehr lustig. Zuerst haben sie die alten Hasen fahren lassen, und dann haben sie die Mädels zusammengefangen und sind mit uns ein paar Runden über die Strecke gefahren. Wir haben den Anführer nicht überholen dürfen. Dann hat er am Anfang der Start-Ziel-Geraden ein Zeichen gegeben, dass AB JETZT Gas gegeben werden darf, und hat seiner CBR so richtig eingeschenkt. Das Mädel hinter ihm - ebenfalls auf einer CBR - hat sich das nicht zweimal sagen lassen und ist dran geblieben.
Die Kurve am Ende der Gerade war eine lange Rechts und der Anführer ist sie links außen angefahren. Das Mädel war vielleicht zwei Meter hinter ihm, rechts versetzt. Er hat scharf angebremst und das Motorrad nach rechts gezogen, Ideallinie halt. Blöderweise hat er offenbar überhaupt nicht damit gerechnet, dass neben ihm wer sein könnte (warum sollte er auch, schließlich war er mit lauter Weibern unterwegs ...). Die mit der CBR hat sich ziemlich geschreckt, dann aber geistesgegenwärtig umgelegt, und zwar ordentlich umgelegt, es war ja kein Platz da. Sie hatte nur mehr die Innenlinie offen und ist an ihm vorbei. Das Gesicht vom Herrn Anführer hätte ich in diesem Augenblick gerne gesehen.

Von: Herwig
An: Esther
Gesendet: Freitag, 27. Juli 22:38
Betreff: Re: Re: Rennwochenende

Ja, höhö, so was soll vorkommen. Ist aber wohl eher selten. Uuuund? Wie schaut's jetzt mit dir aus? Kommst du mit? Der

Plan ist folgendermaßen: Freitag Anreise, ein paar Runden zur Eingewöhnung fahren, Samstag Training und Sonntag zwei gezeitete Läufe. Ich bin mit alten Bekannten unterwegs, wir fahren mit dem Bus runter, die Mopeds laden wir auf. Du brauchst also nicht auf Achse fahren. Ich kann dich von zu Hause abholen, und dann setz ich dich auf den Beifahrersitz, und dann haben wir ein Wochenende lang alle Zeit der Welt. Was hältst du davon?

Von: Esther
An: Herwig
Gesendet: Freitag, 27. Juli 23:10
Betreff: Re: Rennwochenende

Lieber Herwig!
Rennstreckenfahren ist sicher lustig. Man hat keine Ölflecken und keine Postautobusse, und vor allem hat man keinen Gegenverkehr. Man kann sein Linie frei wählen. Was ich für meinen Teil aber nicht so recht packe, ist das ewige Im-Kreisfahren.
Also sei mir bitte nicht böse, wenn ich da nicht mitkomme.
Abgesehen davon kann ich sowieso nicht, denn nächstes Wochenende werde ich meinem Bruder bei diesem ultimativen Endurorennen beistehen.

bis neulich
esther

Kurti war ein Kind der Siebzigerjahre. Als solches verehrte er einen kleinen Wikingerhelden, bekam beim Gedanken an grünes Glibberzeugs feuchte Augen und schwärmte für ein Eis, das sich alleine durchs Hinsehen in einen picksüßen Patz aus Himbeeren und Zitronen verwandelte. In seiner Jugend hörte er The Cure

und Depeche Mode, er wuchs auf mit Barbapapa, Bravo und Herrn Rossis Suche nach dem Glück. Und er fuhr mit seinem blauen BMX-Rad in der Gegend herum.

Als er dafür zu alt wurde, schaffte er sich fürs Gelände eine gebrauchte Enduro an. Es war eine Honda XR 500, die schon bald von der 600er abgelöst wurde, und darauf kaufte er einen Motocrosser, eine Honda CR 500. „Die hat richtig Kraft, das ist die reine Gewalt", pflegte er zu sagen.

Kurti hatte immer viel zu schrauben, und so mietete er eine kleine Werkstätte am Stadtrand. „Hier bin ich zu Hause", sagte er zu seiner Schwester, als er ihr sein öliges Reich zeigte, und Esther verstand. Ergriffen lauschte sie seinen abendfüllenden Erzählungen über Motorentuning, tiefer gesetzte Fußrasten, höher gelegte Lenker, über abgedrehte Zylinderköpfe und Sinter-Bremsbeläge.

Er fuhr wie kein anderer in der Schottergrube und verbrachte paradiesische Tage in slowakischen Wäldern, kein Steilhang war ihm zu steil und kein Bachbett zu tief. Die langen blonden Locken und die durchtrainierten Unterarme kamen bei den Frauen gut an, sie mochten es, wenn er sie mit Endurohose, Knackarsch und zwei Helmen in der Hand von zu Hause abholte. Beim Heimbringen täuschte er häufig kalte Finger vor, und die Mädels wärmten sie ihm gerne.

Kurti aber liebte seine Honda. Zwar war sie schon ein wenig in die Jahre gekommen, doch er schwärmte von ihr ohne Vorbehalte und war glücklich. Zumindest war er dem Glück sehr nahe.

Das Glück ist nicht so leicht zu finden.

Dann kam sein erstes Rennen. Es war Winter, und es war eine dieser brachialen Offroad-Challenge-Veranstaltungen für Eurosport. Sechs Stunden lang quälten sich die Teilnehmer über einen Rundkurs aus schneebedeckten Hängen, vereisten Hohlwegen und quer durch den tief verschneiten Wald. Kurtis Motorrad hatte mächtig Kraft, keine Frage, aber die Kraft war nicht leicht zu dosieren, und Kurti war nach seinem ersten Rennen sehr verzweifelt.

Das war vor mehr als drei Jahren. Doch er war ehrgeizig. Er begann zu trainieren. Kraftkammer, Radfahren, Schwimmen, Crossstrecke, er fuhr zum Training nach Italien, in die Tiefebene nach Ungarn und zum Supermotard nach Deutschland.

Diesmal war er bereit. Es ging zum ultimativen Rennen auf das Gelände eines ehemaligen Bergwerks. Dort hatte man einen 20 Kilometer langen Rundkurs ausgesteckt, am Samstag war die Qualifikation und am Sonntag ging es die eigentliche Strecke entlang. Steilhang rauf und Steilhang runter, über die Trasse des Schrägaufzugs, durch sumpfige Talkessel, quer über Bäche, Wurzeln und Baumstrünke.

Esther reiste mit Alexia am Samstagabend an, sie kamen gerade recht zur Eröffnung der Tanzfläche und Zerstörung der Sitzbänke. Am Sonntagvormittag standen sie bereit für Trost- und Ratspendung bei Kurti und seinen Enduro-Kollegen. Sie befüllten Trinkbehälter mit Isostar, steckten Müsliriegel in Werkzeugtaschen, hielten Trichter und Schraubenschlüssel und trugen knappe T-Shirts.

Kurti war guter Dinge. Er saß neben seiner CR, die blonden Locken hingen ihm in die Augen und er hörte „Kryptonite“ von Three Doors Down. Er hatte am Vortag eine beachtliche Zeit herausgefahren, und so rechnete er auch für den Tag des Herrn mit einer guten Platzierung. „Ich werd sie alle herbrennen!“, murmelte er seiner Schwester ins Ohr, als sie das Motorrad gemeinsam zum Start schoben.

Aus der ersten Runde kam er mit versteinerter Miene zurück, und auf Esthers Frage, wie es denn so laufe, schmetterte er ihr ein „Geht so!“ entgegen. Das verhieß nichts Gutes. Nach der dritten Runde stieg er mit hochrotem Kopf von seiner CR ab, riss sich den Helm vom Kopf, schmiss ihn auf den Boden und trat fest gegen das Vorderrad seines Motorrades. Einmal, zweimal, dreimal. „So eine beschissene Gabel, so ein Mist, so ein elendiger, Himmel, da reißt's die anderen nur so an mir vorbei, und mein Vorderrad geht rauf und runter, und ich kann den Lenker kaum halten vor lauter Schlägen, und die mit den neuen Mopeds winken mir noch

zu, wenn sie mich überholen.“ Noch einmal versetzte er der Gabel einen heftigen Tritt. „Weil's wahr ist ...“

Esther stand daneben und war fassungslos. Alexia hatte sich gleich zu Beginn der Szene verabschiedet („Ich geh mal ein Bier holen ...“). Kurti war noch nicht fertig: „So ein Scheiß! Und dann stirbt sie in der Bachdurchfahrt ab und springt nicht mehr an, der Himmel weiß warum! Fuck!!!“

Er sank neben seiner CR zu Boden und starrte mit leeren Augen vor sich hin. „Als es diese 450er-KTM an mir vorbeigerissen hat, habe ich das lautlose Lodern der Welt gefühlt“, flüsterte er.

„Na ja, ähm, dein Motorrad ist fünf Jahre alt“, versuchte Esther zu beschwichtigen, „ist doch kein Wunder, dass dir die anderen damit um die Ohren fahren. Das hier ist ein Rennen, nicht die Schottergrube.“

Sie biss sich auf die Lippen. Für einen kurzen Augenblick glaubte sie, in seinen Augen den Funken des Wahnsinns zu vernehmen, aber dann fand er wieder Boden unter den Füßen. Er holte tief Luft: „Ja, in diesen neuen Motorrädern glüht ein unsägliches Feuer, bei dessen Anblick selbst große Geister nicht mehr tun können, als in die ausgebrannten Kohlen zu starren.“

Sein Kopf sank zwischen seinen Schultern hindurch. „Ich muss gestehen, dass sich ein seltsamer Rand von Unruhe um mein sonst so selbstgefälliges Denken gebildet hat.“

Du brauchst ein anderes Motorrad.

Esther glaubte, ihren Bruder gut zu kennen und hielt den Mund. Sie wusste, dass diese Worte nicht zur Besserung seines Allgemeinzustandes beitragen würden.

***

Er jedoch hob langsam den Kopf, schüttelte seine blonden Locken, blickte sie lange und durchdringend an und sagte leise: „Ja, ich weiß.“ Dann stand er auf und verschwand in den Weiten des Fahrerlagers: „Ich muss nachdenken.“

23 Auszeit

Am darauf folgenden Dienstag stieg sie gemeinsam mit Martin, Kurti und einer seiner drei Freundinnen in den Flieger nach Kreta. Sie nahm sich 12 Tage Auszeit.

24 Kein Konzept

Es war eine Woche nach ihrer Rückkehr. Ausgemacht war nur, dass sie sich um 11 Uhr beim Wirten an der Hausstrecke treffen würden. Mit den Motorrädern.

Wahrscheinlich, so dachte Esther, würden sie sich wohl gemeinsam Richtung Süden auf den Weg machen, irgendwo Mittag essen, und dann - wenn das Wetter halten sollte - noch einmal die Passstraße rauf und runter fahren, und schließlich würde man sich am späteren Nachmittag verabschieden und die Heimreise antreten. Er nach Westen und sie nach Osten. Oder aber sie würden unter der Linde am Parkplatz den Tag faul ins Land ziehen lassen, den anderen Motorradfahrern nachschauen, dabei Topfenstrudel essen und je nach erreichter Schräglage verächtlich die Nase rümpfen oder bewundernd nicken. Es könnte auch sein, dass sie einfach nur gemeinsam ein Stündchen in der Sonne sitzen würden und sie dann alleine ihre Runde drehen würde. Oder aber sie würde auf jemand anderen treffen, die Welt ist klein und der Wirt auf der Hausstrecke gut besucht, und wer weiß, wer sich am Samstagnachmittag in der Gegend herumtreiben würde. Egal. Mal schauen, was sich ergibt.

Als sie am Parkplatz beim Wirten vom Motorrad stieg, war Herwig schon da. Wahrscheinlich saß er schon länger hier, am Tisch standen zwei leere Kaffeehäferln und ein halb volles Glas

Orangensaft, auf dem Teller lagen die Reste eines Butterkipferls.

„Hi.“ Esther streckte ihm die Hand entgegen. „Wie geht's?“

„Danke. Eigentlich ganz gut.“ Seine blauen Augen strahlten, und sein Blick verlor sich auf ihrem T-Shirt und konnte sich ihres gepiercten Nabels nicht erwehren.

Esther setzte sich neben ihn auf die Bank und lehnte den Rücken an die Hausmauer. Die Wand war uneben, aber warm, und sie schloss für einen Augenblick die Augen. „Es war eine schöne Fahrt hierher. Entweder sind alle im Einkaufszentrum oder im Bad, in der Stadt war wenig Verkehr, und bei jeder Kreuzung war ich ganz vorne. Auf der Ausfahrtsstraße habe ich mich mit einem schwarzen Audi A6 duelliert, am Steuer war so ein Mittvierziger, der deppert aufs Gas gestiegen ist. Was weiß ich, wahrscheinlich wollte er Eindruck schinden, entweder bei mir oder bei der Blonden am Beifahrersitz, und ich hab mir gedacht, nein, den Gefallen tu ich dir nicht. Ich hab gewonnen.“ Esther sah ihn triumphierend an.

Herwig blickte ausdruckslos zurück. Ups, er gehörte ja auch zu den Vierzigern, und wahrscheinlich würde er sich auch über eine 25-jährige Blonde am Beifahrersitz freuen. Na ja. Egal.

„Und die Kurven im Wald, du weißt schon, zuerst die enge Links, dann die lange Rechts und dann die fünf Serpentinen, die waren genial. Keine nassen Stellen, kein Streusplitt. Sehr fein.“

Herwig beugte sich zu ihr und fragte: „Magst fahren? Jetzt?“

„Hast du schon gezahlt?“

„Mhm.“

„Hast du voll getankt?“

„Mhm.“

Esther lächelte ihn an. „Na dann ...“

Sie machten sich Richtung Süden auf den Weg, und sie ließ ihn vorfahren.

Ich bleib einfach hinten dran.

Sie fuhren gut hundertfünfzig Kilometer, hielten bei Abzweigungen nur kurz und einzig, um sich mit hochgehaltenem

Daumen gegenseitig zu versichern, dass alles bestens wäre und dass man ruhig noch ein bisserl weiterfahren könnte.

Das Gewitter bemerkten sie erst, als es zu spät war umzukehren.

Da müssen wir jetzt durch.

Fünf Minuten später ging es los. Und es ging heftig los. Esther deutete Herwig, dass man sich jetzt bitte schleunigst irgendwo unterstellen sollte. Er zeigte auf einen Heuschober, keine zweihundert Meter von ihnen entfernt, leicht erhöht auf der Wiese. Gut.

Der Regen hatte so schnell eingesetzt, dass sie bereits patschnass waren, als sie die Motorräder abstellten. Die letzten Meter mussten sie laufen. Dann standen sie unter dem schützenden Dach und sahen sich an.

„Und was jetzt?“, fragte Herwig.

Auf der Flucht vor den spitzen Regentropfen gingen sie ums Eck des Heuschobers und entdeckten dort eine Leiter, die in das Innere des rettenden Bauwerks führte. Esther blickte hinauf.

„Wollen wir?“

„Sieht ganz so aus.“ Herwigs Kopfhaut glänzte nass.

Sie warf ihren Sturzhelm in die Einstiegsöffnung, und das leise Geräusch bei der Landung in der Zwischendecke des Heuschobers verriet, dass es gemütlich werden würde.

Schweigend blickten sie aus dem Fenster auf die wolkenverhangenen Berge. Die Kunst zu schweigen ist ein Geschenk. Gemeinsam schweigen zu können ist ein besonderes Geschenk.

Es würde nicht so bald aufhören zu regnen.

Sie setzten sich ins Heu. Herwig erzählte von seiner Scheidung vor drei Jahren, er erzählte von seiner Werbeagentur, von seiner Liebe zur Ducati und seinen ersten Offroad-Erfahrungen, vom Älterwerden und vom unerfüllten Kinderwunsch seiner Frau. Esther weihte ihn in die Geheimnisse der Dünenfahrtechnik ein, berichtete von Helena und ihrem Zahnarzt, vom Hund ihrer Nachbarin, von Martin und auch ein bisschen von Sebastian, von der Beschwerdeabteilung im Möbelhaus und von Ignaz Morini.

Es war eine gute Stunde vergangen, als sie draußen vor dem Heuschober ein lautes „Platsch!" hörten. Esther robbte durchs Heu um die Ecke und erspähte zwischen zwei Ritzen einen Blick Richtung die Straße.

„Es war deine!", sagte sie und grinste breit.

***

Als der Regen vorbei war, war es zu spät, um nach Hause zu fahren. Sie peilten den nächsten Ort an und nahmen dort ein Hotelzimmer. Das Abendessen fiel aus.

25 Sonntag

Esther wurde zuerst munter. Sie öffnete die Augen und blickte auf eine altrosa gestrichene Zimmerdecke. Die Tapeten waren weiß mit zarten rosa Streifen, die Vorhänge links von ihr waren aus dünnem Baumwollstoff und ließen den Ausblick auf einen großen Park mit alten Bäumen frei.

Neben ihr lag Herwig.

Es war von Anfang an klar gewesen. Sie hatte es gewollt und er hatte es gewollt. Sie waren übereinander hergefallen. Kaum waren sie am Zimmer gewesen, war die Sache auch schon mitten im Laufen. Da war kein Nachdenken mehr, keine Verpflichtungen, kein Zuhause, kein Morgen und auch kein Gestern. Was sollte es

auch für einen Grund geben, nicht gemeinsam seinen Spaß im Bett zu haben?

Das Restaurant im Hotel hatte schon lange geschlossen gehabt, als sie gegen Mitternacht dann doch noch an der Rezeption gestanden waren. Sie hatten der Dame hinter der Theke die Information zu entlocken versucht, wo man hier um diese Uhrzeit noch ein Bier und vielleicht noch eine Kleinigkeit zu Essen bekommen könnte. „Wissen Sie", hatte sie gesagt und dabei spitz die Nase gerümpft, „wissen Sie, unsere Gäste gehen früh schlafen." Dann war sie doch damit herausgerückt, dass es im Ort eine Pizzeria gäbe, die wohl bis zwei Uhr morgens offen halten würde. „Für die Nachtschwärmer ...", hatte sie noch vorwurfsvoll hinzugefügt.

Und so waren sie dann nebeneinander bis zur Sperrstunde der Pizzeria im roten und blauen Licht der Glühlampen des über ihnen gespannten Fischernetzes gesessen und hatten sich Hits aus den Neunzigern angehört.

Sie drückte sich an ihn. Ein guter Liebhaber ist ein guter Liebhaber.

Erst beim Frühstück realisierten sie, wo sie gestrandet waren. Der feudale Bau aus dem Beginn des letzten Jahrhunderts entpuppte sich als Kurhotel. Es war schon fast zehn Uhr, und die meisten der Hotelgäste lagen bereits in ihren Schlammpackungen und Moorbädern. Das Wasser hier war gut gegen Rheuma, und der Ort war schon zu Kaisers Zeiten ein berühmter Kurort gewesen. Gut gegen Rheuma. Das erklärte auch das hohe Durchschnittsalter der anwesenden Gäste. Die einzige diesbezügliche Ausnahme im Frühstücksraum bildete ein Pärchen Mitte Dreißig. Die beiden saßen vor ihren leeren Tellern, ohne ein Wort miteinander zu wechseln. Sehr zufrieden wirkten die beiden nicht. Die Dame an der Rezeption (es war eine andere als letzte Nacht) verriet Esther später, dass die beiden hier auf Hochzeitsreise wären.

Im hinteren Eck des Raumes frühstückte eine alte Dame. Sie hatte früher im Gymnasium Latein und Geschichte unterrichtet, und seit dem Tod ihres Mannes - Gott hab ihn selig! - begab sie sich gerne auf kleinere Reisen. Meistens war sie alleine unterwegs,

denn ihre gleichaltrigen Freundinnen konnten nicht mehr so wie früher. Sie schon.

Der Mann am Nebentisch (ein pensionierter Ingenieur) schickte sich gerade an, mit einer ehemaligen Mittelschullehrerin ein Gespräch anzuknüpfen: „Kennen Sie das Saunarium hier im Hause? Kann ich Ihnen nur wärmstens empfehlen, haha, nur wärmstens empfehlen.“ Sie stieg auf den Scherz ein.

Auf der anderen Seite des Raumes beschwerte sich eine ältere Frau mit Hut am Mobiltelefon über die schlechte Qualität der hiesigen Pediküre: „Und dann hat sie mir in den großen Zeh geschnitten und nur gemeint, so etwas könne schon einmal passieren.“ Sie sprach laut; der Gatte strich sich sein Butterkipferl und hörte nicht zu.

Die späte Frühstücksgesellschaft wurde komplettiert von einem Paar um die fünfzig. Er studierte die Wochenendausgabe der Zeitung, sie sah zum Fenster hinaus in den sonnigen Spätsommertag. Ab und zu las er ihr eine Stelle vor, und sie nickte verständnisvoll. Glücklich ist alleine die Seele, die liebt.

Nach dem Frühstück unternahmen Esther und Herwig einen Spaziergang in den nahen Ort. Es war nicht viel los hier, am Hauptplatz gab es ein paar Geschäfte, einen Eissalon und die Pizzeria (die heute geschlossen hatte). Menschen waren kaum zu sehen. Kein Wunder, es war Sonntag, die Männer waren beim Wirten, die Frauen standen in der Küche und bereiteten das Mittagessen für die Männer. Die wenigen Touristen lagen entweder in der Therme oder am See.

Sie gingen auf einen Kaffee in den Eissalon, wandelten durch den Kurpark (wo Esther die ehemalige Mittelschullehrerin und den pensionierten Ingenieur händchenhaltend auf einer Bank unter einen großen Fichte sitzen sah), holten sich am Hauptplatz zwei Hotdogs, fütterten am Seeufer die Schwäne und gingen am Abend in die Sauna. Rechtzeitig zum Abendessen fanden sie sich im Speisesaal des Restaurants ein.

Bei der Nachspeise sagte Herwig: „Nächstes Wochenende bin ich wieder auf der Rennstrecke. Magst du diesmal vielleicht mitkommen?“

Esther blickte an die Decke. Sie war mit weißen Stuckarbeiten verziert. Durch die Kronleuchter hindurch schien ein warmes Licht, das ihr signalisierte:

Mach doch was du willst.

„Ja, kann sein, dass ich dabei bin“, gab sie zur Antwort, „die Duke sollte in der Tat wieder einmal an ihre Grenzen gefahren werden.“ Sie streckte sich, schlang ihr rechtes Bein um das seine und lächelte verschmitzt. „Glaubst du, ich sollte neue Reifen montieren?“

„Ein neuer Gummi ist immer eine gute Idee“, antwortete er und strahlte sie an.

***

Der telefonische Weckdienst meldete sich um 6 Uhr 30. An der Stimme erkannte sie die Rezeptionistin von Samstagnacht. Ihr Wochenende schien nicht annähernd so fein gewesen zu sein wie das von Esther.

Verschlafen stand Esther auf und schlurfte ins Badezimmer. Die weißen Fliesen waren mit einem zarten Hellgelb verfugt, die Handtücher hatten denselben Farbton wie die Fugen der Fliesen. Was wohl zuerst da gewesen war, die Fliesenfugen oder die Handtücher? Oder war die farbliche Übereinstimmung nichts weiter als Zufall? Wahrscheinlich waren die Fliesenfugen zuerst da, dachte sie, es sei denn, der Besitzer hätte irgendwo zufällig einen größeren Posten hellgelber Handtücher erstanden.

Die Dusche war heiß. Sehr gut. Das Wasser prasselte an ihr herab und sie putzte sich lange die Zähne. Sie trocknete sich ab, wickelte sich in das Handtuch ein und ging zurück ins Zimmer.

Am Couchtisch lag ihr Telefon. Sie drehte es auf, das erste Mal seit Samstagvormittag. Wer weiß, wer aller angerufen hatte? Kurti? Vielleicht ging es ihm schon wieder besser? Ob wohl ein neues SMS gekommen ist? Egal. Aber Helena! Das hatte sie ja vollkommen vergessen. Sie waren ja für Samstagabend verabredet gewesen.

Daran hatte sie überhaupt nicht mehr gedacht.

Das Telefon in ihrer Hand blinkte grün. Der frühe Morgen schien durch die Balkontüre. Die Uhr am Telefon zeigte 6 Uhr 53. In zweieinhalb Stunden müsste sie in der Arbeit sein. Das würde sich nicht ausgehen. Babsi sollte sich was einfallen lassen, falls Ignaz Morini nach ihr fragen sollte. Könnte ja sein, dass die KTM nicht angesprungen wäre oder so was.

Sie weckte Herwig auf. Mit kleinen Augen blinzelte er sie an.

„Wie spät ist es?" Herwigs Uhr (eine Swatch mit rotem Lederarmband) lag am Nachttisch.

„Früh. Aber ich muss trotzdem fahren. Kommst du mit?"

„Ja, klar. Gib mir fünf Minuten, dann bin ich fertig." Er setzte sich im Bett auf. „Gehen wir noch frühstücken?"

„Sicher. So viel Zeit muss sein."

Er brachte sie noch bis zur Stadtgrenze. Esther fuhr nach Hause, zog sich um und erschien rechtzeitig zur Mittagspause in der Arbeit. Der Chef hatte nicht nach ihr gefragt. Glück gehabt.

26 Vier Wochen und drei Tage später

Donnerstag. Endlich.

Rosaroter könnte ein Donnerstag gar nicht sein.

Sie stand früh auf. Gestern war sie zu Hause geblieben, es war ihr gar nicht nach weggehen gewesen, gar nicht nach Rauch und Bier, nach Helena und Alexia, nach Kurti und seinen Frauen. Sie hatte sich bei einem Berg Spaghetti die Simpsons angesehen, hatte lange gebadet, hatte sich aufweichen lassen, so lange, bis die Haut auf der Innenseite der Finger weiße Falten geworfen hatte.

Es war ein warmer Septembermorgen, und als Esther mit ihrem Kaffeehäferl in der Hand (ja, das rosarote mit den gelben Blumen) aus dem Küchenfenster sah, bemerkte sie, dass sich die Blätter des Ahornbaumes gelb und rot verfärbten. Aus dem Gartentor vis-a-vis trat die Frau Nachbarin, und der Pekinese wuselte hinterher, fesch sah sie aus, in ihrer neuen Herbstgarderobe. Der Pekinese schickte sich an, sein Morgenlackerl auf dem Hinterrad der KTM zu verrichten, doch die Frau Nachbarin zog ihn rechtzeitig weg.

Er hatte sich für zehn Uhr angekündigt. „Ungefähr", hatte er noch hinzugefügt. „Du weißt eh, mit der Zeit hab ich's nicht so."

Sehnsucht!

Wie es ihm wohl ergangen war in den letzten Tagen? Sie hatten sich mehr als eine Woche nicht gehört, das war eine verdammt lange Zeit, was hatte er getan, wie war die Präsentation, wie die Verhandlung gewesen? Wie würde das Wiedersehen sein? Würde das Band zwischen ihnen noch existieren, würde es so sein wie beim letzten Mal?

Sie war nervös und suchte im Stapel ihrer CDs nach passender Musik. Musik hilft immer.

Marla Glen beruhigte sie, Van Morrison ließ sie tief durchatmen und bei den Stereo MC's (laut!) stand sie wieder mit beiden Beinen am Boden.

Fast hätte sie die Türglocke überhört. Sie stolperte über ihre Schuhe, als sie vom Sofa aufsprang, drehte die Anlage leiser, strich sich durch die Haare und ging zur Wohnungstüre, nicht ohne noch einen letzten prüfenden Blick in den Spiegel geworfen zu haben. Ihr Herz klopfte im Hals.

„Hallo."

„Hi", antwortete er. „Verdammt lange nicht gesehen." Verlegen wippte er von einem Fuß auf den anderen. „Darf ich reinkommen?"

„Äh, ja, sicher. Bitte."

Sie blickten sich in die Augen. Lange. Dann machte Esther einen Schritt zur Seite und ließ Martin eintreten.

„Blumen", sagte er und zog hinter seinem Rücken drei rote Rosen hervor.

„Ist nicht wahr", stammelte sie und „Danke." und „Magst du nicht weiterkommen?"

Rote Rosen sind rote Rosen sind rote Rosen.

Sie ging in die Küche und suchte nach einem passenden Glas für die Blumen. Sektglas? Zu klein. Limonadeglas? Zu breit. Bierglas? Perfekt.

Martin stand in der Küchentür und sah zu, wie sie Wasser ins Glas füllte, wie sie die Blumenstiele kürzte, wie der Wasserhahn vor sich hin tropfte und wie sie die Rosen am Küchentisch platzierte. Er kraulte seinen dunklen Vollbart. Er war kürzer als damals in Kreta.

„Tee?", fragte Esther.

„Bitte."

„Grün?"

„Ja."

Der Teekessel pfiff leise vor sich hin. Esther nahm zwei Tassen aus dem Regal, nahm zwei Teebeutel und goss das dampfende Wasser in die Schalen.

„Wie hat Caroline es aufgefasst?"

„Gloria."

„Entschuldige."

„Macht nichts." Martin runzelte die Stirn. „Sie wird darüber

hinwegkommen. Ich glaube, sie hat schon wieder einen neuen."

„Hmmm."

Er setzte sich. Sie nahm die beiden Teetassen, stellte sie auf den Küchentisch und nahm Platz auf dem zweiten Sessel. Er schwieg. Sie blickte suchend um sich, erspähte ihre Zigaretten neben der Kaffeemaschine, und es war gar nicht wichtig. Sie sah ihm in die Augen.

„Wo steht denn dein Motorrad?"

„Ist das nicht egal?", gab er zur Antwort, rückte mitsamt seinem Sessel zu ihr und küsste sie auf die Stirn. „Lass uns in den Stadtpark spazieren gehen. Und dann zum Japaner Mittagessen. Nachher besuchen wir die Alexia, trinken mit ihr einen Kaffee an der Bar, und wenn es uns Spaß macht, dann auch noch ein oder zwei Biere, und anschließend gehen wir in die Dinosaurier-Ausstellung oder ins Kino oder ins Bett. Wir tragen beide keine Uhr."

Ein neuer Mann war in ihr Leben getreten. So gut wie schon lange nicht.

NACHWORT

Herwig und Esther trafen einander weiterhin beim Wirten auf der Hausstrecke und Ende Oktober schleppte er sie doch noch auf die Rennstrecke. Auch heute gehen sie hin und wieder gemeinsam fahren und sind froh über ihre gut funktionierende Motorradbeziehung.

Esther besuchte Martin im November in Los Angeles, und zu Weihnachten zog sie zu ihm. Sie nahm einen Job in einer Werbeagentur an, hörte auf zu rauchen und hängte ihr Studium endgültig an den Nagel. Gemeinsam mit Martin verbrachte sie zwei sonnige Jahre in Kalifornien. Sie hatten eine Liebesbeziehung.

Helena heiratete ihren Zahnarzt und fährt heute einen dunkelgrauen Audi TT. Ihr Wunsch nach Kindern ging nicht in Erfüllung. Vor kurzem gestand sie Esther bei einem mittleren Sushi und einer Miso-Suppe, dass sie mit ihrem Zahnarzt nicht viel mehr verbinde als eine finanzielle Beziehung.

Kurti verkaufte seine Honda, erwarb eine nagelneue 450er-KTM und fuhr in der Enduro-Staatsmeisterschaft auf Platz drei. Über seine letzte Freundin sagte er kürzlich: „Wir haben eine großartige Bettbeziehung."

Sebastian und Susanne bekamen zwei Kinder. Jeder.

Alexia lachte sich Ignaz Morini an. Eines Tages stand er an der Bar im Blauen Café, um, wie er sagte, Kontakt zu den Sternen aufzunehmen. Sie fragte ihn nach seinen Geburtsdaten und rief ihn am nächsten Morgen im Büro an. „Die Sterne stehen gut", meinte sie, „wir sollten uns sehen." Sie verabredeten sich noch für denselben Abend, er lud sie zum Essen in das Restaurant im 42. Stock ein, und seitdem haben die beiden eine Beziehung, die sich in keine Schublade stecken lässt.